365

cuentos
y
rimas

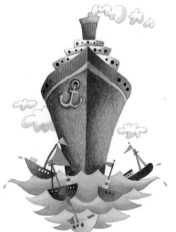

para niños

Copyright © Parragon Books Ltd
Queen Street House, 4 Queen Street,
Bath BA1 1HE, RU

Diseño y producción de Aztec Design

Compaginación de
Mik Martin, Caroline Reeves y Kilnwood Graphics

Copyright © 2005 de la edición española: Parragon
Traducción del inglés: Concha Dueso Ruberte
para Equipo de Edición, S.L., Barcelona
Redacción y maquetación:
Equipo de Edición, S.L., Barcelona

Impreso en China
Printed in China

ISBN 978-1-4054-4926-7

365

cuentos y rimas

rimas

para niños

PaRragon

Bath · New York · Singapore · Hong Kong · Cologne · Delhi · Melbourne

Contenido

El conejo

Debajo de un tejo
estaba un conejo.
Vino un cazador,
¡vaya susto que se dio!

Alrededor del rosal

Alrededor del rosal
bailamos, bailamos.
Todos los niños y niñas
se sientan en los peldaños.

En el mes de mayo

En el mes de mayo
al campo salí
a plantar las flores
de marzo y abril.

El gigante

Una, dos y tres:
el gigante Andrés,
sobre los árboles
su cabeza ves.
Una, dos y tres:
¡qué grande que es!

Urraca

Urraca, urraca, en la rama verde
mueve la colita y tráeme suerte.

Zapatero

Zapatero picón,
zapatero,
mire usted, remendón,
qué agujero.
Mire usted, mire usted,
chapucero.

La ardilla

Un día que el viento
mi rama agitaba,
apareció un chico
y me metió en una saca.

Me llevó a Madrid,
me vendió a una dama
que a su casa me llevó
en una jaula de plata.

Nueces me da de comer
y también ricas manzanas,
en una cama mullida
puedo descansar la espalda.

A la cama, Tom

A la cama, Tom,
a la cama, Tom,
tengas sueño o no,
a la cama, Tom.

Carlitos Lechero

Carlitos Lechero tenía una vaca,
llevaba un cencerro y era negra y blanca.
Siempre que podían, al prado se escapaban
Carlitos Lechero y su hermosa vaca.

Papá

Papá me viene a buscar
a la puerta de la escuela,
me trae un bollo de azúcar,
un bombón y una ciruela.

Juan era hijo de un gaitero

Juan era hijo de un gaitero,
aprendió a tocar cuando era pequeño,
pero sólo sabía tocar una melodía
que repetía de noche y de día.

Las verdes colinas bajaba y subía
tocando su única melodía.

Los ositos traviesos

Un soleado día de verano, los papás de Jorge y de Juan les dijeron que preparasen sus cosas porque iban a ir a la playa.

—¡Yupiii! —dijo Jorge—. ¿Podemos llevar nuestros ositos?

—Sí, siempre y cuando esta vez no los perdáis de vista —dijo papá—. No queremos pasar la tarde buscándolos por todos los sitios si se pierden otra vez.

Jorge y Juan llevaban sus ositos a todas partes, pero los perdían continuamente y luego no había quien los encontrase. La verdad es que, cuando ellos no miraban, los traviesos ositos se escapaban corriendo en busca de emociones y aventuras.

Ese día volvió a pasar lo mismo. La familia llegó a la playa y se puso a sacar sus cosas. Papá se sentó a leer el periódico y mamá sacó su libro. Jorge y Juan se pusieron enseguida a hacer castillos de arena. Cuando los ositos traviesos se dieron cuenta de que nadie los estaba mirando, dieron un salto y, riéndose, echaron a correr por la playa.

—Vamos a explorar —dijo Billy, que era el mayor de los dos—. Allí veo una cueva. —Y señaló un oscuro agujero entre las rocas que había junto al agua.

—Está un poco oscuro y me da miedo —dijo Bella.

—No seas tonta —respondió Billy—. Eres una osa, ¿no? Siempre he creído que a los osos les gustaban las cuevas oscuras.

Los ositos treparon por las rocas y entraron en la cueva. Era muy profunda y estaba muy oscura. En aquel preciso momento, Bella descubrió en el suelo algo reluciente. Se agachó a recogerlo y se lo enseñó a Billy.

—¡Oro! —exclamó Billy muy emocionado, cogiendo la monedita que había encontrado Bella—. ¡Debe de ser la cueva de unos contrabandistas! A lo mejor, todavía están por aquí. ¡Vamos a echar un vistazo!

—No —dijo Bella—. Quizás son peligrosos. Vamos a volver.

Y, dándose la vuelta, echó a correr hacia la salida. Pero cuando llegó vio aterrorizada que, mientras exploraban, la marea había subido y había separado las rocas de la playa.

—¡Billy! —gritó—. ¡Ven rápidamente, estamos atrapados!

Entre tanto, Jorge y Juan ya habían acabado de hacer castillos de arena y se habían dado cuenta de que los ositos habían desaparecido.

—¡Oh, no! —se quejó papá—. ¡Otra vez no!

La familia recorrió la playa arriba y abajo, pero no hubo forma de encontrar a los ositos.

—A lo mejor se los ha llevado el mar —dijo Juan con voz temblorosa.

Desde la cueva, los ositos traviesos veían a sus dueños buscándolos. Daban saltos y agitaban las patas.

—No sirve de nada —dijo Bella—. No pueden vernos, somos demasiado pequeños.

—No te preocupes —contestó Billy, tratando de aparentar menos miedo del que en realidad sentía.

Y entonces aparecieron dos hombres al otro lado de la roca. A los ositos les dio un escalofrío: ¡debían de ser los

contrabandistas! Y se echaron a temblar de miedo cuando los hombres los cogieron y, trepando, los llevaron a un bote que estaba oculto detrás de las rocas. Los ositos se apretujaron en el fondo del bote, mientras los hombres saltaban dentro y empezaban a remar. ¿Adónde los llevarían?

—Billy, tengo mucho miedo —susurró Bella.— ¿Nos harán daño?

—No, Bella, seguro que no nos va a pasar nada —respondió Billy.

Pero en su interior no estaba tan convencido. En realidad, le daba mucho miedo no poder regresar a casa y no volver a ver a Jorge y a Juan.

Bella empezó a llorar bajito y grandes lágrimas corrieron por sus mejillas.

—Si logramos regresar a casa, nunca más nos escaparemos —sollozó.

—¡No te preocupes! —la tranquilizó Billy mientras la acariciaba.

Al cabo de un rato el bote se detuvo y los hombres se bajaron de un salto. Cogieron a los ositos y los levantaron en el aire por encima de sus cabezas. Uno de ellos preguntó a voz en grito:

—¿Quién ha perdido estos osos?

Toda la playa se los quedó mirando. Jorge y Juan echaron a correr y recogieron sus osos.

Papá también corrió a reunirse con ellos. Tanto él como los chicos dieron las gracias a los hombres por haberles devuelto los osos.

—Los hemos estado buscando por todas partes —dijeron Jorge y Juan sonriendo con alivio.

—Estaban en aquella cueva —dijo uno de los hombres, señalando en aquella dirección—. Seguramente, los chicos los dejaron allí.

—¡Pero si los chicos han estado haciendo castillos de arena toda la tarde! —contestó papá un tanto perplejo.

Nadie pudo averiguar nunca cómo habían ido a parar a la cueva los ositos traviesos, ni de dónde había salido la monedita que Billy llevaba en el bolsillo, pero papá dijo que a partir de entonces se tendrían que quedar en casa. A los ositos traviesos no les importó, ya habían tenido suficientes aventuras por un tiempo. Y además, así tendrían tiempo de sobra para jugar a su juego favorito: ¡el escondite!

Dando la vuelta al jardín

Dando la vuelta al jardín
como el oso de peluche,
un pasito, dos pasitos
y cerramos un estuche.

Dando la vuelta al jardín
como el ratoncito gris,
un pasito, dos pasitos
y comemos un anís.

Osito, osito

Osito, osito,
date la vuelta.
Osito, osito,
cierra la puerta.
Osito, osito,
quítate el zapato.
Osito, osito,
como yo lo hago.
Osito, osito,
ponte el pijama.
Osito, osito,
métete en la cama.
Osito, osito,
te doy dos besos.
Osito, osito,
felices sueños.

Las ruedas del autobús

Las ruedas del autobús dan vueltas y vueltas,
dan vueltas y vueltas, vueltas y vueltas,
las ruedas del autobús dan vueltas y vueltas
sin cesar.

Las puertas del autobús abren y cierran shim - sham
shim - sham y shim - sham, shim - sham y shim - sham,
las puertas del autobús abren y cierran shim - sham
sin cesar.

La bocina del autobús suena meeec, meeec, meeec,
meeec, meeec, meeec y meeec, meeec, meeec,
la bocina del autobús suena meeec, meeec, meeec
sin cesar.

La gente en el autobús habla bla, bla,bla,
bla, bla, bla y bla, bla, bla,
la gente en el autobús habla bla, bla, bla
sin cesar.

Los niños del autobús suben y bajan,
suben y bajan, suben y bajan, suben y bajan
los niños del autobús suben y bajan
sin cesar.

18

Luna lunera

Luna lunera, cascabelera,
cinco pollitos y una ternera.

Luna lunera, cascabelera,
toma un ochavo para canela.

El espantapájaros

Me vistió con ropa vieja,
chaqueta rota y sucio pantalón,
y me cubrió la cabeza
con sombrero cabezón.

Rellenó mi cuerpo de paja,
para el huerto me llevó
y me dio como vivienda
una estaca bajo el sol.

Si amo el canto del sinsonte
y el zunzún con su color,
si el ala de mi sombrero
es nido de gorrión,

si juguetean conmigo
el tomeguín y el totí,
si no quiero espantar pájaros:
¿por qué me llaman así?

Si estás feliz y lo sabes

Si estás feliz y lo sabes,
aplaudirás.
Si estás feliz y lo sabes,
aplaudirás.
Si estás feliz y lo sabes
y lo quieres demostrar,
si estás feliz y lo sabes,
aplaudirás.

Si estás feliz y lo sabes,
afirmarás, etc.

Si estás feliz y lo sabes,
patearás, etc.

Si estás feliz y lo sabes,
reirás, etc.

Si estás feliz y lo sabes,
¡todo harás!

La olimpiada de los conejos

En la granja Tontilandia andaban todos muy revolucionados, ya que se celebraba la olimpiada de los conejos. Saltando y brincando, habían llegado conejos de todas partes para ver quién corría más rápido, saltaba más alto y comía más hortalizas.

Todos los animales ayudaban con los preparativos. Cabra y Cerdo organizaron la carrera de tiestos y... ¡preparados, listos, YA!

¡BOING, BOING, BOING! Los conejos saltaban arriba y abajo, dentro y fuera de los tiestos, todo lo rápido que podían. Carlitos ganó con ventaja, pero después no le quedó más remedio que volver atrás y rescatar a su hermana pequeña, Blanca, que se había quedado atascada en el primer tiesto.

A continuación se celebró el salto de altura. Vaca y Caballo sujetaban la cuerda mientras los conejos saltaban cada vez más alto, hasta que... ¡Eli saltó por encima de la grupa de Caballo!

—Nadie puede superar ese salto —mugió Vaca—. ¡Eli es la campeona!

En el prado, junto al arroyo, los conejos competían en salto de longitud. De repente... ¡PLAF! ¡Fede saltó tan lejos que aterrizó directamente en el agua!

Nadie pudo saltar más lejos, así que Fede fue el vencedor.

Después tuvo lugar el campeonato de glotonería. Oveja fue la encargada de contar las zanahorias y lechugas que se comieron.

Patri se zampó ocho zanahorias, Pepe se comió tres lechugas y Nico engulló diez zanahorias y cinco lechugas. Y de pronto:

—¡BURP! —Quique, el conejo más grande, eructó sonoramente—. Perdón —se excusó.

—¡Dios mío, Quique! —exclamó Oveja—. ¡Pero si te has tragado veinte zanahorias y diez lechugas enteras! No hay duda: ¡tú eres el número uno de los glotones!

Finalmente, llegó la carrera de obstáculos. Los conejos se alinearon en la salida y los demás animales se pusieron a animarles. Los participantes saltaban, brincaban y rebotaban sobre el arroyo. ¡Excepto la pequeña Blanca, que se paró en medio y se puso a chapotear! Después, Quique se atascó al intentar saltar a través del tronco hueco y todos empujaron para liberarlo. Se estrujaron bajo las redes que protegen las fresas, saltaron sobre las balas de heno y, soplando y resollando, dejaron atrás el tractor viejo y cruzaron la línea de meta. Pero... ¿quién ganó?

¡Todos! Cruzaron la meta todos a la vez y compartieron el primer premio: ¡una zanahoria grande y jugosa! Cuando el sol empezó a ponerse, todo el mundo coincidió en que la olimpiada de los conejos había sido estupenda.

La fuerza de dos caballos

El día de la Feria había un gran bullicio y ajetreo en la granja. La mujer de Martín alimentó a los animales y recogió los huevos ella sola, ya que el viejo Martín estaba muy ocupado limpiando el tractor.

Todos los años, el viejo Martín paseaba a los niños en el remolque de su tractor. A los críos les encantaba, pero para el granjero suponía un montón de trabajo, pues antes tenía que lavar las ruedas y pulir la pintura. Ese día tuvo también que espantar a los patos que se habían puesto a chapotear en el agua jabonosa del cubo.

El tractor relucía de limpio y el viejo Martín entró en la casa a ponerse sus mejores botas.

—Allá vamos —dijo la pata Dora cuando el granjero se encaramó al tractor—. ¡Tapaos los oídos, pequeños!

Pero cuando el viejo Martín dio la vuelta a la llave no se oyó más que el silencio. El tractor no se puso en marcha.

El viejo Martín toqueteó el motor y se llenó las manos de grasa. Pateó y pateó alrededor del tractor y se manchó las botas de barro. Gimió y refunfuñó y se le puso la cara roja. Pero todo fue inútil. El tractor no hizo el menor ruido, ni dio el menor signo de vida.

—No me gusta nada tener que dejar a los niños en tierra —gruñó el viejo Martín—, pero si no tengo tractor, no puedo tirar del remolque.

El gallito Enrique es travieso y alborotador, pero a veces tiene buenas

ideas. Se subió de un salto a la puerta del establo de Tili y Tolo y soltó el quiquiriquí más fuerte que pudo.

El viejo Martín lo miró sorprendido y le dedicó una gran sonrisa.

—¡Cómo no se me ha ocurrido antes! —exclamó—. Tienes razón, Enrique, ¡la fuerza de los caballos! ¡Rápido, manos a la obra, que hay mucho que hacer!

Había que desenredar las colas, cepillar el pelo y trenzar las crines con cintas. Había que enganchar los arneses y limpiar y adornar las riendas.

—Como en los viejos tiempos —relinchó Tolo dirigiéndose a Tili.

Ese año fueron sin lugar a dudas las estrellas de la Feria. Los niños esperaban formando una cola larguísima para dar una vuelta con Tili y Tolo, que orgullosamente caminaban despacito con su pelo brillante y las cabezas levantadas.

Cuando la tarde llegó a su fin, el viejo Martín condujo los caballos a casa y les dio una cena especial con avena y manzanas.

—¿Sabéis una cosa? —dijo mientras les acariciaba las crines—. Yo también echo de menos los viejos tiempos.

Tili y Tolo asintieron con sus enormes cabezotas, pero no porque estuvieran de acuerdo, sino porque se habían quedado dormidos de pie. ¡Ya no eran unos jovencitos y aquél había sido un día muy ajetreado!

Perdido y solo

En lo más profundo de la selva, Mungo trataba de escabullirse entre los árboles.

—Mungo, dime por favor adónde vas —dijo su madre—. ¿Qué estás planeando para hoy?

—Me voy a jugar —sonrió Mungo.

—De acuerdo —dijo mamá—, pero no hagas monerías.

Elefante estaba bebiendo cuando Mungo se le acercó con sigilo y le gritó:

—Hola, Elefante, ¿quieres jugar? Conozco un juego estupendo.

—¿Ah, sí? ¿Y cómo se llama? —preguntó Elefante con recelo.

—Caras divertidas —dijo Mungo—. ¿Qué te parece?

—No sé, no sé —respondió Elefante—. No sé cómo se juega.

—Es muy fácil —dijo Mungo—, todo lo que tienes que hacer es poner una cara divertida. Mira, te lo enseñaré. —Y, cogiendo la trompa de Elefante, le dio la vuelta y le hizo un nudo en la punta—. ¡Guauuu, Elefante, qué cara más divertida tienes!

—¡Eh! —barritó Elefante—. ¿Y cómo me quito yo ahora esto?

Pero Mungo ya se había ido.

León estaba tratando de descansar al sol cuando Mungo aterrizó de un salto y le preguntó:

—¿Quieres divertirte? Conozco un juego nuevo.

—¿Cómo se llama? —preguntó León, desconfiado.

—Caras divertidas —dijo Mungo—. ¿Te animas?

—No lo sé —respondió León—. ¿Cómo se juega?

—Muy fácil —dijo Mungo—, todo lo que tienes que hacer es poner una cara divertida.

Y, agarrando el labio inferior de León, se lo estiró hacia arriba hasta taparle la nariz. Acto seguido, se fue corriendo entre los árboles mientras se reía.

—A mamá, ni caso —pensó—. Haré lo que quiera.

Se columpió entre las ramas pero, al cabo de un rato, la sonrisa se le borró de la cara.

—No sé dónde estoy —gimió.

—Qué cara tan divertida —dijo Elefante—. Seguro que gana el juego.

—No es un juego —chilló Mungo—. Me he perdido y estoy solo. ¡Quiero ir con mi mamá! ¿Cómo saldré de aquí? Esto no tiene ninguna gracia.

—¿Le ayudamos? —rugió León—. ¿Qué te parece?

—No estoy seguro —dijo Elefante—. Me ha molestado mientras bebía.

—A mí me ha interrumpido mientras descansaba —dijo León.

—Si decidimos ayudarte —dijeron ambos—, se acabaron las caras divertidas. ¿Entendido?

Mungo estaba tan feliz como no lo había estado hacía tiempo.

—Se acabaron las bromas —prometió Mungo, y les dio las gracias a los dos—. ¡Perderme y quedarme solo no me ha hecho ninguna gracia!

Mi pato de goma

Mi pato de goma
es amarillo,
cuando yo me baño,
se baña conmigo.

La lluvia cayó

Tin, tin, la lluvia cayó,
ella juega conmigo y con ella yo.
Tin, tin, la lluvia cayó,
con su frescura el aire perfumó.

Con el índice, con el pulgar

Con el índice, con el pulgar bailamos,
con el índice, con el pulgar bailamos,
con el índice, con el pulgar bailamos la rueda,
a la media vuelta, a la vuelta entera.

Con el índice, el pulgar y un brazo bailamos,
con el índice, el pulgar y un brazo bailamos,
con el índice, el pulgar y un brazo bailamos la rueda,
a la media vuelta, a la vuelta entera.

Con el índice, el pulgar, un brazo y una pierna bailamos,
con el índice, el pulgar, un brazo y una pierna bailamos,
con el índice, el pulgar, un brazo y una pierna bailamos la rueda,
a la media vuelta, a la vuelta entera.

Con el índice, el pulgar, un brazo, una pierna
y un golpe de cabeza bailamos,
con el índice, el pulgar, un brazo, una pierna
y un golpe de cabeza bailamos,
con el índice, el pulgar, un brazo, una pierna
y un golpe de cabeza bailamos la rueda,
a la media vuelta, a la vuelta entera.

Lluvia, lluvia

Lluvia,
para ya.
Otro día
seguirás.

Pan duro, pan blando

Pan duro, pan blando,
esto para el perro,
esto para el gato,
si te pica una pulguita,
ráscatela, ráscatela
con esta manita.

Palmas, palmitas

Palmas, palmitas,
higos y castañitas,
azúcar y turrón
para mi niño son.

Toca las palmas

Toca las palmas, toca las palmas,
tócalas como hago yo.

Manos a los hombros, manos a los hombros,
manos a los hombros como hago yo.

Manos a las rodillas, manos a las rodillas,
manos a las rodillas como hago yo.

Sacude la cabeza, sacude la cabeza,
sacude la cabeza como hago yo.

Toca las palmas, toca las palmas,
quédate quietecito como yo.

Zanahoria

Zanahoria, zanahoria,
si quieres
te cuento una historia;
ya la terminé,
si quieres
te la cuento otra vez.

Aquí no hay sitio

En la granja El Manzano, hacía aquel día mucho calor. Los pollitos fueron a refrescarse al establo, pero las vacas habían llegado antes.

—No hay sitio —mugió Vaca—. Probad en el estanque de los patos.

—Esto no es un estanque para pollitos —dijo mamá Pata al verlos.

Los pollitos fueron a la pocilga, donde Cerdo se revolcaba en el barro.

—Parece divertido —dijeron los pollitos, mirando desde el cercado.

—Sí —gruñó el cerdo codicioso—, ¡pero es todo para mí!

De repente, Pepito Pollito tuvo una idea.

—¡Vamos! —gritó—. ¡Seguidme!

Y entraron tras él en el jardín del granjero, donde una fuente de agua helada surgió del suelo y salpicó a todos los pollitos.

—¡Oh! ¡Qué refrescante! —dijo Rosita entre risas—. ¡Es estupendo!

Los pollitos se pasaron toda la tarde entrando y saliendo del agua fresca, hasta que llegó la hora de cenar. Al volver, vieron que el sol había secado el charco de Cerdo, que los patitos habían vaciado con sus salpicaduras toda el agua del estanque y que a las vacas se las habían llevado a la sofocante vaquería donde las ordeñaban.

Pero ellos, todavía chorreantes, volvieron fresquitos y alegres a casa con su mamá.

La gran caza y captura del huevo

En la granja El Arroyo vivía una gallina muy olvidadiza llamada Catalina. Un día puso cinco hermosos huevos, pero no podía recordar dónde los había dejado y los buscó por toda la granja.

—¿Dónde los he puesto? —lloraba—. ¡Soy una cabeza de chorlito!

La pata Dora se acercó corriendo a ayudarla.

—No te preocupes —la tranquilizó—. Enseguida los encontraremos.

Y salió a llamar a los demás animales de la granja. ¡La gran caza y captura del huevo había comenzado!

La oveja Juana encontró uno de los huevos entre las zarzas. La cabra Gustava encontró otro sobre una vieja hoja de col, en la pila del abono. El caballo Quique encontró el tercero en la madriguera de un conejo. La vaca Claudia encontró el cuarto en un mullido montón de heno.

—¡Pero todavía falta uno! ¡Yo puse cinco! —cloqueó Catalina.

Entonces, la cerda Ceferina vio algo debajo de una vieja carretilla.

—¡Pasó la alarma! —gruñó—. ¡Ya lo he encontrado!

Los animales cloquearon, balaron, mugieron y gruñeron aliviados. Sam, el perro pastor, metió los huevos en un saco y los llevó al gallinero. ¡Y así acabó la gran caza y captura del huevo!

—¡Gracias, gracias! —cloqueó Catalina radiante, e inmediatamente se sentó encima de los cinco huevos.

Al día siguiente nacieron cinco polluelos preciosos y los mostró orgullosa a sus amigos de la granja.

El oso fofo

El señor y la señora Muñoz tenían una tienda de juguetes antiguos. Hacían juguetes a mano en una habitación que había detrás de la tienda, pero se estaban haciendo viejos y empezaba a fallarles la vista.

—Hemos de contratar a un aprendiz —dijo el señor Muñoz a su mujer.

Pronto encontraron a un joven llamado Tomás dispuesto a trabajar para ellos. Trabajaba mucho y con esmero, y dedicó su primera semana a hacer un oso de peluche. Cuando lo hubo terminado se lo enseñó al señor y a la señora Muñoz.

—Parece muy amoroso —dijo la señora Muñoz.

Tomás se alegró de que les gustara su oso y se fue a casa muy contento.

—Es un oso realmente encantador —dijo el señor Muñoz—, pero la cabeza está un poquito fofa.

—Ya lo sé —contestó su mujer—, pero es el primer intento de Tomás. Vamos a ponerlo en el estante con los otros osos de peluche.

Esa noche, sentado en el estante, el oso fofo empezó a llorar, pues había oído lo que el señor y la señora Muñoz decían de él.

—¿Te pasa algo? —le preguntó el oso marrón, que estaba junto a él.

—Tengo la cabeza fofa —sollozó.

—¿Te duele? —preguntó el oso marrón.

—No —respondió.

—Entonces, ¿por qué lloras? —preguntó el oso marrón.

—Porque nadie va a querer comprar un oso fofo. Me quedaré siempre en la tienda y nadie me llevará a su casa, ni me querrá —dijo llorando.

—No te preocupes —respondió el oso marrón—. Todos tenemos algún defecto y a mí me parece que estás muy bien. Si te esfuerzas por parecer tierno y amoroso, enseguida te querrá alguien.

Sus palabras animaron al oso fofo, que se durmió plácidamente.

Al día siguiente la tienda se llenó de gente, pero nadie se fijó en el oso fofo. De repente, un niño se quedó mirando el estante y exclamó:

—¡Qué oso tan bonito! ¿Me compras éste, papá?

Al oso fofo le dio un vuelco el corazón cuando el papá del niño se acercó a su estante. Sin embargo, fue al oso marrón a quien cogió. El oso fofo se sintió más triste que nunca. Nadie lo quería. A todos sus nuevos amigos los compraría alguien y se los llevarían de la tienda, pero él se quedaría en el estante llenándose de polvo. ¡Pobre oso fofo!

El señor y la señora Muñoz tenían una nieta, llamada Julia, a la que le gustaba mucho ir a la tienda a jugar con los juguetes. Todos los juguetes la querían mucho porque era muy buena y amable. Y resultó que la siguiente vez que fue de visita era su cumpleaños y sus abuelos le dijeron que eligiera un juguete de regalo.

—Sé que no me va a escoger —pensó el oso fofo—. Y menos pudiendo elegir entre todos esos bonitos juguetes.

Pero, para sorpresa del oso fofo, Julia señaló su estante y dijo:

—Me gustaría el oso fofo, por favor. Seguro que nadie tiene un oso como él.

La señora Muñoz sonrió y le dio a Julia el oso fofo. Ella lo abrazó y lo besó, y el oso se sintió muy feliz. La niña lo llevó a su casa y le puso al cuello una elegante pajarita roja para que la luciera en su fiesta de cumpleaños.

El oso fofo se sintió muy orgulloso.

Enseguida llegaron los otros niños con sus osos de peluche en los brazos.

El oso fofo casi no podía creérselo cuando vio al niño con su amigo el oso marrón.

—He organizado una merienda para los osos de peluche —le explicó Julia, abrazándolo.

Tanto los niños como los osos se lo pasaron estupendamente, sobre todo el oso fofo. Había encontrado un hogar lleno de cariño, se había reunido con su viejo amigo y había hecho muchos nuevos amigos.

—¿Lo ves? Ya te dije que no te preocupases —dijo el oso marrón.

—Ya lo sé —respondió el oso fofo—. Y no lo volveré a hacer.

Pepe Pillo

Pepe Pillo
está en su castillo,
se lava los dientes
con pasta y cepillo.

Guau-guau

El perro hace guau-guau,
el gato hace miau-miau,
la rana hace croac-croac,
el pato hace cuac-cuac,
la vaca hace muuu,
el búho hace huuu,
y lo que hace el cuco,
me lo dices tú.

Pedaleando

Pedaleando, pedaleando,
Juanito pasa volando,
a un lado corre su perro,
al otro lado su gato,
hasta casa de su abuela
Juanito va pedaleando.

La araña

La señora araña
teje su tela,
un hilo tan largo
y no se le enreda.

Un jilguero y un gorrión

Un jilguero y un gorrión
vinieron a beber agua,
uno bebió con el pico,
el otro con la cuchara.

Soldados del Parlamento

Suenan las campanas del Parlamento,
marchan los soldados del regimiento,
unos van cantando, otros van riendo,
vuelven los soldados al campamento.

El juramento

Cuando fui a Nueva York
vi un cerdo
con pelucón,
te doy mi palabra de honor.

El camino

Ricardo en un palo,
Marcelino en un cochino,
silbando y cantando,
han hecho el camino.

Puntualidad

Al que no es puntual
le sale todo mal.

Palotín, palotán

Palotín, palotán, palotero,
el gato corre en torno al ciruelo,
la pobre paloma levanta el vuelo,
palotín, palotán, palotero.

La olla común

José calentó agua,
Juan echó el arroz,
Jaime puso las patatas,
Julio las coció,
y el glotón de Jorge
todo se comió.

Abeja

Abeja zumbadora,
¿cuándo será mi boda?
¿Será para abril?
¿Será para mayo?
Abeja zumbadora,
vuela a casa de mi amado.

Un ratón

Un ratón
en su agujero
bebe vino
y come queso.

Vaca

Vaca lechera, dame tu leche
y te daré la hierba más verde.
La hierba más verde de la pradera
yo le daré a mi vaca lechera.

Diego, el pollito travieso

Diego era un travieso
que nunca estaba quieto.
Siempre hacía trastadas
y su mamá se enfadaba.

Se ponían a comer
y distraía a su hermana.
Le quitaba las semillas
cuando ella no miraba.

Para cantar como el gallo
al tejado se ha subido.
Los animales le gritan:
¡te vas a caer, pollito!

Esperó hasta que mamá
se sentó en el ponedero,
encima se le subió
y la tiró por el suelo.

«¡Ya vale, estoy harta!»,
mamá le ha gritado.
«¡Los demás van a jugar,
pero tú estás castigado!»

Sentado en su rincón
se siente muy desgraciado
porque los otros pollitos
maíz han merendado.

«Por favor, mamá,
perdóname ya,
de verdad te digo
que no lo haré más.»

«Está bien, de acuerdo,
te perdono, Diego,
pero me has de prometer
que vas a ser siempre
bueno.»

Los pollitos alborotadores

Manolo se ríe
porque sus plumillas
entre las pezuñas
le han hecho cosquillas.
«¡Los cinco pollitos
son tan resalados!»
A Manolo pronto
se le va el enfado.
A partir de ahora,
van a ser amigos
y juntos se irán
a jugar al río.

El toro Manolo aún no se ha dormido,
porque los pollitos
gritan ¡pío, pío!
«Menudo jaleo
arman estos críos:
que si tienen hambre,
que si tienen frío,
que si vámonos
a jugar al río.»

El toro Manolo ya no puede más
y a mamá gallina se quiere quejar.
«¿No habría manera de que sus pollitos
durmieran la siesta
siquiera un ratito?»
Mientras la gallina
oye sus protestas,
los cinco pollitos
salen a la puerta.

Y por más que griten
durante la siesta,
al toro Manolo
ya no le molesta.
Pues su ¡pío, pío!
y su alegría
son para Manolo
lo mejor del día,
y ya nada puede
borrar su sonrisa.

Los viejos tiempos

Las tardes de frío, lluvia y viento, cuando el viejo Martín deja que los animales se refugien en el cálido establo, a éstos les gusta pasar la tarde escuchando historias. Eso sí, todo depende de quién las cuente.

Los cuentos de los cerdos siempre tratan de comida, y los de las gallinas, sobre patos. Las vacas son unas chismosas y se dedican a repetir lo que han oído a través del seto.

Ahora bien, Tili y Tolo, que son los animales mayores de la granja, siempre hablan de los viejos tiempos. Los demás animales se aburren, porque ya se lo han oído contar un montón de veces.

Un día de primavera especialmente frío, había en la granja un montón de pollitos recién nacidos. El viejo Martín fue al gallinero y le dijo a Enriqueta:

—Lleva a tus hijitos al establo. Allí se está mucho mejor que aquí.

—¡Beeee! —baló la oveja María, que estaba junto a la puerta del establo—. ¿Habéis oído eso? Enriqueta va a traer a sus pollitos ¡Se acabó la paz!

Todos los animales mugieron, relincharon, gruñeron o cacarearon para decir que estaban de acuerdo. Aquellos pollitos chiquitines eran las criaturas más revoltosas de la granja, y todos los animales pusieron cara de disgusto cuando los pollitos entraron en fila.

Era el turno del cerdo Ceferino:

—Érase una vez —comenzó— un cerdo que tenía mucha hambre...

Aunque los animales intentaban concentrarse, era muy difícil hacerlo con los pollitos correteando por allí. Picaron a la vaca Margarita en la nariz y le hicieron estornudar. Estuvieron arañando la cola de Blas, el perro ovejero, hasta que éste no tuvo más remedio que ladrarles enfurecido. Un pollito incluso intentó meterse a dormir en la lanuda oreja de la oveja María. No hacían más que distraer a los animales y ponerlos de mal humor.

—...algo muy, pero que muy delicioso.
Fin —dijo Ceferino, dándose
cuenta de que nadie había
podido escuchar su historia.
Gruñó sonoramente a los
pollitos y se fue a un rincón
muy enfadado.

Después le tocó al caballo Tolo:

—Os hablaré —dijo— de los viejos tiempos...

Todos los animales, menos Tili, refunfuñaron por lo bajo. Una historia
aburrida y un establo lleno de pollitos revoltosos: ¡la mejor receta para una
tarde horrorosa!

Pero mientras Tolo hablaba y hablaba monótonamente, ocurrió algo
sorprendente: todos y cada uno de los pollitos empezaron a quedarse
dormidos, acurrucados al calor de las plumas de Enriqueta.

—...y me acuerdo de otra historia —dijo Tolo—, pero me imagino que
no tendréis ganas de escucharla hoy.

—¡Claro que sí! —dijeron a coro—. ¡Nos encantan tus historias, Tolo!

Y esta vez lo decían todos sinceramente.

La marisma del arce

Bajando aquel camino, en la marisma del arce
se reúnen las ocas y grazna el ganso salvaje,
cocea la yegua, los potrillos saltan,
silba el jabalí y los jabatos bailan.

El viejo Rogelio

Al viejo Rogelio
lo han enterrado.
¡Ajá, lo han enterrado!
Sobre su tumba
ha crecido un manzano.
¡Ajá, un manzano!
Rojas y jugosas,
las manzanas han madurado.
¡Ajá, han madurado!
A coger las manzanas,
una vieja ha llegado.
¡Ajá, una vieja ha llegado!
El viejo Rogelio
un susto le ha dado.
¡Ajá, un susto le ha dado!
Y la pobre vieja
ha salido pitando.
¡Ajá, ha salido pitando!

Caballero de Bangalorey

Caballero de Bangalorey, caballero,
por ir tras de ti, hago cuanto puedo.
Me apropiaré de un caballo,
robaré un velero,
siguiendo tu rastro
recorreré el mundo entero.
Por ir tras de ti, hago cuanto puedo,
caballero de Bangalorey, caballero.

El camino a Jerez

El camino a Jerez,
a leré, a leré.
¿Cuál es el camino que va a Jerez?
Un pasito primero, un pasito después,
éste es el camino que va a Jerez.

Cantando a pleno pulmón

Cantando, cantando a pleno pulmón,
se alivian las penas de mi corazón.
Canto de mañana, canto a mediodía,
canto por la noche, canto todo el día.

El ratón de Martín

Debajo un botón, ton, ton,
que encontró Martín, tin, tin,
había un ratón, ton, ton,
ay, qué chiquitín, tin, tin.

Un marinero

A ver las sardinas nadar
se sentó un marinero en el fondo del mar.
A ver los cangrejos pasar
se sentó un marinero en el fondo del mar.

De Wibbleton a Wobbleton

Quince millas son de Wibbleton a Wobbleton,
quince millas son de Wobbleton a Wibbleton.
De Wibbleton a Wobbleton,
de Wobbleton a Wibbleton,
quince millas son de Wibbleton a Wobbleton.

Leo quiere un amigo

Leo era un león bastante tímido, a diferencia de su madre, su padre, sus hermanos y sus hermanas, que eran bastante más atrevidos. A veces se sentía triste porque no tenía amigos.

—Mamá —dijo un día—, ¿por qué no juega nadie conmigo?

—Como eres un león, les das miedo —contestó mamá.

Hacía un día precioso y Leo estaba seguro de que haría un nuevo amigo. Se acercó a unos árboles, donde estaba jugando un grupo de monitos. Cuando los monos vieron a Leo se subieron corriendo a las copas de los árboles más altos.

—¡Hola! —gritó Leo. No hubo respuesta. —¡Hola! —repitió—. ¿Queréis bajar y jugar conmigo?

Se hizo el silencio y uno de los monos le lanzó una sonora pedorreta.

—Vete —dijo de malas maneras—. No nos gustan los leones. Tenéis los dientes demasiado grandes —añadió, y soltó una ruidosa carcajada.

Leo siguió caminando hasta que llegó a una profunda charca donde se estaban bañando una hipopótama y su cría. Leo se los quedó mirando mientras jugaban en el agua.

—¡Hola! —gritó Leo—. ¿Puedo meterme en el agua con vosotros? Me gustaría jugar —dijo.

—¡A mí también! —dijo el hipopótamo pequeño.

—No —dijo la mamá—. Tú no juegas con leones.

Perplejo, Leo siguió caminando hasta que se encontró a un avestruz con la cabeza metida debajo de la arena.

—¿Qué haces? —preguntó Leo, sorprendido.

—Me escondo de ti —dijo el avestruz.

—¡Pero si sigo viéndote! —respondió Leo.

—Pero yo no te veo a ti —contestó el avestruz.

—Anda, ven. Juega conmigo en vez de esconderte —dijo Leo.

—¡Jamás! —dijo el avestruz—. Yo no juego con leones, porque rugen.

Leo siguió andando. Vio una serpiente que estaba tomando el sol sobre una piedra y la tocó suavemente con la pata.

—Juega conmigo —le dijo.

—¡Ay! —se quejó la serpiente—. ¡Qué garras tan afiladas!

«Me tendré que acostumbrar a jugar solo», pensó Leo.

—¡Hola! —dijo de repente una vocecita.

Leo vio un par de ojos observándolo tras un árbol.

—No vas a querer jugar conmigo —dijo Leo enfurruñado—. ¡Tengo unas garras afiladas, y unos dientes enormes, y encima rujo!

—Yo también —dijo la voz.

—¿Quién eres? —preguntó Leo con interés.

—¡Un león, por supuesto!

Y de repente apareció en el claro otro leoncito.

—Yo también soy un león —dijo Leo sonriendo—. ¿Meriendas conmigo?

—¡Sí! —dijo el otro león. Y pasaron la tarde merendando y jugando.

—¡Me gusta ser un león! —dijo Leo feliz—. ¡Por fin tengo un amigo!

El
árbol
mágico

Tomás se frotó los ojos, parpadeó varias veces y se volvió a asomar por la ventana de su dormitorio. Ahí seguía todavía, un hermoso roble que, desde luego, ayer no estaba allí. No tenía la menor duda de que, si hubiera estado, él lo sabría. Para empezar, se habría subido a él, porque lo que más le gustaba a Tomás era trepar a los árboles.

¡No, seguro que el árbol ayer no estaba! Tomás se quedó sentado mirándolo entre incrédulo y maravillado. Estaba allí, ante la ventana de su habitación, inmenso, con las ramas extendidas como si lo invitase a trepar. Tomás se preguntaba asombrado cómo era posible que hubiera brotado de repente, pero decidió que, en vez de seguir admirándose, lo que haría primero sería salir y subirse a él. Pensó que, a fin de cuentas, siempre hay tiempo de sobra para asombrarse de algo, pero nunca hay tiempo suficiente para hacer las cosas.

EL ÁRBOL MÁGICO

En cuanto se vistió, salió corriendo para ver de cerca el árbol nuevo. Tenía el mismo aspecto que cualquier otro roble grande, con gruesas ramas tentadoras, gran cantidad de hojas verdes y redondeadas y la corteza rugosa.

Tomás no se pudo resistir más y empezó a trepar. En un instante, se encontró bajo un toldo de hojas verdes. Ya no podía ver el suelo y, además, pasaba algo bastante raro. Las ramas de abajo parecían tan grandes que hubiera podido ponerse de pie y caminar por ellas en cualquier dirección, y las ramas que se hallaban a su alrededor parecían árboles. De pronto, se dio cuenta de que estaba trepando a un árbol muy alto, pero al mismo tiempo estaba rodeado de un auténtico bosque.

Tomás pensó que lo mejor sería volver a bajar. Pero, ¿dónde estaba la parte de abajo? Todo lo que veía eran árboles que se agitaban junto a senderos ondulantes que conducían a lo más profundo del bosque. No sabía cómo lo había hecho, pero se había perdido en un bosque ¡y aún no había desayunado! Encima, parecía que empezaba a oscurecer. De repente, oyó una voz:

—¡Rápido, sube por aquí!

Tomás se asustó mucho, pero aún se asustó más cuando vio que la voz pertenecía a una ardilla.

—¡Puedes hablar! —balbució Tomás.

—Por supuesto que puedo hablar —respondió la ardilla—. Y ahora escúchame bien: corres un grave peligro y no podemos perder el tiempo si queremos salvarte de las garras del malvado Mago de los Bosques.

La ardilla le contó que el bosque estaba encantado desde hacía mucho tiempo. A veces, el Mago de los Bosques atraía a los incautos a sus dominios haciendo aparecer un árbol. Al trepar por éste, entrabas en el bosque y era casi imposible escapar.

—Pero, ¿por qué quiere el Mago de los Bosques atrapar a la gente? —preguntó Tomás, sabiendo de antemano que la respuesta no le iba a gustar.

—La quiere convertir en fertilizante para que crezcan los árboles —respondió la ardilla.

Tomás no sabía muy bien qué era un fertilizante, pero le sonaba peligroso. Se alegró cuando la ardilla dijo de repente:

—Sólo hay un modo de sacarte de aquí, pero debemos darnos prisa. Pronto se hará de noche y el Mago de los Bosques despertará. En cuanto se despierte, olerá tu sangre y querrá capturarte. —Y saltando al árbol siguiente, la ardilla gritó—: ¡Sígueme!

Tomás trepó a toda prisa detrás de la ardilla.

—¿Adónde vamos? —jadeó mientras trepaban cada vez más alto.

—A lo más alto del árbol más elevado del bosque —respondió la ardilla, mientras subían de árbol a árbol—. Es el único modo de escapar.

Finalmente, dejaron de trepar. Por debajo de ellos no se veía más que árboles, y al mirar hacia arriba podía verse el cielo despejado, que empezaba a oscurecer. Se dio cuenta de algo muy extraño: las hojas de ese árbol eran enormes.

—Rápido —dijo la ardilla—. Siéntate en esta hoja y agárrate fuerte.

Tomás se sentó en una de las descomunales hojas. La ardilla silbó y, al instante, aparecieron cien ardillas más. Se agarraron a la rama de donde colgaba la hoja y, con gran esfuerzo, tiraron y tiraron hasta que la rama se dobló hacia abajo. De repente, la soltaron. Con un fuerte crujido, la rama, y con ella la hoja en la que Tomás se sentaba, saltaron hacia delante. Esto hizo que Tomás y la hoja salieran despedidos por el aire. Saltaron por encima de los árboles hasta que, lentamente, empezaron a bajar flotando hacia el suelo. Fueron bajando y bajando hasta que aterrizaron de golpe.

Tomás abrió los ojos y se encontró en el suelo de su cuarto. Corrió a la ventana y se asomó. El árbol mágico ya no se veía; tan de repente como había aparecido había vuelto a desaparecer. Quizá nunca había existido. A lo mejor sólo había sido un sueño. ¿A ti qué te parece?

El mejor regalo de cumpleaños

El día de su cumpleaños, Robi estaba muy nervioso. Cuando bajó a desayunar, encontró sobre la mesa un gran montón de regalos que abrió de uno en uno. Había un bonito libro con fotografías de animales salvajes, un coche de carreras de juguete y una gorra de béisbol. Robi estaba muy contento, pero... ¿y el regalo de sus padres?

—¡Cierra los ojos y extiende las manos! —le dijo su madre.

Cuando volvió a abrirlos, tenía en las manos un gran paquete rectangular. Lo desenvolvió y apareció una caja, dentro de la cual había un maravilloso y reluciente tren eléctrico con sus vías.

Robi se quedó mirando el tren, que consistía en una locomotora y seis vagones. Era tan bonito que casi no se atrevía ni a tocarlo. Sacó la locomotora de la caja con sumo cuidado, montó las vías y, al rato, el

tren ya daba vueltas por la habitación. Su gato, Fredi, entró a admirarlo, y le dio sin querer con la pata y lo descarriló. La máquina y los seis vagones salieron despedidos de las vías y acabaron en el suelo.

—¡Mira lo que has hecho! —se lamentó Robi mientras recogía el tren.

Los vagones no habían sufrido daños, pero la máquina había chocado contra la cama y tenía una gran abolladura.

—¡Mi tren nuevo se ha estropeado! —gritó muy disgustado.

—No te preocupes, Robi —dijo su madre—. Mañana lo llevaremos a que lo arreglen y lo dejarán como nuevo.

Robi se entretuvo con el coche de carreras, la gorra de béisbol y el libro, pero lo que realmente le apetecía era jugar con el tren. Se fue a dormir y aquella noche dejó la locomotora en el suelo, junto a la cama.

Por la mañana, lo primero que hizo fue mirar la pobre locomotora rota. Esperaba ver el metal abollado, pero la máquina estaba en perfecto estado. ¡Apenas podía creerlo! Corrió a ver a sus padres mientras gritaba:

—¡Mirad, mirad!

Sus padres se asombraron tanto como él. La locomotora funcionaba perfectamente y Robi pasó todo el día jugando felizmente con su tren, aunque esta vez se aseguró primero de que Fredi no pudiera entrar en la habitación.

Esa noche Robi no podía dormir. Intranquilo, daba vueltas en la cama. Y entonces oyó un ruido. Era el sonido de su tren, que daba vueltas velozmente en la vía. Indagó en la oscuridad y, en efecto, pudo distinguir la sombra del tren al pasar rápidamente. ¿Cómo se había puesto en marcha el tren? ¡No podía ponerse en marcha solo! A lo mejor Fredi había entrado en la habitación y le había dado a la palanca. Cuando sus ojos se fueron acostumbrando a la oscuridad, Robi pudo

distinguir sombras en los vagones. ¿Quiénes eran los misteriosos pasajeros? Se deslizó de la cama y se agachó junto al tren. Y entonces pudo ver que los pasajeros eran personitas pequeñas con extraños sombreros acabados en punta y trajes hechos de hojas. «¡Duendes!», pensó.

En ese momento, uno de los duendes descubrió a Robi:

—¡Hola, tú! —le dijo cuando el tren volvió a pasar velozmente—. Vimos que tu tren se había estropeado y como teníamos tantas ganas de dar una vuelta, lo arreglamos. ¡Espero que no te importe! —Robi estaba demasiado asombrado como para decir nada. —Ven a dar una vuelta con nosotros —añadió el duende cuando su vagón se volvió a acercar.

Cuando el tren pasó junto a él, el duende se asomó fuera del vagón y lo tomó de la mano. Robi notó que se encogía mientras volaba por el aire y, al instante, se encontró junto al duende ¡en el vagón de su propio tren!

—¡Allá vamos, agárrate fuerte! —gritó el duende, mientras el tren despegaba de la vía y salía por la ventana—. Dime, ¿adónde te gustaría ir? —añadió.

—¡Al país de los juguetes! —contestó Robi sin vacilar.

Al momento, el tren encarriló una vía que subía serpenteando por una montañana de azúcar blanco y rosa. Junto a las vías vio juguetes que realizaban sus tareas cotidianas. Una muñeca de trapo se subía a un brillante coche de hojalata, un marinero de madera le daba cuerda con una gran llave y la muñeca partía a toda velocidad. Tres ositos de peluche iban a la escuela con sus mochilas a la espalda. Entonces el tren se detuvo y Robi y los duendes se bajaron.

—¡Ahora vamos a divertirnos! —dijo uno de los duendes.

Habían parado junto a una feria de atracciones de juguete, en la que todas las atracciones eran de verdad. Los caballos del tiovivo y los coches de los autos de choque eran auténticos, y cuando se montó en el cohete del carrusel ¡fue hasta la luna y regresó!

Cuando uno de los duendes dijo que debían regresar antes del amanecer, Robi subió al tren agotado y se durmió enseguida. Se despertó de día, tumbado otra vez en su cama. El tren estaba parado en las vías, pero en uno de los vagones encontró un papelito en el que ponía:
Esperamos que lo hayas pasado bien en el país de los juguetes.
Firmado: Los duendes

El cachorro Olorín

Todos los animales de la granja estaban reunidos en el establo cuando la señora Gallina dijo al cachorro Olorín:

—Nos hemos dado cuenta de que necesitas un baño. No te has bañado en todo el verano y hasta los cerdos se han quejado.

—¿Tomar un baño? ¡Hasta ahí podíamos llegar! —se burló Olorín.

Salió al patio y estuvo paseando mientras pensaba: «¡Vaya una idea! Soy un perro y hago cosas de perros, como... ¡cazar gatos!» El gato de la granja se enderezó de un salto, siseando, cuando Olorín se le acercó corriendo. El cachorro lo persiguió por todo el patio, pero justo cuando estaba a punto de atraparlo, el gato saltó en el aire. Olorín saltó detrás de él y... aterrizó en el estanque con un gran ¡PLAF!

—¡Cachorrín tontín! —se rió el gato, que lo miraba subido a un árbol.

Los patos graznaban mientras Olorín los perseguía por el agua, salpicando y chapoteando. El agua fría refrescaba su piel. Al cabo de un rato, salió y se revolcó en el barro de la orilla.

—¡Qué divertido! —dijo—. ¡Me parece que, al final, me voy a acostumbrar a bañarme!

Una lección de magia

La bruja Braulia se fue de paseo por un bosque espectral. Le encantaba hacer conjuros malignos y sólo de pensar en hacer una buena obra se ponía enferma de verdad.

Se divirtió de lo lindo convirtiendo un parterre de campanillas azules en una charca viscosa y maloliente. Después hizo que en un árbol apareciera una cara horripilante para que todo el que pasara por allí se diera un susto espantoso.

Arrastrándose por la maleza, Braulia se encontró con un mago que estaba mirando hacia el fondo de una charca. Con un rápido movimiento de varita lo envió al agua, que aunque no era muy profunda estaba muy fría y llena de horribles y pegajosos hierbajos.

El mago salió del agua de un enorme salto. Se había enfadado tanto con Braulia que en cuanto estuvo junto a ella pronunció un conjuro. La gran capa roja que llevaba se envolvió alrededor del cuerpo de la bruja y empezó a apretar cada vez más fuerte.

—¡Pídeme perdón o te quedarás así! —gritó el mago con voz ronca.

Braulia estaba conmocionada por haber encontrado a alguien más rápido y malvado que ella. Se apresuró a pedir disculpas al mago y prometió que nunca más volvería a pronunciar conjuros malignos.

Poción de bruja

La bruja Maruja se lo estaba pasando estupendamente. Algo borboteaba en su cocina, al fondo de la cueva, y ella cantaba de pie ante su enorme caldero. Su canción era un conjuro para hacer un monstruo mágico, y la iba entonando mientras echaba los ingredientes en la olla.

Le había llevado varios días reunir todo lo necesario. Había conseguido fácilmente el ojo de lagarto, la lengua de rana, la cola de rata, el ladrido de perro, el estornudo de pollo, la lengüetada de comadreja y el olor a gato. Lo realmente difícil había sido el escupitajo de murciélago. ¡Había tenido que perseguir al bicho montada en la escoba! El murciélago volaba a todo gas por el cielo nocturno y Maruja pensó que se acabaría cayendo de la escoba. Pero finalmente el murciélago se había atragantado con una mosca y había tenido que aterrizar tosiendo y escupiendo. Maruja recogió un escupitajo y se lo guardó en el bolsillo.

El caldero empezó a borbotear violentamente y Maruja removió más deprisa. La cabeza de un monstruo empezó a salir de la olla.

—¡Encantada de conocerte! —exclamó Maruja.

—¡Encantado de comerte! —contestó el monstruo.

¡Algo había fallado! Maruja, frenética, agitó su varita hasta que el monstruo desapareció con una explosión. ¡Jamás repetirá este conjuro!

Uno, dos, tres, cuatro, cinco

Uno, dos, tres, cuatro, cinco,
un día pesqué un pez vivo;
seis, siete, ocho, nueve, diez,
hoy lo pescaré otra vez.
¿Por qué lo has devuelto al río?
Porque el dedo me ha mordido.
¿Y qué dedo te ha mordido?
El dedo meñique ha sido.

Los tres alpinos

Eran tres alpinos que venían de la guerra,
eran tres alpinos que venían de la guerra,
ría, ría, rataplán,
que venían de la guerra.

El más pequeño traía un ramo de flores,
el más pequeño traía un ramo de flores,
ría, ría, rataplán,
traía un ramo de flores.

Pequeño alpino, regálame esas flores,
pequeño alpino, regálame esas flores,
ría, ría, rataplán,
regálame esas flores.

Te las regalo si te casas conmigo,
te las regalo si te casas conmigo,
ría, ría, rataplán,
si te casas conmigo.

Cinco monitos

Cinco monitos paseaban por el lago
uno se fue a pescar
y sólo quedaron cuatro.

Cuatro monitos treparon a un ciprés
uno cayó de lo alto
y sólo quedaron tres.

Tres monitos se tumbaron al sol,
uno se quemó la cola
y sólo quedaron dos.

Dos monitos se fueron al fútbol,
uno se perdió al salir
y ya sólo queda uno.

Un monito solo se aburría mucho,
se montó en un aeroplano
y se fue a ver mundo.

Seis ochavos

Dentro del zapato
tengo seis ochavos,
uno lo regalo, otro me lo gasto
y los otros cuatro a mi mujer guardo.

Dentro del zapato
tengo cuatro ochavos,
uno lo regalo, otro me lo gasto
y los otros dos a mi mujer guardo.

Dentro del zapato
tengo dos ochavos,
uno lo regalo, otro me lo gasto
y para mi mujer ninguno me guardo.

Dentro del zapato
ya no tengo ochavos,
ninguno regalo, ninguno me gasto,
pero a mi mujer mi cariño guardo.

El uno es un soldado

El uno es un soldado
haciendo la instrucción,
el dos es un patito
que está tomando el sol,
el tres una serpiente
que no para de reptar,
el cuatro una sillita
que invita a descansar,
el cinco es un conejo
que mueve las orejas,
el seis es una pera
redonda y limonera,
el siete es un sereno
con gorra y con bastón,
el ocho son las gafas
que lleva Don Ramón,
el nueve es un globito
atado de un cordel,
el cero una pelota
para jugar con él.

Tres ratoncitos

Tres ratoncitos de colita gris
mueven la cabeza, mueven la nariz,
abren los ojos, comen sin cesar,
por si viene el gato, que los comerá.
Comen un quesito y a su casa van,
cerrando la puerta, duermen sin parar.

Las zanahorias

¡**M**añana cumplo un año! —anunció con orgullo Clara, la conejita blanca—. ¿A que es muy emocionante?

—Lo es —respondió su hermano Peluso—, porque yo también cumplo un año.

—¡Y yo! —dijo Manchitas.

—¡Y yo! —dijo Dentón.

—¡Y yo! —dijo Saltarín.

—¿Tendrán mamá y papá una sorpresa para nosotros? —preguntó Clara.

—¡Eso espero! —contestó Peluso, riéndose por lo bajo.

Su madre, desde la puerta, oyó a los conejitos hablar animadamente de su cumpleaños mientras se preparaban para irse a dormir. ¿Qué podía hacer para que mañana fuese un día especial? Estuvo dándole vueltas y por la noche, cuando su marido llegó a casa, le dijo:

—Mañana es el primer cumpleaños de los niños y se me ha ocurrido una sorpresa para ellos. Quiero hacer un pastel de zanahorias, así que necesitaré unas cuantas. ¿Podrías ir al huerto y arrancar las más frescas y hermosas que encuentres?

—Por supuesto, querida —respondió.

El señor Conejo estaba muy orgulloso de las zanahorias que cultivaba. Eran muy finas, crujientes y deliciosas. Todos los años las llevaba a la Feria Agrícola y casi siempre ganaban el primer premio. Así que os podéis imaginar su disgusto cuando llegó al huerto y se encontró con que le habían robado todas las zanahorias. Regresó a la madriguera y dijo a su mujer:

—¡Alguien nos ha robado las zanahorias! Voy a descubrir quién ha sido.

Y, aunque se estaba haciendo tarde, volvió a salir para averiguar quién había sido el malvado.

Primero se detuvo en casa de Liebre Hambrienta y llamó a la puerta con fuertes golpes.

—¡Alguien me ha robado las zanahorias! —dijo el señor Conejo—. ¿Sabes quién ha sido?

—Sí que lo sé —respondió Liebre—, pero yo no he sido.

Y por más que insistió, Liebre Hambrienta no dijo una palabra más.

A continuación, el señor Conejo fue a casa de Zorro Listo.

—¡Alguien me ha robado las zanahorias! ¿Sabes quién ha sido?

—Sí que lo sé —respondió Zorro Listo—, pero yo no he sido.

Y por más que le rogó y suplicó, Zorro Listo no dijo una palabra más.

Así que el señor Conejo se dirigió a casa de Tejón Uñas y le preguntó si sabía quién le había quitado las zanahorias.

—Sí, claro que lo sé —respondió Tejón Uñas—, pero yo no he sido.

Y al igual que los demás animales, ya no dijo una palabra más. En todos los sitios pasó lo mismo, y aunque el señor Conejo se enfadó muchísimo y se puso a patalear, nadie quiso decirle quién había robado las zanahorias.

—Ya lo averiguarás por ti mismo —le dijo Ardilla Roja.

Así que el señor Conejo se fue a casa sintiéndose perplejo.

—Al parecer, todos saben quién ha sido pero nadie me lo quiere decir —relató a su mujer.

—Todos no, querido —contestó ella—. Yo tampoco lo sé. Lo único que sé es que mañana es el primer cumpleaños de nuestros hijos y no tenemos ninguna sorpresa para ellos.

Tristes y confusos, se fueron a dormir decididos a resolver el misterio por la mañana.

Al día siguiente, los conejitos entraron corriendo en la cocina, donde estaban desayunando sus padres.

—¡Feliz cumpleaños a todos! —exclamó Clara.

—¡Feliz cumpleaños a todos! —respondieron los demás conejitos.

—Es sólo un detalle, pero quiero daros un regalito a cada uno —prosiguió Clara—. Espero que no te importe, papá. —Y de pronto sacó una caja de jugosas zanahorias, adornadas con un lazo, y las repartió entre sus hermanos.

—¡Atiza! —exclamó Peluso—. Yo he tenido la misma idea —añadió, mientras sacaba otra caja de zanahorias.

—¡Yo también! —agregaron Manchitas y Dentón al unísono.

Y se formó un gran montón de zanahorias sobre la mesa de la cocina.

—¡Así que esto es lo que ha pasado con las zanahorias! —exclamó el señor Conejo lleno de asombro—. ¡Y yo que pensaba que me las habían robado!

Y contó lo sucedido a los conejitos, que se rieron hasta dolerles el costado. Entonces, la señora Conejo se puso el delantal y los hizo salir de la cocina.

—Dejadme las zanahorias a mí, que yo también os tengo preparada una sorpresa —les dijo.

Y así se resolvió el misterio. Lo que había ocurrido es que Liebre Hambrienta había visto como cada conejito cogía unas cuantas zanahorias cuando creía que nadie lo veía. Como sabía que pronto iba a ser su cumpleaños, se imaginó por qué lo hacían. Se lo contó a los demás animales y a todos les pareció que sería una broma estupenda.

El señor Conejo se sentía avergonzado por haberse enfadado con ellos cuando en realidad lo único que estaban haciendo era guardar un secreto. Así que decidió invitarlos a todos a una fiesta de cumpleaños esa misma tarde, lo que fue una gran sorpresa para los conejitos.

Pero lo mejor del día fue cuando la señora Conejo salió de la cocina llevando nada más y nada menos que ¡una enorme tarta de zanahoria!

Una noche oscura

Patitas salió de puntillas al oscuro patio de la granja. Mamá le había dicho que se quedara en el establo hasta que fuera lo suficientemente mayor como para salir de noche, pero él se sentía impaciente. No había llegado muy lejos, cuando de repente algo le rozó las orejas. Sintió un escalofrío y el pelo de la espalda se le empezó a erizar. Comprobó aliviado que sólo había sido un murciélago. En el establo había muchos.

Un fuerte grito resonó entre los árboles y una sombra bajó planeando y atrapó algo. «No es más que una lechuza», pensó Patitas, «no tengo que tener miedo». Mientras se deslizaba sigiloso y nervioso en la oscuridad, Patitas no dejaba de preguntarse si en el fondo habría hecho bien. En cada esquina se oían extraños crujidos y, cuando al pasar junto a la pocilga próxima el cerdo lanzó un gran gruñido, no pudo evitar dar un salto.

De repente, se quedó paralizado. Junto al gallinero, dos ojos brillaban en la oscuridad mientras se le iban acercando. ¡Debía de ser el zorro! Sin embargo, vio con sorpresa que se trataba de su madre.

—¡Vuelve al establo! —le dijo con severidad.

Patitas obedeció muy contento. Después de todo, ¡quizá era mejor esperar a hacerse mayor para salir por la noche!

En casa de la abuela

Santi abrazaba su oso con fuerza mientras mamá metía en una bolsa su pijama y sus zapatillas.

—¿Por qué no puedo ir con vosotros? —preguntó.

—Porque papá y yo tenemos que pasar fuera una noche —dijo mamá—. Tú te vas a casa de los abuelos. Tienen muchas ganas de verte.

—Pero si papá y tú no estáis, tengo miedo —dijo Santi bajito.

—No te preocupes —dijo mamá—. ¡Te lo vas a pasar tan bien que no querrás volver a casa!

Los abuelos salieron a abrir la puerta cuando papá, mamá y Santi llegaron a su casa. Holy, la perrita de la abuela, asomó la cabeza entre sus piernas moviendo el rabo nerviosamente. Pero cuando llegó el momento de despedirse, Santi se sintió muy triste.

—¡Te voy a echar de menos! —dijo, agarrando a su mamá con fuerza.

Mamá le dio un gran abrazo y le sonrió.

—Te prometo que mañana por la mañana estaremos de vuelta —dijo.

 Papá y ella se metieron en el coche. Cuando el coche se puso en marcha, Santi les dijo adiós con la mano hasta que ya no pudo verlos y los ojos se le llenaron de lágrimas.

—Venga, Santi —dijo la abuela—. Nos lo vamos a pasar muy bien. ¿A que no sabes adónde nos va a llevar el abuelo esta tarde?

Santi se frotó los ojos y negó con la cabeza.

—Um... No lo sé —sollozó.

El abuelo le dio un pañuelo mientras Holy se les acercaba.

—¡Hola, Holy! —dijo Santi, más alegre, y le acarició las orejas. Santi quería mucho a Holy y esta noche podía hacer como si fuese suya.

—Abuelo —preguntó Santi—, ¿adónde vamos esta tarde?

—Es una sorpresa —dijo el abuelo—. Pero vamos a necesitar el coche. ¿Qué te parece si le damos una lavadita?

Y le dio a Santi una gran esponja amarilla y un cubo de agua jabonosa.

La abuela lo llamó desde la cocina:

—Voy a preparar una merienda para llevar. ¿Me quieres ayudar, Santi?

Santi aceptó encantado.

—Al abuelo le gustan los bocadillos de salchicha y a mí los de queso con tomate —dijo la abuela—. ¿Y a ti?

—¡El pan untado de crema de chocolate! —respondió Santi, relamiéndose—. ¿Y para Holy también llevaremos algo?

—Le llevaremos una de sus galletas —sonrió la abuela.

Con el coche limpio y la merienda preparada, Santi y el abuelo metieron en el portaequipajes todo lo que necesitaban.

La abuela sentó a Santi en el asiento para niños y se pusieron en marcha.

—Ya hemos llegado —dijo el abuelo—: el parque.

—¡Genial! —exclamó Santi, impaciente por salir a explorar.

Enseguida encontraron el sitio perfecto para la merienda. Santi se comió con apetito sus bocadillos de chocolate y después el abuelo lo llevó con Holy a dar un paseo por el bosque mientras la abuela dormía una siestecita. Por el camino, Santi vio un parque infantil.

—¿Podemos ir un ratito, abuelo? —preguntó.

—¡Pues claro! —contestó el abuelo, quien primero columpió a Santi y después lo vigiló mientras se deslizaba por el tobogán.

—¡Bien! —gritó Santi—. ¡Qué divertido!

Estuvo riendo y jugando con los otros niños mientras el abuelo lo miraba, igual que hacían sus papás.

Cuando llegó la hora de volver a casa, recogieron las cosas de la merienda y las metieron en el coche. Santi, agotado, se durmió enseguida. Había sido un día muy divertido.

Esa noche, la abuela le hizo una cena especial: salchichas con puré y, de postre, pastel de manzana con helado. Después estuvieron viendo en la televisión los programas favoritos de Santi hasta que se hizo la hora de ir a dormir.

Santi se acostó con el osito de peluche a su lado y el abuelo le preguntó qué cuento quería que le contase.

—Mamá me suele leer éste— dijo Santi, dándoselo.

—Érase una vez... —empezó a leer el abuelo.

Santi se sabía la historia de memoria. Era muy bonito oírla otra vez y enseguida empezó a quedarse dormido, igual que si estuviera en su casa.

Cuando Santi se despertó, no entendía por qué su habitación le parecía tan extraña. Entonces se acordó: ¡estaba en casa de sus abuelos!

—A desayunar, Santi —le dijo la abuela cuando entró para ayudarle a vestirse—. ¿Has dormido bien?

—Sí, abuela —contestó.

Para desayunar, la abuela le preparó un huevo pasado por agua, pan tostado, leche y zumo de naranja fresco. ¡Delicioso!

Después Santi ayudó a la abuela a preparar su bolsa. Cuando llegaron sus papás, corrió contentísimo a su encuentro y les dio un abrazo gigantesco.

—¿Te lo has pasado bien? —preguntó mamá.

—¡Sí! —rió Santi—. Merendamos en el parque y bajé por el tobogán y paseamos a Holy y el abuelo me leyó un cuento... ¿Puedo quedarme más veces?

Todos se rieron y Holy se puso a ladrar.

—¡Claro que puedes! —respondieron sus papás.

Una casa para Pepón

En el lugar donde vivía el pequeño hipopótamo Pepón hacía mucho calor. Él habitaba en un fresco río que fluía hacia el mar y ahí precisamente fu donde conoció a Alejo, el cangrejo ermitaño, y se convirtieron en buenos amigos.

Su amistad era un poco extraña, ya que los dos eran de lo más diferente. Por ejemplo, Pepón era mucho más grande que Alejo. A Pepón le parecía que ser un cangrejo ermitaño era estupendo, pues, en vez de tener un caparazón como el de los cangrejos corrientes, se introducen en caracolas que van cambiando de vez en cuando.

La caracola que Alejo tenía esos días era puntiaguda y de color rosa brillante, y la llevaba consigo a todas partes. A Pepón le parecía genial. Él también quería una casa que pudiera llevar a todas partes en vez de tener que soportar el sol abrasador. No le gustaba pasar calor, pero no hay caracolas en las que quep un hipopótamo, por lo que para estar fresquito debía quedarse en el río.

—¿Me ayudas a construirme una casa? —preguntó un día Pepón a Alejo.

—Por supuesto —respondió Alejo.

Así que construyeron una casa con hojas y la ataron a la espalda de Pepón Éste quedó encantado y los dos se fueron a pasear por el río. Esta vez Alejo llevaba una nueva caracola amarilla. Al pasar junto a un león que estaba resfriado, éste estornudó con todas sus fuerzas y se llevó por delante la nueva casa de Pepón.

—¡Qué mala pata! —dijo Pepón.

Y se pusieron a construir otra casa, esta vez de bambú.

Una casa para Pepón

—Así no saldrá volando —dijo Pepón.

Pero apareció un elefante, y, qué casualidad, bambú es la comida favorita de los elefantes.

—Ñam, ñam —dijo el elefante—. ¡Qué rico desayuno! —Y se zampó la casa de Pepón.

—Te has comido mi casa nueva —se quejó Pepón.

—¡Oh! Lo siento mucho —respondió el elefante.

Alejo empezó a buscarse una nueva caracola, porque la amarilla se le estaba quedando pequeña. De repente, un gran pájaro que volaba perezosamente por encima de ellos descubrió a Alejo sin caracola.

—¡Ah, cangrejo para almorzar! —exclamó.

Bajó a toda velocidad y atrapó a Alejo con sus garras. Alejo forcejeó y consiguió liberarse, pero cayó al suelo con un ruido sordo. Pepón corrió a ayudarle pero era demasiado grande y lento. Miró alrededor y descubrió una tumbona con una sombrilla, un cubo y una pala.

—¡Rápido! —gritó—. ¡Por aquí!

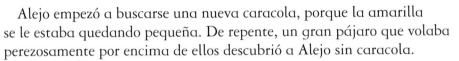

Justo a tiempo, Alejo consiguió meterse debajo del cubo. El pájaro graznó encolerizado y se fue volando. Pepón arrellanó su trasero en la tumbona y se acomodó bajo la sombrilla. Se estaba fresco y a gusto.

—Alejo, seguiré viviendo en el río como hacía antes —dijo.

—Y yo me buscaré otra caracola —respondió el cangrejo.

Y los dos amigos regresaron al río, contentos de volver a casa juntos.

Don Redondón

Redondo, redondo, es don Redondón,
le gustan las cosas que redondas son:
el bombo, la rueda, la luna y el sol.
Redondo, redondo, es don Redondón.

En el cielo estrellado

En el cielo estrellado
se columpia la luna,
los bebés duermen
echaditos en su cuna.
¡Qué serena la noche,
cómo brilla la luna!

La coneja Jacinta

La coneja Jacinta
ha salido a pasear
con una falda amarilla
y pendientes de coral.

Tontín y Tontuelo

Tontín y Tontuelo
se pusieron a reñir
por el mismo sonajero:
que si es de Tontín,
que si es de Tontuelo.
Apareció un cuervo negro,
y del susto se olvidaron
del dichoso sonajero.

El bufón Héctor

La reina estaba aburrida,
el rey triste y deprimido:
—Que alguien nos quite las penas
y nos alegre un poquito.

Al bufón Héctor han hecho llamar,
que les cuente un cuento,
que venga a cantar.
Pero el pobre Héctor
hoy no está inspirado
y el rey y la reina
del palacio lo han echado.

El gaitero
y su vaca

Había un gaitero
que tenía una vaca.
Cuando tocaba la gaita,
la vaca bailaba.

Jaleo
en
el patio

Menudo jaleo
que hay hoy en el patio,
el cerdo persigue al perro
y al cerdo persigue el gato,
detrás del gato corre la escoba,
porque no quiere
que el perro la coja.

Patos por un día

Un día soleado y caluroso, los pollitos Pepa y Pepe salieron del patio de la granja en busca de diversión. Llegaron hasta el arroyo, donde vieron una pata pasar nadando.

—Tened cuidado con el agua, pollitos —les dijo cariñosamente.

—Lo tendremos —respondió Pepa, mirándola nadar elegantemente—. ¡Ojalá supiéramos nadar, Pepe! Debe de ser bonito ser un pato.

Mamá les había dicho que no jugaran junto al arroyo, pero cuando descubrieron una gran hoja que se balanceaba suavemente entre las cañas decidieron subirse a ella para jugar.

—¡Vamos a jugar a que somos patos! —rió Pepe.

Los dos pollitos jugaron alegremente con la hoja toda la mañana.

—¡Cuac, cuac! ¡Ojalá pudiéramos alejarnos remando como los patos de verdad! —se reía Pepe, saltando arriba y abajo.

Entonces, la hoja se soltó de los cañaverales y empezó a flotar arrastrada por la corriente.

—¡Oh, no! —gritó Pepe con gran preocupación—. ¿Cómo vamos a salir de aquí?

—Tendremos que nadar —sollozó Pepa.

—¡Pero si no sabemos! —dijo
Pepe—. No somos patos de verdad.
¡Socorro! ¡Socorro!

La hoja flotaba suavemente río abajo y pasó
junto al prado, donde los otros animales de la
granja La Mantequera estaban pastando.

—Tranquila, Pepa, los animales de la granja nos salvarán —pió Pepe,
agitando las alas para llamar la atención de los animales—. ¡Socorro!

—¡Oh, mirad! —mugió la vaca—. ¡Los pollitos nos saludan!

Todos los animales les devolvieron el saludo. Todos menos la pata, que vio
las caras asustadas de los pollitos y también la cascada que
tenían delante. ¡Los pollitos estaban en peligro!

—¡No están saludando! —gritó—. ¡Piden ayuda!

La pata saltó al agua y echó a nadar tras los pollitos todo lo rápido
que pudo. Alcanzó la hoja y trató de tirar de ella hacia la
orilla, pero la corriente era demasiado fuerte y cada vez se
acercaban más a la cascada. Entonces tuvo una idea.

—¡Rápido! —dijo a los dos pollitos—. ¡Saltad a mi espalda!

Pepa y Pepe saltaron y, nadando contracorriente,
la pata los puso a salvo. Al llegar a la granja
le dieron las gracias por haberlos salvado.

—¡Lo sentimos mucho, mamá! —gritó
Pepa corriendo hacia ella—. ¡Nunca más
te desobedeceremos!

—¡Ser pollo es mejor que ser pato!
—sollozó Pepe.

—¡Y más seguro! —cloqueó mamá.

Haciendo el mono

Miguel y Marco Mono se habían terminado el zumo de mango del desayuno y ahora se iban rápidamente a jugar.

—¡Tened cuidado! —les gritó su mamá—. ¡Y no hagáis demasiado ruido!

—No lo haremos —prometieron los dos diablillos.

—¡Eeeeeeh! ¡Uaaaah! —chillaban Miguel y Marco.

El ruido retumbaba por toda la selva. Miguel y Marco eran incapaces de guardar silencio.

¡Cataclún! Miguel aterrizó en una rama. ¡Cataclún! Marco aterrizó junto a él. ¡Craaac!

—¡Noooo! —aullaron los monos cuando la rama hizo un chasquido.

—¡Iiiiii! —chillaron mientras caían.

¡Cataclunclunclún! La selva se estremeció cuando los monos chocaron contra el suelo.

—¡Yupiii! —jalearon los monos saltando alegremente.

—¡Esto sí que ha sido DIVERTIDO! —exclamó Marco—. ¡Vamos a buscar a Chico Chimpa, a ver si también lo quiere hacer! —Y los dos monos volvieron a trepar a la copa de los árboles, gritando—: ¡EH, CHICO, VEN A JUGAR CON NOSOTROS!

Haciendo el mono

Todos los animales de la selva se tapaban las orejas con las patas. ¿No podía nadie hacer que aquellos monos escandolosos guardasen silencio?

Chico Chimpa se unió a sus amigos. Los tres se lo estaban pasando estupendamente columpiándose, dando volteretas y saltando todos juntos cuando, de repente, algo los dejó paralizados. Abuelo Gorila estaba en mitad del sendero mirándolos severamente y con aire de estar enfadado.

—¡Largo de aquí, revoltosos! —les dijo—. Por hoy ya nos habéis dado a todos suficiente dolor de cabeza. Mi nieto Gulliver se ha quedado medio dormido junto al río, y como lo despertéis me voy a disgustar mucho.

—Perdón —musitó Marco con la vista baja. Todo el mundo en la selva sabía que disgustar a Abuelo Gorila era un error imperdonable.

—Ya no haremos más ruido —prometieron.

Se quedaron sin saber qué hacer hasta que Miguel dijo:

—Vamos a trepar al cocotero. Eso lo podemos hacer en silencio.

—Vale —aceptaron los otros, no del todo convencidos.

—Siempre será mejor que no hacer nada —dijo Marco.

Desde el cocotero, los tres amigos podían divisar toda la selva.

Vieron a la jirafa Jeroma enseñando a su hijo Jeromín cómo escoger las hojas más tiernas y jugosas de un árbol. También vieron a la lorita Laurencia dando a su hija Penélope la primera lección de vuelo. Y justo debajo de ellos vieron al pequeño Gulliver durmiendo a la orilla del río. Pero... ¡Oh, oh! Vieron algo más: Claudia Cocodrilo estaba en el río. Con la boca abierta y chasqueando sus grandes y afilados dientes se dirigía en línea recta hacia Gulliver. Los amigos no se lo pensaron dos veces. Marco empezó a gritar con todas sus fuerzas:

—¡LEVÁNTATE, GULLIVER, LEVÁNTATE AHORA MISMO!

Mientras tanto, Miguel y Chico empezaron a tirar cocos a Claudia. ¡CLOC! Los cocos caían sobre la dura cabeza de cocodrilo de Claudia.

—¡AAAAAYYYYY! —se quejó ésta.

—¿Qué está pasando? —gritó Abuelo Gorila entre los cocoteros—. ¡Pensaba que os había dicho que guardaseis silencio!

Todo este ruido despertó a Gulliver. El pequeño gorila se puso de pie, echó un vistazo a su alrededor y se fue corriendo con su abuelo, que venía a toda prisa hacia el río.

Cuando Abuelo Gorila vio a Claudia, comprendió lo sucedido.

—¡Qué contento estoy de que estés a salvo! —dijo, abrazando a Gulliver.

Los tres monos bajaron del árbol.

—Sentimos mucho haber hecho tanto ruido —dijo Chico.

Los gorilas y la mayoría de los demás animales se habían acercado.

—¿Qué ha pasado? —graznó la lorita Laurencia.

—Sí, ¿qué es todo este follón? —preguntó la jirafa Jeroma.

—Estos tres jovencitos son unos héroes —dijo el abuelo—. Han salvado a mi nieto, que estaba a punto de ser devorado por Claudia Cocodrilo.

—Creo que os merecéis una recompensa —empezó Abuelo Gorila—, y me parece que debería ser...

—¡Hurraaaa! —exclamaron a coro todos los animales, quienes a continuación retuvieron el aliento expectantes.

—¡...permiso para hacer todo el ruido que queráis! —terminó.

—¡YUPIIII! —exclamaron Miguel, Marco y Chico con sus voces más chillonas y unas sonrisas de oreja a oreja.

—¡OH, NO! —gruñeron todos los demás animales a coro, pero la verdad es que todos estaban sonriendo.

Lisi y el tractor

Amarillo, el tractor, se detuvo junto a la vaca Lisi. El granjero se asomó por la cabina.

—¡Vamos, Lisi, levántate! —dijo el granjero—. El concurso se celebra dentro de una semana ¿Cómo vas a ganar el premio a la mejor vaca si estás todo el día haciendo el vago y engordando sin parar? ¡Qué perezosa eres!

—Me gusta estar echada —respondió la vaca Lisi—. Tengo toda la hierba que me hace falta a mi alrededor. No necesito levantarme para nada.

—¿No te gustaría ganar el concurso, Lisi?— preguntó el granjero.

—¡No!— respondió Lisi. Y siguió masticando un bocado pensativamente.

El granjero no sabía qué hacer. Menos Lisi, todos sus animales ganaban premios. A lo mejor ellos sabían cómo conseguir que volviera a estar en form y hermosa. Condujo a Amarillo hasta la granja y les preguntó su opinión.

—Es demasiado sosa. Píntala de rosa con manchas marrones. A mí siempr me funciona —dijo el cerdo Rufus.

—Come demasiada hierba. Dale periódicos para comer. A mí siempre me funciona —dijo la cabra Locuela.

—Tiene la cola demasiado estrecha. Pégale un montón de plumas de colores. A mí siempre me funciona —dijo el gallo Felipe.

—Yo sé qué hacer para que Lisi cambie —dijo entonces Amarillo.

Los animales se rieron con desprecio. ¿Cómo iba a conseguir un tractor lo que ellos no podían lograr? Pero el granjero dijo:

—Por favor, Amarillo, ¡haz todo lo que puedas!

Amarillo se puso a dar vueltas por el establo, probándose todos los accesorios y las herramientas que puede utilizar un tractor. Primero se puso la pala excavadora y fue al encuentro de Lisi.

—Lisi, por favor, ¿podrías pasarte al campo pequeño?

—No quiero —respondió Lisi, echándose de espaldas.

Amarillo la levantó con su pala y la llevó al campo.

—Es por tu bien —le dijo.

A continuación se puso el arado y, para asombro de todos, empezó a arar la hierba del medio del campo. Al día siguiente Amarillo aró otra franja más, y lo mismo hizo un día después. Cada vez había más parte arada y menos zona con hierba.

—¡No me estás dejando hierba para comer! ¡Me estoy quedando en los huesos! —gritó Lisi.

Después, Amarillo se puso la segadora y retiró toda la hierba que quedaba. Si Lisi seguía tumbada, ya no tendría suficiente comida. Ahora estaba más delgada y el ejercicio le estaba dejando la piel brillante. Pero el tractor aún no había terminado. Se puso la pala trasera y llevó a Lisi una paca de hierba. Sin embargo, cuando ella se acercó corriendo, Amarillo se puso en marcha y la vaca tuvo que trotar para alcanzarlo. Al final del día estaba muy cansada, pero se sentía en forma y llena de salud.

Para entonces, Amarillo ya había usado casi todas sus herramientas. La última que utilizó fue un surtidor a presión con el que la lavó y... ¡Tachán! Ahí estaba Lisi más guapa que nunca.

Lisi participó en el concurso y, por supuesto, lo ganó. Al granjero le dieron una copa de plata que colocó en su estantería.

¡Y todo gracias al tractor Amarillo!

El más pequeño de todos

Cerdito tenía un secreto. Acurrucado en el cálido heno junto a sus hermanos, miraba el cielo oscuro, donde brillaban las estrellas, y sonreía para sí mismo. Después de todo, a lo mejor no estaba tan mal ser el más pequeño de todos...

Hasta hacía poco, Cerdito se había sentido bastante triste. Era el cerdito más joven y el más pequeño de su familia. Tenía cinco hermanos y cinco hermanas y todos eran mucho más grandes y gordos que él. La mujer del granjero lo llamaba enano, porque era el más pequeño de la camada. Sus hermanos y hermanas se burlaban terriblemente de él.

—¡Pobre enanito! —le decían, riéndose—. ¡Debes ser el cerdo más pequeño del mundo!

—¡Dejadme en paz! —replicaba Cerdito, y se arrastraba hasta la esquina de la pocilga, donde se enroscaba como si fuera una bola y se ponía a llorar—. Si no fueseis tan glotones y me dejaseis algo de comida, podría crecer —murmuraba tristemente.

A la hora de comer siempre pasaba lo mismo: los otros se le adelantaban y no le dejaban más que las migajas. Así nunca podría crecer. Pero un día hizo todo un descubrimiento. Estaba escondido como siempre en la esquina de la pocilga, cuando se dio cuenta de que en la valla de detrás del comedero había un pequeño agujero.

«Por aquí cabría yo», pensó Cerdito.

Esperó todo el día hasta que se hizo la hora de ir a la cama. Cuando estuvo seguro de que todos sus hermanos se habían dormido, se escabulló por el agujero. De repente, se encontró fuera, libre para ir donde quisiera. ¡Qué bien se lo pasó!

Primero corrió al gallinero y se zampó los potes de grano. Después se dirigió al campo y devoró las zanahorias del burro.

Luego se encaminó al huerto y engulló una fila de coles. ¡Qué festín! Cuando ya no pudo más, se encaminó a casa. Por el camino, se detuvo junto al seto ¿Qué era lo que olía tan bien? Se puso a olfatear y descubrió que el aroma procedía de una mata de fresas silvestres.

Cerdito nunca había probado algo tan delicioso. «Mañana empezaré por aquí», se prometió a sí mismo. Echó a trotar hacia la pocilga, volvió a deslizarse por el agujero y se durmió acurrucado junto a su madre, sonriendo muy contento.

Cerdito continuó cada noche sus sabrosas aventuras. Ahora ya no le importaba que lo empujaran a un lado a la hora de comer, pues sabía que fuera lo esperaba un festín mucho mejor. A veces encontraba el plato del perro lleno de los restos de la cena del granjero, o cubos de avena que estaban preparados para los caballos. «¡Ñam, ñam! ¡Papilla para cerditos!», bromeaba mientras engullía.

Pasaron los días y las semanas, Cerdito se fue haciendo más grande y gordo, y por las noches pasaba cada vez más apuros para entrar y salir.

Sabía que dentro de poco ya no cabría por el agujero, pero para entonces ya sería lo suficientemente grande como para defenderse de sus hermanos.

Así que, por el momento, disfrutaba de su secreto.

¡Salpicando!

La señora Gallina paseaba un día junto a la charca con sus polluelos cuando pasó la señora Pata seguida de una fila de patitos. Los patitos iban jugando mientras nadaban. Se salpicaban unos a otros y buceaban en el agua.

—¿Podemos jugar también en el agua? —preguntaron los polluelos a la señora Gallina—. ¡Parece muy divertido!

—No, queridos —respondió la señora Gallina—. Los polluelos no estáis hechos para el agua. No tenéis ni las plumas ni las patas adecuadas.

—¡No es justo! —protestaron los polluelos, sintiéndose muy tristes—. ¡Ojalá fuéramos patitos!

Mientras volvían a casa apareció en el cielo una gran nube negra y empezó a llover. En cuestión de segundos a los polluelos se les calaron las plumillas.

Echaron a correr hacia el gallinero todo lo rápido que podían,
pero cuando llegaron estaban empapados, tenían frío y tiritaban.
Se acurrucaron bajo las alas de su madre y enseguida se encontraron
mejor. En un instante volvieron a tener las plumas secas y huecas.

—Imagínate lo que ha de ser estar mojado todo el tiempo —dijeron
los polluelos—. Después de todo, ¡menos mal que no somos patitos!

Betty Pérez

Betty Pérez tenía un cerdito,
no era muy grande,
tampoco chiquito.
Cuando vivía le gustaba bailar,
ahora se ha muerto y no baila más.
Y por eso Billy Pérez
enfermó y murió.
Y por eso Betty Pérez
enfermó y lloró.
Así los tres murieron al fin:
Billy Pérez, Betty Pérez
y el cerdito bailarín.

Mi caballo blanco

Con mi caballo blanco
salgo a pasear
las noches de luna
a la orilla del mar.

Juan y el candelero

Juan es rápido,
Juan es ligero
y salta por encima
del candelero.

Camino yo solo

Hablo yo conmigo mismo,
nadie más está conmigo,
quién me va a contestar,
si no me contesto yo mismo.
Paseo yo conmigo mismo,
nadie más va conmigo,
conteste lo que conteste,
me va a dar lo mismo.
Canto yo conmigo mismo,
nadie más canta conmigo,
y así nadie se da cuenta
de que a veces desafino.

El vaquero Macaroni

Éste es un vaquero
que se llama Macaroni
y ha venido a la ciudad
montado en su poni.
Dubidubidú,
ahí va Macaroni,
dubidubidú,
montado en su poni.

Para que todos sepan
quién es el vaquero,
colgado de la pluma
se ha puesto un letrero.
Dubidubidú,
ahí va ese vaquero,
dubidubidú,
llevando un letrero.

Si el mundo fuera un pastel

Si el mundo fuera un pastel de manzana
y el mar fuera de tinta,
si los árboles fueran de pan y queso,
¿la gente qué bebería?

A la rueda, rueda

A la rueda, rueda, de pan y canela,
dame un besito y vete a la escuela,
si no quieres ir échate a dormir
en la hierbabuena o en el toronjil.

En el bosque

Estando en el bosque preguntó mi hermano:
—¿Cuántas cerezas se crían en el océano?
Y yo respondí sin siquiera dudarlo:
—Tantas como sardinas crecen en el árbol.

El tren fantasma

Escondida en medio de la campiña, a muchos kilómetros de cualquier pueblo o granja, hay una estación de ferrocarril muy vieja y destartalada. Pero ésta no es una estación como las demás. Aquí el aire está helado incluso en las noches más cálidas...

Un viejo tren de vapor permanece detenido en silencio como si estuviera a punto de partir. Los vagones están llenos y hay un fogonero, un guarda y un conductor. Pero cuando el guarda toca el silbato su sonido chirriante produce escalofríos en la espalda. Cuando el toque del silbato resuena en el aire, las siluetas de dentro de los vagones empiezan a agitar los brazos y a gritar por las ventanillas. ¡Algo raro les pasa!

Sus contornos se vuelven más nítidos a la luz de la estación. Son brujas, fantasmas, duendes y diablos. Todos esperan eternamente que el tren fantasma salga de la estación silenciosamente y se deslice despacio por la vía espectral.

¿A que no quieres subir a este tren?

El fantasma

Tal vez no lo sepas, pero la vida de un fantasma en un castillo hechizado es muy triste. Se pasa el día en salas y pasillos fríos y solitarios, y nunca recibe regalos ni por su cumpleaños ni en Navidad.

Está todo el día flotando de una habitación a otra. Aúlla y hace ruido con cadenas, pero la gente cree que es el viento, o las cañerías viejas. A veces hace aparición a la hora de la cena con la esperanza de que le inviten a tomar algo o a charlar un rato, pero todo el mundo grita y sale corriendo, lo que no le hace sentirse especialmente bien.

Pero lo peor de todo es que los fantasmas se pasan toda la noche dando vueltas, mientras los demás están acostados. A ellos lo que les gustaría de verdad es dormir en una cama calentita, pero, en cuanto la gente se despierta, empieza a gritar y chillar tan fuerte que los fantasmas se sienten avergonzados y se van.

Así que, la próxima vez que veas a un fantasma flotando por un pasillo, no te eches a correr asustado. Quédate un rato a charlar con él y verás lo amable que es.

Oso Perezoso

Lo que más le gustaba a Oso Perezoso era estar acurrucado en la cama de Adrián, tapadito y caliente. Todas las mañanas, cuando sonaba el despertador, Adrián se levantaba de un salto de la cama y descorría las cortinas.

—¡Me encantan las mañanas! —decía, estirando los brazos mientras el sol entraba por la ventana.

—¡Estás loco! —murmuraba Oso. Se arrebujaba debajo del edredón hasta el fondo de la cama y se pasaba el resto de la mañana roncando.

—¡Sal y ven a jugar, Oso Perezoso! —lo llamaba Adrián, pero en vez de moverse, Oso Perezoso roncaba un poquito más fuerte.

A Adrián le hubiera gustado que Oso fuera más animado, como los osos de peluche de sus amigos. A él le encantaba correr aventuras, pero le habría gustado aún más compartirlas con Oso.

Una noche, Adrián decidió mantener una charla con él antes de dormir. Le contó que aquel día había ido de excursión a pescar con sus amigos y que sus osos los habían acompañado.

Oso Perezoso

—Ha sido muy divertido, Oso. ¡Ojalá hubieras venido tú también! No puedes seguir siendo tan perezoso. Mañana es mi cumpleaños y celebraré una fiesta. Habrá juegos, regalos y helados. ¿Me prometes que vendrás?

—Suena divertido —dijo Oso—. De acuerdo, te lo prometo. Por esta vez me levantaré.

A la mañana siguiente, Adrián se levantó muy temprano y muy contento.

—¡Yupiii, hoy es mi cumpleaños! —gritó, mientras bailaba por la habitación, y después levantó el edredón y dijo—: ¡Hora de levantarse, Oso!

—Cinco minutitos más — gruñó Oso. Y, dándose la vuelta, se volvió a quedar dormido.

Cuando Adrián regresó a la habitación después del desayuno, Oso seguía durmiendo. Ahora sí que empezó a enfadarse con él. Lo cogió y se puso a darle con el dedo en la tripa. Oso abrió un ojo y gruñó.

—Despierta, Oso. ¿Recuerdas lo que me prometiste? —dijo Adrián.

—Bueno, si no hay más remedio... —dijo Oso con un bostezo. Murmurando y gruñendo, bajó de la cama, se lavó la cara y las patas,

se cepilló los dientes y se puso su mejor chaleco rojo.

—Ya estoy listo —dijo.

—¡Ya era hora! —contestó Adrián.

Llamaron a la puerta y Adrián fue a abrir.

—Dentro de un momento vengo a buscarte —dijo a Oso.

Cuando volvió, no se veía a Oso por ninguna parte, pero se oía un suave ronquido que venía del fondo de la cama. Adrián perdió la paciencia y se enfadó tanto con Oso que decidió dejarlo donde estaba.

—¡Se perderá la fiesta! —dijo. Pero en el fondo estaba triste porque Oso Perezoso había incumplido su promesa.

Adrián se divirtió en la fiesta, aunque le habría gustado que Oso hubiera estado con él. Cuando se fue a la cama aquella noche, estuvo llorando en silencio.

Oso Perezoso

En la oscuridad, Oso también estaba despierto. Sabía que Adrián lloraba porque lo había defraudado y se sentía muy avergonzado.

—Lo siento —musitó Oso Perezoso. Abrazó a Adrián y lo estuvo acariciando con la pata hasta que se quedó dormido.

Cuando a la mañana siguiente sonó el despertador, Adrián se levantó de un salto, como siempre. Sin embargo, sucedió algo sorprendente.

Oso también saltó de la cama y estiró las patas. Adrián lo miraba asombrado.

—¿Qué haremos hoy? —preguntó Oso.

—I... I... Iremos a comer al campo —tartamudeó Adrián a causa de la sorpresa—. ¿Vienes?

—¡Pues claro! —respondió Oso.

Y desde aquel día Oso Perezoso siempre se levantó temprano y de buen humor, listo para disfrutar con Adrián de otro día lleno de aventuras, y nunca más volvió a defraudarlo.

En pleno mar

Un hermoso día de primavera, la patita Pía salió de su cálido nido y, pasito a pasito, llegó hasta el río. Se puso a nadar en sus frescas aguas, muy contenta, y al pasar iba saludando a los animales que vivían a orillas del río. No se dio cuenta de que la corriente era cada vez más fuerte y la arrastraba cada vez más lejos, cruzando bosques y campos.

Mientras flotaba, disfrutando del sol que le calentaba la espalda, vio pasar volando a la gaviota Sara, que graznaba muy fuerte. «Es la primera vez que veo en el río un pájaro como éste», pensó Pía sorprendida. De pronto, al dar la vuelta a un gran recodo que hacía el río, se encontró con que el ancho océano se extendía brillando ante ella. Pía empezó a temblar aterrorizada: ¡la corriente la arrastraba al mar! Se puso a nadar río arriba con todas sus fuerzas, pero la corriente era demasiado fuerte.

Justo entonces, un rostro familiar apareció junto a ella. Era la nutria Nuria, muy sorprendida de encontrar a Pía tan lejos de su casa.

—Súbete a mi espalda —le dijo. Acto seguido, se puso a nadar río arriba con sus fuertes patas, y así pudieron llegar a casa sanas y salvas.

—Gracias, Nuria —dijo Pía—. ¡Si no hubiera sido por ti, ahora estaría en pleno mar!

Blas, el albañil atolondrado

Blas era un albañil muy diligente que trabajaba siempre con el mayor interés. ¡Pero a veces era muy olvidadizo!

Una mañana, se presentó en la consulta de la veterinaria Mariví.

—¡El albañil Blas a su servicio! —anunció—. Me parece que tiene un encargo para mí.

—Yo no, Blas —contestó Mariví—, sino Pilar, la empleada de correos.

—¡Claro! —dijo Blas—. Lo siento, ¡qué olvidadizo que soy! —Y se marchó a casa de Pilar, la empleada de correos, donde repitió—: ¡El albañil Blas a su servicio!

—¡Guau!—dijo Rocky, el perro de Blas.

—Entra —respondió Pilar. Sacó un plano y se lo enseñó a Blas.

—Quiero construir una caseta de juegos en el jardín —añadió—. Es una sorpresa para mis nietos, Pedro, Paula

102

y Paty. He dibujado este plano para enseñarte cómo debe ser.

Blas y Pilar se pusieron a mirar el plano juntos.

—La caseta de juegos ha de tener dos puertas grandes —dijo Pilar—, una delante y otra detrás. La trasera, con un pequeño escalón. Debe tener cinco ventanas: dos a ambos lados de la puerta delantera, y las otras tres, una en cada pared.

—Sí, ya veo —dijo Blas.

—Y un tejado inclinado —añadió Pilar—. Nada de tejados planos.

—De acuerdo —respondió Blas—. Lo haré lo mejor que pueda.

Pilar se fue a la oficina de correos y Blas empezó a trabajar. Pero justo cuando acababa de empezar sopló una fuerte ráfaga de viento que se llevó volando el plano de Pilar.

—¡GUAU! —ladró Rocky. Dando un salto, intentó cogerlo.

¡Oh, no! El plano se había enganchado en las ramas de un árbol. Rocky consiguió hacerse con él, pero cuando llegó a manos de Blas estaba hecho jirones.

—¡Oh, cielos! —gimió el albañil Blas—. ¿Cómo voy a construir la caseta de juegos?

Blas trató de recordar todo lo que aparecía en el plano, pero enseguida se hizo un lío.

—¿Eran cinco ventanas y dos puertas con un escalón? —se preguntaba Blas—. ¿O eran dos ventanas y cinco puertas con tres escalones? ¿El tejado era plano o inclinado? ¿Y las puertas, grandes o pequeñas? ¡Oh, cielos, cielos!

Blas decidió hacerlo todo lo mejor posible. Se puso a medir... mezclar... poner ladrillos... aserrar madera... clavar clavos... fijar tornillos... hacer argamasa... pintar... Y se esforzó por hacerlo todo lo mejor posible.

A última hora de la tarde, Pilar volvió de su trabajo en la oficina de correos. Estaba impaciente por ver lo que Blas había hecho. Pero, ¡vaya sorpresa se llevó! El tejado de la caseta de juegos era plano. La parte inferior de la casa estaba inclinada. Había dos escalones que conducían a dos puertas situadas a un mismo lado de la casa, y dos pisos de alturas diferentes. En una pared había dos ventanas y en la otra, una.

—¡Está todo mal! —dijo Pilar—. ¿Qué harás para arreglarlo todo a tiempo?

Pero a Blas no le dio tiempo ni de responder, porque en ese momento llegaron los nietos de Pilar.

—¡Ooooh! ¡Mira! ¡Una caseta de juegos! —gritaron contentísimos echando a correr hacia allí—. ¡Y tiene una puerta para cada uno!

—¡Y podemos subirnos al tejado! —dijo Paty.

—¡Y deslizarnos por un tobogán! —añadió Pedro.

—¡Y como hay tantas ventanas entra mucha luz! —dijo Paula.

—¡Abuela, es la mejor caseta de juegos del mundo! —dijeron los niños—. Es perfecta. ¡Muchas, muchas gracias!

—A quien tenéis que dar las gracias es al albañil Blas —sonrió Pilar.

—Lo he hecho todo lo mejor que he podido —respondió Blas, sonriente.

El bromista

A Tigre le encantaba gastar bromas a sus amigos. Y últimamente le había dado... por hacer nudos.

Cuando Elefante se quedó dormido, Tigre le hizo un nudo en la trompa. Mientras Mono echaba una siestecita, le hizo un nudo en la cola. Y mientras Serpiente roncaba hizo un nudo... ¡con todo su cuerpo! A él le parecía todo muy divertido, pero a los demás animales no tanto, y estaban empezando a perder la paciencia con Tigre y sus bromas.

—¡Estoy harto! —dijo Elefante, frotándose la dolorida trompa.

—¡Hay que hacer algo! —dijo Mono, frotándose la dolorida cola.

—¡Esta vez ha ido demasiado lejos! —dijo Serpiente, toda ella dolorida.

—Tenemos que atraparlo antes de que pueda gastarnos sus bromas —dijo Mono.

—Ése es el problema, que no lo vemos a tiempo —dijo Serpiente.

Los otros estuvieron de acuerdo. Nunca se daban cuenta de que Tigre se les acercaba porque con sus rayas era muy difícil distinguirlo en la selva. Mono se rascó la cabeza. Serpiente se retorció y culebreó. Elefante agitó la trompa.

—¡Tengo una idea! —dijo de pronto Elefante. Y los llevó a todos hasta un frutal que crecía junto a la charca del agua.

Cuando Elefante explicó su plan, una enorme sonrisa apareció en la cara de Mono, y Serpiente se rió disimuladamente. Mono trepó al árbol y bajó con unos cuantos frutos de un rojo brillante. Serpiente se puso a retorcerse en la tierra blanda hasta hacer un hueco poco profundo y entonces Elefante exprimió los frutos y rellenó con su zumo el hueco que había hecho Serpiente. Luego, todos los animales se pusieron a esperar.

Al cabo de un rato Tigre se acercó a la charca. Venía paseando con una sonrisa y cuando comenzó a beber... Elefante metió la trompa en el hueco del zumo y absorbió con fuerza. A continuación, apuntó a Tigre con la trompa y sopló. El zumo voló por los aires a través del claro y cayó encima de Tigre, empapándole el lomo. Parecía como si tuviera la piel a manchas de un rojo brillante. Tigre pegó un brinco del susto.

—Van a pasar semanas hasta que se te quite esto —rió Elefante.

—Te vamos a ver venir a kilómetros —dijo Mono.

—Así ya no podrás sorprendernos con tus bromas —añadió Serpiente.

Y todos los animales se echaron a reír. Todos menos Tigre, que ahora era ¡rojo brillante!

Este cerdito

Este cerdito fue al mercado,
este cerdito en casa se ha quedado,
este cerdito preparó el asado,
este cerdito no lo ha probado
y este cerdito,
¡bua, bua, bua, bua!,
todo el camino ha llorado.

El camino de la feria

En la feria, en la feria, compramos un ce
cantando y bailando vamos de regres
En la feria, en la feria, compramos un coc
cantando y bailando hacemos el camin

A la feria vamos

A la feria vamos
a comprar un marrano.
De la feria volvemos,
que ya lo compramos.

SE VENDE

Llegan los marciano

Ratón

Ratón, que te pilla el gato,
ratón, que te va a pillar,
si no te pilla esta noche,
mañana te pillará.

Montados en su platillo
dos marcianos han llegado.
Alrededor de la Tierra
un par de vueltas han dado
y, cuando lo han visto todo,
de regreso se han marchado.

Yo sé...

Sé abrocharme el vestido,
  sé cepillarme el pelo,
  sé lavarme las manos
  y secármelas luego.

Sé cepillarme los dientes,
  sé atarme los botines,
  preguntar: «¿cómo estás?»,
  y estirarme los calcetines.

Dos señores gordos

Dos señores gordos en su paseo rompieron
  una farola con sus sombreros.
  Al ruido de los cristales,
  salió el gobernador:

—¿Quiénes fueron los señores
  que rompieron el farol?

—Señor gobernador,
  que nosotros no hemos sido,
  que han sido nuestros sombreros,
  que son unos atrevidos.

—Si han sido sus sombreros,
  una multa pagarán,
  para que sepan esos sombreros
  por dónde van.

Pastel de perdiz

Porque metí el pico
  donde no debía,
  como pastel de perdiz
  acabaré el día.

Saltando

Saltando y brincando
  el día pasamos,
  luego llega la noche
  y el juego acabamos.

¿Y entonces? Pues nada,
  no hay más que decir,
  cuando el día acaba,
  de un salto a dormir.

A dormir

Cuando llega la noche
  se duerme mi nene
  y ya no se despierta
  hasta que amanece.

Juan y la mata de judías

Juan era un chico vivaracho que vivía con su madre en el campo, en una pequeña choza.

Juan y su madre eran muy pobres. El suelo de su casa era de paja y muchos de los cristales de las ventanas estaban rotos. Lo único valioso que les quedaba era una vaca.

Un día, mientras Juan estaba en el jardín cortando troncos con el hacha, su madre lo llamó.

—Tienes que llevar a la vaca Margarita al mercado para venderla —le dijo con tristeza.

Yendo de camino al mercado, Juan se encontró con un extraño anciano.

—¿Adónde llevas esa hermosa vaca lechera? —le preguntó el hombre.

—A venderla al mercado, señor —dijo.

—Si me la vendes a mí —le dijo el hombre—, te daré estas judías. Son especiales, son judías mágicas. Te prometo que no te arrepentirás.

Cuando Juan oyó la palabra «mágicas», se emocionó mucho. Rápidamente, cambió la vaca por las judías y corrió a su casa.

—¡Madre, madre!, ¿dónde estás? —la llamó, tras entrar a toda prisa en la choza.

—¿Cómo es que has vuelto tan pronto? —preguntó la madre de Juan mientras bajaba la escalera—. ¿Cuánto te han dado por la vaca?

—Esto —dijo Juan, extendiendo la mano—. ¡Son judías mágicas!

—¿Qué? —gritó su madre—. ¿Has vendido nuestra única vaca por un puñado de judías? ¡Ven aquí, estúpido!

Muy enfadada, tomó las judías de la mano de Juan y las arrojó al jardín por la ventana. Esa noche, Juan se tuvo que ir a la cama sin cenar.

A la mañana siguiente, el ruido de su estómago vacío despertó a Juan muy temprano. Cosa rara, su habitación estaba a oscuras. En cuanto se hubo vestido, se asomó a la ventana. Lo que vio lo dejó sin aliento: durante la noche había brotado en el jardín una mata de judías. Su tallo era casi tan grueso como la choza y llegaba tan arriba que se perdía entre las nubes.

Juan gritó de emoción y salió corriendo. Mientras empezaba a trepar por la mata de judías, apareció su madre y le rogó que volviera a bajar, pero él no le hizo caso. Cuando al fin llegó arriba, estaba muy cansado y tenía mucha hambre. Se encontraba en un extraño lugar lleno de nubes. Vio algo que brillaba a lo lejos y se encaminó hacia allí.

Finalmente, llegó hasta el castillo más grande que había visto nunca, y pensó que a lo mejor en las cocinas podría encontrar algo de comer. Se arrastró con cuidado hasta la puerta principal y se dio de frente contra un pie gigantesco.

—¿Qué ha sido esto? —tronó una voz de mujer que hizo temblar toda la habitación.

En ese momento, Juan se vio a sí mismo reflejado en un ojo enorme. De repente, una mano gigantesca lo sacudió en el aire.

—¿Quién eres tú? —rugió la voz.

—Soy Juan —respondió el chico—. Estoy cansado y tengo hambre. ¿Podría darme algo de comer e indicarme un sitio donde descansar?

—No hagas ruido —susurró la mujer gigante, que era buena persona y se compadeció de Juan—. A mi marido no le gustan los chicos y, si te encuentra, se te comerá.

A continuación, dio a Juan una miga de pan caliente y un dedal lleno de sopa.

Se estaba bebiendo la última gota cuando dijo la mujer:

—¡Deprisa, escóndete en la alacena, que viene mi marido!

Desde dentro de la alacena, Juan pudo oír unos pasos atronadores que se acercaban y una voz profunda que vociferaba:

—¡Huelo a carne humana
y a sangre caliente!
¡Qué ganas tengo
de hincarle el diente!

Mirando por una rendija de la alacena, Juan vio a un gigante enorme de pie junto a la mesa.

—Mujer —gritó el gigante—, ¡en esta casa huele a humano!

—No digas tonterías, cariño —dijo suavemente su esposa—. Lo que huele es la cena tan rica que te he preparado. Siéntate y come.

Tras devorar su cena y un enorme tazón de natillas, el gigante gritó:

—¡Mujer, tráeme el oro, que lo quiero contar!

Juan vio cómo la mujer del gigante traía varios sacos grandes llenos de monedas. El gigante cogió uno de ellos y una cascada de oro cayó sobre la mesa.

Juan estuvo mirando al gigante mientras contaba las monedas una a una y hacía montoncitos con ellas. Al cabo de un rato, el gigante empezó a bostezar, y al poco, se quedó dormido y se puso a roncar.

—Ha llegado el momento de salir —se dijo Juan.

Rápido como un rayo, salió de la alacena, cogió un saco de oro, se deslizó por la pata de la mesa y echó a correr hacia la puerta. Pero la mujer del gigante lo oyó.

—¡Alto ahí, ladrón! —resonó su voz.

Sus palabras despertaron a su marido, que se levantó de un salto y echó a correr detrás de Juan.

—¡Vuelve! —vociferaba.

Juan siguió corriendo hasta llegar a la mata de judías y empezó a bajar por ella a toda velocidad, con el gigante pisándole los talones.

—¡Madre! —gritó al acercarse al suelo—, ¡deprisa, trae el hacha!

En cuanto Juan terminó de bajar, su madre llegó con el hacha y cortó la mata de judías. Ésta cayó arrastrando con ella al gigante, que ya nunca se pudo volver a levantar.

El oro hizo muy ricos a Juan y a su madre. Nunca más tuvieron que preocuparse por el dinero y desde entonces vivieron muy felices.

¡Escondeos!

Te toca, Marga —dijo Álex—. Tú cuenta mientras nos escondemos.

—¡Vale! —dijo Marga—. Popy me ayudará a buscaros. —Popy era su nuevo cachorro.

—¡No seas tonta! —se rió Luis—. Los cachorros no juegan al escondite.

—Popy sí, porque... —empezó Marga. Pero los demás no le escuchaban. Todos corrían por el campo a esconderse—. No importa, Popy —le dijo—. Tú lo único que tienes que hacer es sentarte aquí y portarte bien.

Marga se volvió de cara al árbol, cerró los ojos y empezó a contar:

—...noventa y ocho, noventa y nueve, ¡y cien!

Para entonces, ya se tendrían que haber escondido todos. Marga echó un vistazo al campo y no vio a nadie. Popy gimoteó cuando Marga corrió hacia el agujero del seto donde habían hecho una guarida. Marga encontró a Luis casi enseguida, acurrucado en un rincón de la guarida. Lo llevó hasta el árbol y Popy volvió a gimotear.

—Los perros no juegan al escondite —le dijo Luis, haciéndole cosquillas—. Siéntate aquí conmigo.

A Marga no le costó nada encontrar luego a Sara y a Miguel. Fue más difícil

116

encontrar a Eva, que se había
tumbado entre las hierbas altas
del fondo del campo. Como
llevaba pantalones y camiseta
verdes, no se la veía. Marga la
llevó hasta el árbol y Popy volvió
a lloriquear.

—¡Chitón! —decía Marga—. Ahora vuelvo.

Pero esta vez Marga se equivocó. No pudo encontrar
a Álex por ningún sitio. Marga miró en todos sus
escondites favoritos, pero no pudo encontrarlo
en ninguno de ellos. Ya no sabía qué hacer.

—Te ayudaremos a buscarlo —dijo Miguel.

Buscaron por todos los rincones del campo
y también en su guarida, pero no encontraron
a Álex en ningún lado. Entonces, Popy se puso
a gimotear todavía más fuerte.

—Está tratando de
decirnos algo —dijo
Marga—. ¿Qué pasa,
Popy? Enséñamelo.

Popy echó a correr hacia
el árbol y se puso a brincar
y a ladrar. Los niños
levantaron la vista y allí
estaba Álex, riéndose, sentado
en una rama.

—¿Habéis visto? Marga tenía razón.
¡Los cachorros sí que juegan al escondite!

Fede, el bombero valiente

Fede llegó a toda prisa al parque de bomberos. Hoy le tocaba hacer la comida para sus compañeros de turno y había ido a comprar salchichas. Se encontró con el albañil Blas, que había ido a arreglar una ventana.

—¡Ah, hola, Blas! —lo saludó. Se fue a la cocina para empezar a guisar y, poco después, el olor de las salchichas se extendió por el parque.

—¡Qué bien huele! —dijeron sus compañeros Dani y Miguel.

De repente, sonó la alarma: ¡CLANG! ¡CLANG! ¡CLANG!

—¡Alerta! —gritó el bombero Miguel. Dani y él bajaron por la barra a toda velocidad y saltaron al camión de bomberos.

—¿Qué hago con las salchichas? —preguntó Fede.

—No te preocupes por eso —dijo el albañil Blas—. Yo las vigilaré.

—¡Gracias, Blas! —contestó Fede mientras se quitaba el delantal y se reunía con sus compañeros.

El incendio era en la pizzería del camarero Tony, donde uno de los hornos se estaba quemando.

—Lo apagaremos en un periquete —dijo Fede, corriendo con un gran extintor en la mano. Dani y Miguel lo seguían con la manguera.

Con un ¡FUIII! y un ¡FUOO! de Fede y un ¡SPLIIISH! y un ¡SPLAAASH! de Dani y Miguel, se acabó el fuego.

—¡AY! —Fede resbaló en el suelo mojado, pero enseguida se volvió a levantar.

—¡Gracias! —dijo Tony mientras los bomberos volvían a recoger el material en el camión—. ¡Ahora ya puedo volver a hacer pizzas!

Estaban a punto de regresar cuando oyeron un aviso por radio:

—¡Alerta! ¡Alerta! Limpiador de ventanas en peligro en la Avenida del Pino. Cambio...

—Nos pilla de camino —dijo Fede, poniendo el motor en marcha—. ¡Corto y cambio!

¡NIII-NOO! ¡NIII-NOO! sonaba a todo volumen la sirena camino de la Avenida del Pino, donde una multitud se apiñaba junto al edificio más alto de la ciudad.

—Es Guille, el limpiador de ventanas —dijo Pilar, la empleada de correos—. Se le ha roto la escalerilla y está herido en una pierna. Está atrapado y no puede bajar. ¿Podéis ayudarle?

119

—Por supuesto —respondió Fede—. En un momento estamos arriba.

Los bomberos desplegaron su escalera más larga. Mientras Miguel y Dani extendían la red de seguridad, Fede comenzó a trepar por la escalera.

—¡Allá voy, Guille! —gritó. Al alcanzarlo, añadió—: ¡Ya te tengo!

Abajo la gente empezó a aplaudir mientras Fede bajaba por la escalera con Guille y le ayudaba a subir al camión de bomberos. Fede condujo el camión directamente al hospital.

—Gracias por rescatarme —dijo Guille a Fede.

—No tiene importancia —contestó Fede—. Seguro que la pierna se te cura enseguida, pero vas a necesitar una escalerilla nueva.

—¡Menudo día! —dijo Fede mientras conducían de regreso—. Estoy rendido.

—¡Aún no hemos terminado! —exclamó Dani—. ¡Mira, por ahí arriba sale humo! ¡NIII-NOO! ¡NIII-NOO!, sonaba la sirena.

¡BRRUUM! ¡BRRUUM!, rugía el motor del camión mientras se dirigían a toda velocidad hacia el incendio.

¡El humo salía del parque de bomberos! Dani y Miguel desenrollaron la manguera y Fede entró corriendo.

—¡Ehem, ehem! —tosió Fede, tropezando con la manguera y dándose de bruces con ¡Blas!

—Lo siento, chicos —dijo Blas, poniéndose rojo—. Me temo que se me han quemado las salchichas y os he dejado sin almuerzo.

Ahora sí que el pobre Fede se sintió desolado. Pero, de repente, tuvo una idea:

—Ya sé quién nos va a sacar del apuro —dijo—. ¡Tony! ¡Que nos traiga una de sus deliciosas pizzas gigantes!

El cocodrilo sonriente

Bocota era el cocodrilo más pacífico en kilómetros a la redonda. Los demás cocodrilos siempre refunfuñaban y estaban de pésimo humor, mientras que Bocota sonreía a todo el mundo. Su sonrisa era muy amplia.

—Sonríes demasiado —le decían—. Tienes que ser feroz... como los cocodrilos de verdad.

—Lo intentaré —decía Bocota, frunciendo el ceño. Conseguía aguantar dos segundos y enseguida volvía a sonreír—. ¿Qué os ha parecido? —preguntaba.

—No tienes remedio —le contestaban.

Un día vinieron al río unos hipopótamos. Eran muchos y muy grandes y se metieron en la parte del río favorita de los cocodrilos. Bocota se lo pasaba muy bien mirando cómo se divertían. Le gustaba ver cómo se sumergían hasta el fondo y volvían a salir haciendo olas, o cómo competían para ver quién era el que más salpicaba, o cómo lanzaban al aire surtidores de agua. A los demás cocodrilos todo esto no les hacía ninguna gracia.

—Vamos a tener que librarnos de ellos —dijeron.

Bocota vio a un bebé hipopótamo llamado Salchicha jugando en el agua.

—¡Me apuesto algo a que no sabes hacer esto! —dijo Salchicha a Bocota. Y, resoplando, hizo un millón de burbujas que flotaron por el agua.

—¡Apuesto a que sí! —Y lo hizo, pero sacando el aire por la nariz.

—¿Y esto otro? —preguntó Salchicha.

Se puso tripa arriba y se sumergió bajo el agua. Bocota hizo lo mismo y a continuación nadaron a toda velocidad hasta la otra orilla. Jugaron así todo el día y también los días siguientes. Bocota no se lo había pasado nunca tan bien. Sin embargo, los demás cocodrilos se reunieron para pensar el modo de librarse de los hipopótamos. Primero probaron a asustarlos enseñando mucho los dientes, pero los hipopótamos sonrieron y enseñaron unos dientes aún más grandes. A continuación, los cocodrilos probaron a ser maleducados:

—¡Largaos! —gritaron al principio. Como no funcionó, pasaron a gritar—: ¡Hipopótamos viejos y malolientes!

Pero los hipopótamos pensaron que era una broma. Luego los embistieron mientras nadaban, pero los hipopótamos se sumergieron hasta el fondo del río, donde los cocodrilos no podían alcanzarlos. Ya no sabían qué más hacer, cuando Bocota tuvo una idea:

—Puedo sonreírles y pedirles amablemente que se vayan a otro sitio.

—¡Bah! —dijeron los cocodrilos—. ¡Seguro que no te hacen ni caso!

Pero Bocota no se dio por vencido. Los cocodrilos gruñones replicaron:

—Tú mismo, pero no va a funcionar. Ya lo verás.

¡Pero sí que funcionó! A los hipopótamos les caía bien Bocota, porque siempre les sonreía. Lo escucharon amablemente cuando les explicó que los demás cocodrilos sólo querían estar solos y refunfuñar.

—Nos iremos un poco más abajo si sigues viniendo a vernos —dijeron.

Y los demás cocodrilos se quedaron maravillados de ver que sonreír daba mejor resultado que poner mala cara.

Los bandoleros

Por el camino viejo,
Bella Dama, los bandoleros llegaron,
ron, ron, ron, ron,
los bandoleros llegaron.

En la casa de noche,
Bella Dama, a robar entraron,
ron, ron, ron, ron,
a robar entraron.

Un reloj de oro,
Bella Dama, y un anillo se llevaron,
ron, ron, ron, ron,
y un anillo se llevaron.

Para devolverte las joyas,
Bella Dama, un rescate pedirán,
ran, ran, ran, ran,
un rescate pedirán.

Por menos de cien libras,
Bella Dama, no te las devolverán,
ran, ran, ran, ran,
no te las devolverán.

Mi mayor tesoro

En mi cofre de madera
no guardo perlas ni oro,
guardo mis buenos recuerdos,
ése es mi mayor tesoro.

Vivía un hombre torcido

Vivía un hombre torcido a muchas torcidas leguas,
encontró un ochavo torcido bajo una torcida escalera
se compró un torcido gato que cazó un torcido ratón
y vivieron todos juntos en una torcida mansión.

Alta como la luna

uisiera ser tan alta como la luna,
y!, ¡ay!, como la luna,
mo la luna,
ra ver a los soldados de Cataluña,
y!, ¡ay!, de Cataluña,
 Cataluña.

 Cataluña vengo de servir al rey,
y!, ¡ay!, de servir al rey,
 servir al rey,
traigo la licencia de mi coronel,
y!, ¡ay!, de mi coronel,
 mi coronel.

l pasar por el puente de Santa Clara,
y!, ¡ay!, de Santa Clara,
 Santa Clara,
 me cayó el anillo dentro del agua,
y!, ¡ay!, dentro del agua,
ntro del agua.

Goticas de agua

Cae una gotica de agua,
otra, otra
y muchas más,
si se bota de una nube
es porque lloviendo está,
si se bota de una nube
es porque lloviendo está.

Con la lluvia
crece el río
y las ranitas
hacen croac, croac
y despierta la matica
que duerme en la
semillita
que acabamos de plantar.

A navegar fueron

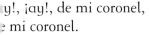

A navegar fueron
tres amigos en una olla,
si hubieran llegado lejos
mi historia no sería tan corta.

Pollitos en peligro

Una mañana, en la granja Ventarrón, tres pollitos traviesos se escaparon del gallinero y salieron a pasear por el patio.

—Ya sé que mamá nos prohibió salir solos del gallinero —dijo Paco Pollo—. Pero ahí dentro nos aburrimos. ¡Vámonos a jugar al río!

—¡Qué buena idea! —gritaron los demás pollitos.

Abajo en el río, los pollitos se divirtieron mucho. Tanto, que no se dieron cuenta de que Zorro Astuto estaba escondido detrás de un árbol.

—¡Comida! —murmuró por lo bajo—. ¡Los voy a atrapar!

Por suerte, Lechuza se despertó y, al descubrir a Zorro, voló hasta la granja para pedir ayuda. Pero todos habían salido en busca de los pollitos desaparecidos y sólo quedaba Cerdo.

—¡Deprisa! —le gritó Lechuza—. ¡Zorro se va a comer a los pollitos!

Cerdo se levantó y echó a correr detrás de Lechuza todo lo rápido que podía. Cuando llegaron al río, chocó contra Zorro y lo hizo caer al agua con un sonoro ¡PLAF!

—Estábamos preocupadísimos por vosotros —riñó Cerdo a los pollitos.

—Lo sentimos mucho —piaron ellos—. No lo volveremos a hacer. Pero es que... ¡ha sido muy divertido!

Y Cerdo y los empapados pollitos regresaron a casa.

¡No es justo!

Quiero ir a nadar con los patitos —dijo el gatito a Mamá Gata cuando pasaban por delante de la charca.

—No puedes —respondió Mamá Gata—. Tu piel no es impermeable.

—Me quiero revolcar en el barro con los lechones —dijo el gatito cuando pasaron junto a la pocilga.

—No puedes —respondió Mamá Gata—. Se te enredaría el pelo y se te mancharía de barro.

—Quiero volar con los pajaritos —dijo el gatito a Mamá Gata, tratando de trepar al árbol donde éstos aprendían a volar.

—No puedes —le dijo Mamá Gata—. Tú tienes pelo y patitas, no plumas ni alas. Los gatos no están hechos para volar.

—¡No es JUSTO! —gritó el gatito—. ¡Los gatitos no pueden divertirse!

Más tarde, el gatito se enroscó sobre una alfombra, junto a la chimenea, para beber un plato de leche.

—¡Quiero dormir junto al fuego! —dijo el patito.

—¡Quiero echarme en una alfombra! —dijo el lechón.

—¡Quiero beber leche! —dijo el pajarito.

—¡No es justo! —gritaron el patito, el lechón y el pajarito cuando Mamá Gata los hizo marcharse de allí.

—¡Sí, sí que lo es! —maulló el gatito, sonriente.

El oso goloso

No hay cosa en el mundo que más guste a un oso de peluche que los bollos, los grandes y pegajosos bollos de pasas cubiertos de azúcar y con un jugoso relleno. Un oso de peluche está dispuesto a hacer casi cualquier cosa por un bollo. Pero para el osito Felipe estuvieron a punto de convertirse en su perdición.

La muñeca de trapo preparaba los mejores bollos que pueda hacer un cocinero de juguete. Los hacía grandes y pequeños, glaseados y con pasas, con almendras y de crema, pero siempre calientes y crujientes. Los repartía entre todos los juguetes del cuarto y a todos les encantaban. Pero a quien más le gustaban era a Felipe.

—Si me das tu bollo, te limpio las botas —ofrecía al soldado de hojalata.

Y a veces, si el soldado de hojalata no tenía mucha hambre, accedía. Siempre había alguien que daba a Felipe su bollo a cambio de un favor y en algunas ocasiones Felipe llegaba a comerse cinco o seis bollos en un solo día. Por eso siempre estaba ocupado lavando vestidos de muñeca, cepillando el pelo del perro

Scotty o limpiando el coche de policía de juguete. ¡Una vez incluso se estuvo quieto mientras el payaso le arrojaba pasteles de nata!

Así que ya ves, Felipe no era un oso perezoso, pero sí un oso goloso, y a pesar del ajetreo que llevaba, se estaba convirtiendo cada vez más en un osito glotón bastante rollizo. Todos aquellos bollos se le iban notando en la cintura, y la piel se le empezaba a estirar por las costuras. Un día, Felipe entró corriendo en el cuarto de juegos muy emocionado. Eva, su dueña, le había dicho que a la semana siguiente lo iba a llevar a una merienda de osos de peluche.

—¡Me ha dicho que habrá bocadillos de miel, helado, galletas y montones de bollos!
—contó Felipe a los otros, frotándose las patas—. ¡Me muero de impaciencia! Y todo este ajetreo me está dando hambre. Me parece que me tomaré un bollo. —Y sacó un bollo grande y pegajoso que había escondido antes debajo de un cojín.

—¡Felipe! —le dijo el conejo—. Un día de éstos vas a explotar.

—¡Alégrate de que no me gusten las zanahorias! —le respondió Felipe con una sonrisa.

Esa semana Felipe estuvo más ocupado que nunca. Cada vez que pensaba en la merienda le daba hambre y tenía que convencer a alguien

para que le diera su bollo. Se comió un bollo tras otro y no hizo caso cuando la muñeca de trapo le advirtió de que la espalda se le estaba empezando a descoser.

Por fin llegó el día de la merienda. Felipe bostezó y se desperezó sonriente. Pero al estirarse tuvo la sensación de que el estómago le explotaba, y al ir a incorporarse notó que no podía moverse. Miró hacia abajo y descubrió que la costura de la tripa se le había reventado y se le había caído el relleno por toda la cama.

—¡Socorro! —gritó—. ¡Estoy explotando!

En ese momento se despertó Eva.

—¡Felipe! —gritó cuando lo vio—. ¡Así no te puedo llevar
a la merienda de los ositos!

Eva se lo enseñó a su madre y ésta dijo que había que llevarlo
al hospital de los juguetes. Felipe estuvo fuera toda una semana, pero
cuando volvió estaba como nuevo. Le habían quitado un poco de relleno
y lo habían vuelto a coser. En el hospital había tenido mucho tiempo
para pensar en lo glotón y tonto que había sido. ¡Qué pena le daba
haberse perdido la merienda! Los otros ositos le dijeron que se lo habían
pasado como nunca y que Eva había llevado al conejo en su lugar.

—Fue terrible —se lamentó el conejo—. No hubo ni una sola
zanahoria. Pero te guardé un bollo. —Y se sacó un bollo del bolsillo.

—No, gracias, Conejo —dijo Felipe—. ¡Se acabaron los bollos!

Por supuesto que al cabo de un tiempo Felipe volvió a comer bollos,
pero nunca más de uno al día. Además, ahora, cuando hace favores,
es sólo porque quiere hacerlos.

Los polluelos

La pata y la gallina habían puesto huevos. Las dos estaban muy orgullosas de ser madres y se habían sentado con una sonrisa tontorrona a esperar con todo su cariño a que sus hijitos rompieran el cascarón.

—Oye, Pata —dijo Gallina—, vamos a comparar nuestros huevos, a ver cuáles son más bonitos.

—Como quieras —respondió Pata—, pero seguro que son los míos.

—¡Ja! —exclamó Gallina—. ¡Espera a ver los míos!

De uno en uno, Pata fue llevando sus huevos cuidadosamente hasta un lugar donde el suelo estaba cubierto de heno. Gallina también llevó sus huevos hasta el mismo sitio y los colocó delicadamente junto a los de Pata. Ésta tomó el primer huevo que tenía al lado y dijo:

—Mira qué huevo tan suave. —Y las dos comprobaron lo suave que era.

Gallina también escogió un huevo y dijo:

—Éste es igual de suave, y mira lo redondo que es. —Ambas admiraron la forma del huevo. Luego volvieron a dejar esos huevos y cogieron otros dos.

—Éste no sólo es suave y redondeado, sino que también tiene unas bonitas pecas —dijo Pata.

Y así fueron cogiendo y dejando huevos hasta que estuvieron todos mezclados.

—Yo soy más gorda que tú, así que los huevos más grandes deben de ser los míos—dijo Gallina.

Así que Pata se llevó a su nido los huevos más pequeños, y Gallina se llevó los más grandes. Cuando sus hijitos rompieron el cascarón, un día Gallina y Pata se encontraron en compañía de sus crías.

—¡Mira! —dijo Pata orgullosa—. ¿No son los patitos más guapos que has visto nunca?

—Sí que son guapos —replicó Gallina—. Sin embargo, ¿no te parece que éstos son los pollitos más guapos del mundo?

—La verdad es que sí que son guapos —contestó Pata.

Al día siguiente, Pata enseñó a sus hijos a portarse como patitos.

—Vamos a la charca a dar clase de natación —dijo.

Pero los patitos eran incapaces de ir en fila y no hacían más que dar vueltas alrededor de Pata, hasta marearla. Cuando llegaron a la charca, se mojaron los pies, sacudieron la cabeza y se negaron a meterse en el agua. Mientras, Gallina estaba enseñando a sus hijos a portarse como pollitos. Les enseñó a cazar gusanos, pero los pollitos no hacían más que caerse de bruces y seguirla en fila a todas partes.

Pata y Gallina se dieron cuenta de que habían confundido sus huevos. Los patitos eran pollitos y los pollitos, patitos.

—No importa —dijo Gallina—. Los llamaremos a todos polluelos y así no nos confundiremos.

Y los polluelos de pato se pusieron a jugar en el plato del perro, mientras que los polluelos de pollo se pusieron a saltar por encima del perro.

Un buen descanso

Aquella soleada mañana hacía mucho calor en la selva. «Es el momento perfecto para chapotear tranquilamente», pensó el hipopótamo Pepón. Encontró un hermoso lugar fresco y lleno de barro y se metió dentro. Estaba en la gloria cuando de repente... ¡PLAF!

—¡Toma! —gritó el mono Marco.

—¡Toma tú! —gritó Chico Chimpa.

—¿No podéis jugar en otro sitio? Me estaba relajando—gruñó Pepón.

—¡Perdona, Pepón! —se disculpó Marco.

Pero ya le habían echado a perder la tranquilidad. Esa tarde, cuando el calor del sol lo abrasaba, Pepón se deslizó en el río para refrescarse.

—¡Ah! —suspiró mientras se zambullía en el agua—. ¡Qué maravilla!

—¡Yuuuju, Pepón! —lo llamó la lorita Penélope—. Acabo de aprender a dar un doble salto con triple tirabuzón. ¿Lo quieres ver?

—Pues claro, Penélope —respondió Pepón con un suspiro.

Al parecer esa tarde tampoco iba a tener posibilidad de relajarse. A la mañana siguiente, su prima Hilaria fue a visitarlo.

—Pareces agotado, Pepón —le dijo.

—Es que no hay manera de que me relaje y chapotee un rato —respondió Pepón.

—Lo que necesitas es un buen descanso —dijo Hilaria—. Yo me voy esta tarde al Rincón de los Hipopótamos. ¿Por qué no vienes conmigo?

—Parece una buena idea —contestó Pepón.

—Te encantará el Rincón de los Hipopótamos. Está todo lleno de barro —le dijo Hilaria mientras los dos corrían por la selva. Pepón ya se veía a sí mismo relajándose en un fresco baño de barro.

—También hay arroyos y cascadas —siguió contando Hilaria. Pepón se imaginaba montones de duchas frías.

—Y todo el mundo se DIVIERTE un montón —concluyó Hilaria. Pepón se imaginó jugando con sus nuevos amigos hipopótamos.

Por fin llegaron al Rincón de los Hipopótamos.

—¡Qué bonito es! —exclamó Pepón entusiasmado.

—Y parece que llegamos justo a tiempo —dijo Hilaria.

—¿Para qué? —preguntó Pepón—. ¿Para un relajante baño de barro?

—¡No, tonto! —se rió Hilaria—. ¡Para el *hiporóbic*!

—¡Vamos, todos en marcha! —gritó un hipopótamo musculoso.
Y un montón de hipopótamos se metieron al galope en el río detrás de él.

—¡Venga, Pepón! —dijo Hilaria—. ¡No seas aguafiestas!

Pepón no tuvo más remedio que reunirse con ellos.

—¡Un, dos, tres, cuatro! ¡Un, dos, tres, cuatro! —gritaba el monitor.

Pepón lo hizo lo mejor que pudo y estuvo brincando con los demás.
«Seguro que después de tanto ejercicio todos querrán descansar un rato»,
pensó. Pero se equivocaba. Tras una ducha rápida en la cascada, fueron
a jugar a *melonvolea* e Hilaria quiso que estuviera en su equipo. Tras
el almuerzo, Pepón pudo por fin descansar un rato. ¡Pero no mucho!

—¡Te veo mucho más relajado! —le gritó Hilaria durante la clase de
natación—. Estos días de descanso son justo lo que necesitabas, ¿verdad?

—Eso parece —contestó Pepón suavemente.

Después de un día tan ajetreado tenía la esperanza de irse a dormir
pronto. Se estaba poniendo el pijama cuando oyó la voz de Hilaria.

—¡Vamos, Pepón! —dijo a voz en grito—. ¿No querrás perderte
el espectáculo Hurra Hipopótamos? ¡Son realmente buenos!

—¡Ah, qué interesante! —dijo Pepón, que apenas podía mantener
los ojos abiertos, reprimiendo un bostezo.

A la mañana siguiente, cuando se metía en el río, Hilaria lo llamó.

—¿Es la hora del *hiporóbic*? —preguntó.

—¡Oh, no! —dijo Hilaria—. Lo que necesitas es mucho aire fresco,
así que nos vamos de excursión.

UN BUEN DESCANSO

Pepón resopló sin cesar durante la agotadora excursión. «Espero poder darme un baño fresquito cuando acabemos», pensó. Pero, cuando estaba remojando sus pobres músculos, Hilaria fue a charlar un rato con él.

—La excursión ha sido divertida, ¿verdad? —dijo.

—Desde luego —contestó Pepón—. Me lo he pasado tan bien, que he decidido hacer otra mañana.

—¿De verdad? —preguntó Hilaria—. ¡Qué bien! ¿Adónde irás?

—¡A casa! —respondió Pepón—. ¡Me voy a casa, a disfrutar de un BUEN descanso, sin *hiporóbic*, ni *melonvolea*, ni espectáculos, ni nadie que me impida chapotear tanto como quiera!

Y eso fue precisamente lo que hizo Pepón.

Un espanto de baile

Es medianoche y los espectros se dirigen al Baile Anual que se celebra en la vieja Casa Encantada. A la luz de la luna, bailan con la música de una orquesta que toca durante toda la noche terribles melodías.

¡Seguro que no has visto en tu vida unos instrumentos como los de la orquesta espectral! La batería está formada por calaveras de diferentes formas y tamaños, el piano está hecho con los dientes de un dinosaurio y el violín se toca con un arco hecho a base de bigotes de gato. Pero el sonido más extraño de todos es el que hacen los esqueletos cuando salen a bailar. Mueven sus huesos al ritmo de la orquesta produciendo un traqueteo que les hace aullar de júbilo. Entre los esqueletos que se agitan, baila una bruja con su gato, pero sus botas son tan grandes que nadie le puede seguir el paso. Un fantasma que lleva su propia cabeza debajo del brazo se da de comer fritos a sí mismo lentamente.

Cuando sale el sol, los espectros se desvanecen y el baile termina un año más. ¿O tal vez lo has estado soñando?

La casa encantada

¿Has estado alguna vez en una casa encantada? ¿No? Pues sígueme, que te voy a acompañar a hacer una visita...

Atraviesa con cuidado las verjas oxidadas y procura hacer menos ruido que un ratón, para no molestar a sus moradores. Abre muy despacio la puerta principal, de lo contrario crujirá y chirriará y todo el mundo se enterará de que estamos aquí. El vestíbulo está lleno de fantasmas que flotan en el aire. Algunos atraviesan las puertas aunque estén cerradas. Hay monstruos horribles acechando en las escaleras mientras diablillos y espíritus hacen peleas de almohadas. ¡Mira, te han cubierto de plumas!

Empuja la puerta de la cocina y encontrarás a un mago haciendo pasteles de babosa y araña. ¡No creo que nos quedemos a probarlos cuando salgan del horno! Arriba, los esqueletos se visten y los vampiros se lavan los dientes. Una armadura se está dando un baño, ¡esperemos que no se oxide!

Así discurre un día cualquiera en la casa encantada.
¿Te gustaría venirte a vivir?

Vi una serpiente escurridiza

Vi una serpiente escurridiza
deslizarse entre la hierba
con una sacudida.
Me miró con sus ojos brillantes.
—¡Fuera de mi jardín! —grité al instante.
—Ssss... —dijo la serpiente escurridiza,
deslizándose entre la hierba
con una sacudida.

El zorro no está

No tengas miedo
de meter el dedo,
que el zorro ahora
no está en su agujer
que ha salido tempro
a cazar conejos.

Entre el romero

Entre el romero
estaba el conejo,
apareció el gato
y saltó al tejado.

A Dover

Camino de Dover
va aquel perro
que cruza volando
el merendero.

Cabeza, hombros, pies y rodillas

Cabeza, hombros, pies y rodillas,
orejas, ojos, boca y barbilla,
cabeza, hombros, pies y rodillas,
orejas, ojos, boca y barbilla.

En casa de Pinocho

En casa de Pinocho
sólo cuentan hasta ocho:
uno, dos, tres, cuatro,
cinco, seis, siete y ocho.

Zapatos

El bebé patucos,

la mamá tacones,

el papá unas botas,

el gigante

ZAPATONES.

Clemente

Clemente era un hombre prudente,
vendió su cama y durmió en la paja,
vendió la paja y durmió en la hierba
y compró a su mujer unas gafas nuevas.

El ascensorista

Subiendo y bajando
todo el día estoy,
ése es mi trabajo,
ascensorista soy.

Cinco soldaditos

Cinco soldaditos estaban en fila,
tres estaban firmes
y otros dos dormían.
Pasó el capitán
y ¿qué os parece?
Todos se pusieron firmes
en un periquete.

141

¡Hurra por Pipo!

Pipo era un cachorro muy escandaloso. No es que fuera malo, es que lo que más feliz le hacía era ladrar todo el día.

—¡Guau, guau! —ladraba al gato, que maullaba y salía corriendo.

—¡Guau, guau! —ladraba a los pájaros, que salían volando.

—¡Guau, guau! —ladraba al árbol, que agitaba irritado sus ramas.

—¡Guau, guau! —ladraba al cartero mientras bajaba por el camino.

—¡Silencio, Pipo! —le gritaba Jaime, el niño que era su dueño. Pero Pipo le contestaba ladrando cariñosamente.

Un día, Pipo ladraba tanto que todo el mundo hacía lo que buenamente podía para ignorarlo.

—¡Cállate, Pipo! —dijo Jaime cuando bajó al césped—. Me voy a poner a leer y, si sigues ladrando, no me puedo concentrar.

Pipo hizo lo posible por no ladrar. Intentó no mirar las mariposas y las abejas que revoloteaban por el jardín. Intentó ignorar la pelota amarilla que estaba en el sendero. Se esforzó al máximo por no ladrar a los pájaros que volaban por el cielo. Pero mirara donde mirara, encontraba cosas a las que ladrar. Por eso, decidió quedarse mirando las hojas de hierba del césped.

Mientras miraba las hojas, estaba seguro de que algo había empezado a moverse. Al cabo de un momento estaba seguro de oír algo que se deslizaba. Estaba a punto de ponerse a ladrar, cuando recordó lo que Jaime le había dicho. Siguió mirando fijamente. Ahora podía oír un silbido y se acercó aún más a la hierba.

De pronto, Pipo empezó a ladrar como un loco.

—¡Guau, guau! —ladraba a la hierba.

—¡Chitón! —hizo Jaime mientras volvía la página de su libro.

Pero Pipo no podía dejar de ladrar. Había descubierto algo largo y escurridizo que se deslizaba por el césped, que tenía una larga lengua, que silbaba y... que se dirigía hacia Jaime.

—¡Guau, guau, GUAU! —ladró Pipo.

—¡Silencio, Pipo! —gritó el padre de Jaime desde la casa.

Pero como Pipo no callaba, Jaime se levantó y echó un vistazo.

—¡Una serpiente! —gritó Jaime, señalando la larga y escurridiza serpiente que se dirigía hacia él.

Pipo siguió ladrando mientras el padre de Jaime cruzaba corriendo el césped y levantaba a Jaime en sus brazos.

Más tarde, cuando el empleado del centro de acogida de animales ya se había llevado a la serpiente, Jaime acarició a Pipo y le dio un hueso especial.

—¡Un hurra por Pipo! —dijo Jaime, riéndose —. Suerte hemos tenido de tus ladridos.

Esa noche Pipo tuvo permiso para dormir en la cama de Jaime, pero a partir de aquel día decidió que iba a reservar sus ladridos para las ocasiones especiales.

Un tesoro interesante

Jorge vivía en una casa grande y vieja con un jardín extenso
y frondoso. La casa resultaba algo inquietante y por eso Jorge prefería
el jardín. Se pasaba las horas jugando al fútbol, trepando a los árboles
o mirando el estanque para ver si descubría algún pez. Era un jardín
estupendo para jugar, pero Jorge no era del todo feliz porque siempre
estaba solo. ¡Cómo le gustaría tener a alguien con quien jugar! ¡Qué
divertido sería jugar al fútbol con un amigo, o tener a alguien con quien
ir a pescar! Él tenía muchos amigos en el colegio, pero para ir a su casa
había que hacer un largo viaje en autobús y, además, a sus amigos
la casa les daba miedo y sólo venían de visita una vez.

Un día, Jorge estaba en el jardín cazando con un palo. Buscaba
bichos interesantes para examinarlos. Cada vez que encontraba uno,
lo dibujaba e intentaba descubrir su nombre. Así, había descubierto ocho
tipos diferentes de caracol y seis de mariquita. Estaba hurgando debajo
de unas hojas
cuando vio
una pieza
de metal
que sobresalía
de la tierra.

Se agachó
y empezó

a desenterrar la pieza hasta que tuvo en la mano una vieja llave oxidada. Era bastante grande y, tras quitarle la tierra con un cepillo, vio que tenía grabados unos hermosos dibujos.

Jorge se llevó la llave a casa, la limpió y la pulió. Después se puso a buscar la cerradura a la que pertenecía. Primero probó con la vieja verja del jardín, que llevaba cerrada desde que Jorge recordaba, pero la llave era demasiado pequeña. Después probó con el reloj del abuelo, pero la llave tampoco entraba. Luego se acordó de un oso de peluche que tocaba el tambor. Hacía mucho tiempo que Jorge no había jugado con él y probó la llave con impaciencia, pero esta vez era demasiado grande.

Entonces, Jorge tuvo otra idea. «A lo mejor la llave pertenece a algo que está en el desván», pensó. Solía darle mucho miedo entrar solo en el desván, pero esta vez estaba tan decidido a averiguar qué abría esa llave que subió las escaleras con valentía y abrió la puerta. El desván estaba en penumbra, polvoriento y lleno de telarañas. Las tuberías del agua silbaban y crujían y Jorge se estremeció. Empezó a mirar debajo de las fundas polvorientas y abrió algunas cajas, pero no pudo encontrar nada que tuviera que abrirse con llave. De pronto, su vista recayó en un gran libro que sobresalía de uno de los estantes. Era de esa clase de libros que llevan una cerradura. Jorge levantó el libro, que era muy pesado, y lo dejó en el suelo.

Con dedos temblorosos, metió la llave en la cerradura. ¡Encajaba perfectamente! Dio la vuelta a la llave y la cerradura se abrió de un salto, levantando una nube de polvo. Jorge abrió el libro lentamente y comenzó a pasar las páginas. ¡Qué desilusión! Una escritura muy fina llenaba las páginas por completo, pero no había dibujos. Estaba a punto de volver a cerrarlo cuando oyó una voz procedente del propio libro.

—Te desvelaré mis secretos —le dijo—. Si buscas aventuras, ponte de pie encima de mis páginas.

Sentía tanta curiosidad que rápidamente se puso de pie encima del libro. Nada más pisar sus páginas, se cayó dentro. A continuación

vio que se encontraba en un barco. Levantó la vista y vislumbró una bandera harapienta con una calavera y dos huesos cruzados que ondeaba en un mástil. ¡Estaba en un barco pirata! Y entonces se dio cuenta de que él también iba vestido de pirata.

El barco navegaba tranquilamente, pero de repente Jorge vio en el agua unas rocas de aspecto peligroso. Antes de que pudiera gritar, el barco había encallado y todos los piratas saltaban por la borda para nadar hasta la orilla. Jorge también. El agua estaba tibia y al llegar a la orilla sintió la arena caliente entre los pies. ¡No se lo podía creer! Estaba en una isla desierta. Los piratas andaban en todas direcciones buscando algo con lo que construir un refugio.

Jorge, que también se puso a buscar, encontró debajo de una roca un libro que le resultaba familiar. Mientras se preguntaba dónde lo había visto antes, uno de los piratas se le acercó con un cuchillo en la mano.

—¡Tú, ladrón, que me estás robando los rubíes! —le imprecó el pirata.

¿Qué iba a hacer Jorge? Entonces oyó una voz procedente del libro:

—¡Rápido, súbete encima de mí!

Sin pensárselo dos veces, Jorge se puso de pie encima del libro y volvió a aparecer en el desván. Acercó la vista a la página sobre la que se encontraba y leyó «Los piratas y el robo del tesoro» en el encabezamiento. Al ponerse a leer, se dio cuenta de que allí se narraba con todo detalle precisamente la aventura que él acababa de vivir. Lleno de emoción, regresó al índice del principio del libro y leyó los nombres de los capítulos: «Viaje a Marte», «El castillo submarino», «El coche mágico» y «En la selva», entre otros. Jorge se dio cuenta de que podía abrir el libro por cualquier página y participar en la aventura, y al final sólo tendría que encontrar el libro y ponerse de pie sobre él para regresar al desván.

A partir de entonces, Jorge corrió muchas aventuras más. Hizo muchos amigos y un par de veces se salvó de milagro, pero siempre encontró el libro justo a tiempo.

Y nunca más volvió a sentirse solo.

Si me coges de la mano

Vamos, Kiko, ¡salgamos a explorar el mundo!
—dijo la mamá de Kiko tras abrir la puerta delantera.

Pero Kiko no se sentía muy seguro. Era muy pequeño y el mundo le parecía grande y amenazador.

—Sólo si me coges de la mano —contestó.

Y así, su mamá lo acompañó mientras bajaban por la larga senda. En el fondo, Kiko estaba deseando volver a casa.

—Éste parece un sitio estupendo para jugar. ¿Quieres que echemos un vistazo? ¿Qué te parece? —le preguntó su mamá.

—Sólo si me coges de la mano —dijo Kiko. ¡Y lo hizo!

—¡Mira, lo puedo hacer! —gritó.

—Este tobogán parece divertido, ¿quieres probar a bajar por él? —preguntó su mamá.

Kiko miró la escalerilla, que casi llegaba hasta el cielo.

—Soy pequeño —respondió—. No sé cómo voy a trepar tan alto, a menos que me cojas de la mano.
—¡Y lo hizo!

—¡Eeeh! ¿Has visto? —gritó.

—Tomaremos un atajo por el bosque —dijo la mamá de Kiko.

—No sé si deberíamos. Es muy oscuro... Bueno, creo que podemos. ¿Me coges de la mano?

¡Y Kiko lo hizo!

—¡Uh, te doy un susto! —gritó.

En lo más profundo del bosque, Kiko descubrió un arroyo.

—¡Mira, hay unas piedras para pasar! —dijo su mamá—. ¿Crees que podríamos saltar por ellas?

—Tal vez —respondió Kiko—. Sólo necesito que me cojas de la mano. —Y Kiko lo hizo—. Uno... dos... tres... cuatro... ¡Ahora te toca a ti, mamá! —gritó, soltándose de su mano.

Después de cruzar el bosque, Kiko y su mamá subieron por la colina y bajaron por el otro lado hasta llegar al mar.

—Kiko —preguntó su mamá—, ¿te gustaría chapotear conmigo en el mar?

Pero el mar parecía muy grande y él era muy pequeño. De pronto, Kiko supo que eso no tenía importancia. Se volvió hacia su mamá y sonrió...

—Si me coges de la mano, puedo hacerlo todo —dijo.

El pájaro dorado

Había una vez un rey que tenía un pájaro dorado en una jaula de oro. El pájaro no tenía nada que hacer. Todos los días, un sirviente del rey le traía agua y comida y le limpiaba las finas plumas amarillas mientras el pájaro entonaba su hermosa canción para el monarca.

—¡Qué afortunado soy de tener un pájaro tan bello que canta con una voz tan hermosa! —decía el rey.

Pero con el paso del tiempo empezó a preocuparse por el pájaro. «No es justo», pensó, «tener encerrada en una jaula a tan hermosa criatura. Le voy a dar la libertad.» Llamó a un sirviente y le ordenó que llevara el pájaro a la selva y lo liberase. El sirviente obedeció. Llevó la jaula a un pequeño claro en lo más profundo de la selva, la depositó en el suelo, abrió la puerta e hizo salir al pájaro.

—Espero que sepas cuidar de ti mismo —dijo el sirviente al alejarse.

El pájaro dorado miró a su alrededor. «¡Qué raro!», pensó. «Espero que alguien venga pronto a darme de comer». Y se sentó a esperar.

Al cabo de un rato, oyó un chasquido entre los árboles y vio a un mono que se columpiaba de rama en rama con sus largos brazos.

—¡Hola! —saludó el mono, colgándose de la cola, mientras sonreía al pájaro amistosamente—. ¿Quién eres tú?

—Soy el pájaro dorado —contestó éste con altanería.

—Ya veo que eres nuevo aquí —dijo el mono—. Si quieres te enseño los mejores lugares para comer en las copas de los árboles.

—No, gracias —replicó el desagradecido del pájaro dorado—. ¿Qué podría enseñarme un mono como tú? —Y añadió—: Qué feo eres. Seguro que tienes envidia de mi hermoso pico.

—Como quieras —le dijo el mono. Tomó impulso y desapareció entre los árboles.

Al poco rato, el pájaro dorado oyó un siseo y una serpiente apareció reptando por el suelo.

—¡Hola! —saludó la serpiente—. ¿Quién eres tú?

—Soy el pájaro dorado —replicó éste lleno de soberbia.

—Si quieres te enseño los senderos de la selva —dijo la serpiente.

—No, gracias —contestó el grosero del pájaro—. ¿Qué puede enseñarme una serpiente? Tu voz es sibilante y horrorosa y seguro que tienes envidia de mi hermoso canto —dijo, sin darse cuenta de que todavía no había cantado nada.

—Como quieras —siseó la serpiente. Y desapareció entre la maleza.

En ese momento, el pájaro empezó a preguntarse cuándo llegarían los exquisitos bocados que se había acostumbrado a comer cada día.

En ese preciso instante le llamó la atención un movimiento que se produjo en el árbol que tenía detrás. Al fijarse, descubrió un camaleón camuflado con el tronco.

—Buenos días —lo saludó el camaleón—. Como llevo aquí todo el rato, ya sé quien eres: el pájaro dorado. Es importante saber esconderse en caso de peligro. Si quieres, yo te enseño.

—No, gracias —contestó el pájaro dorado—. ¿Qué podría enseñarme un adefesio como tú? Seguro que te gustaría tener unas plumas tan bonitas como las mías —dijo, ahuecando su hermoso plumaje dorado.

—Como quieras, pero luego no digas que no te lo advertí —murmuró el camaleón. Y se alejó a toda prisa.

El pájaro dorado acababa de volver a sentarse cuando una gran sombra gris pasó volando sobre la selva. Cuando levantó la vista, vio una gran águila que planeaba a poca altura. El mono se apresuró a esconderse entre el denso follaje de la copa de los árboles, la serpiente se deslizó entre la espesa maleza y el camaleón se quedó muy quieto hasta que su piel se volvió del mismo color que el árbol en el que estaba, haciéndose totalmente invisible.

EL PÁJARO DORADO

«Ajá», pensó el pájaro dorado. «Lo único que tengo que hacer es levantar el vuelo y esa estúpida águila ya no podrá atraparme». Agitó sus alas una y otra vez sin saber que se le habían debilitado a causa de su lujosa vida en palacio. En ese momento, lamentó que su plumaje fuese dorado y deseó con todas sus fuerzas tener unas discretas plumas marrones que no resaltasen en el claro del bosque.

—¡Socorro! —gritó—. ¡Por favor, que alguien me ayude!

Vio al águila bajar planeando hacia él con ojos brillantes como el fuego y unas garras interminables. En aquel preciso instante, el pájaro dorado sintió algo que se deslizaba en torno a sus patas y lo arrastraba a la maleza. Era la serpiente. Luego un brazo largo y peludo lo subió a los árboles y se dio cuenta de que el mono se lo estaba llevando.

—Quédate quieto —susurró el camaleón, empujándolo al centro de una gran flor amarilla—. Ahí el águila no podrá verte.

El pájaro comprobó que la flor tenía exactamente su mismo color y por eso el águila pasó de largo.

—¡Me habéis salvado la vida! —exclamó el pájaro—. ¿Cómo puedo agradeceros algo así?

—Con tu hermoso canto —contestaron.

Y, desde ese día, el mono, la serpiente y el camaleón cuidaron del pájaro dorado, quien a cambio cantó para ellos todos los días.

Los monstruos de pelusilla

É sta es la historia de los monstruos de pelusilla. Todo el mundo ha visto pelusilla debajo de la cama. Está ahí porque los monstruos de pelusilla viven debajo de las camas. Sólo salen cuando oscurece, pues tienen miedo de salir durante el día. ¿Quién sabe lo que puede pasar a la luz del día? Una vez, mientras Peluso comía pelusilla con natillas, apareció la cosa mágica que aspira. Hacía un ruido terrible y se acercaba cada vez más. Luego apareció un tubo con un cepillo en la punta y se tragó toda la pelusilla que tantos años le había costado almacenar. Pero Peluso sólo había vivido hasta entonces debajo de su cama y quería saber qué pasaba debajo de otras camas.

—Sólo los monstruos de pelusilla revoltosos salen a la luz del día —dijo Mamá Pelusilla—. Además, la Niña te puede coger.

—¿Quién es la Niña? —preguntó Peluso, intrigado.

—La Niña es un monstruo que vive encima de la cama —dijo Mamá Pelusilla—. Es muy limpia y aseada. Y se te llevará, te lavará y te pondrá en una habitación en la que entre el sol a raudales. ¡Abrirá las puertas y llenará la habitación de aire fresco!

—¡Eso es horrible! No te creo —respondió Peluso.

—Tienes que portarte bien —dijo Mamá Pelusilla—. Si no, ya verás lo que te pasa.

—¡Pues yo no le tengo ningún miedo a la Niña! —dijo Peluso.

Peluso quería saber qué había debajo de las otras camas. Un día, mientras todos dormían, se escapó. Fue hasta el cuarto de al lado y encontró otra cama donde meterse debajo. Había arañas, telarañas y un montón de pelusilla. ¡Era perfecto! Así que Peluso se puso a comer pelusilla y se instaló en su nueva casa. Pero Peluso no podía dormir pensando en la Niña. Haciendo acopio de valor, trepó con cuidado por las mantas. De pronto, la Niña se despertó y se sentó en la cama. Peluso estaba tan sorprendido que dio un salto del susto.

—¡Aaaah! —chilló Peluso.

—¡Aaaah! —chilló la Niña.

Y se acurrucaron cada uno en un rincón de la cama, sin quitarse el ojo de encima.

—Me has asustado —dijo Peluso.

—¿Yo, asustarte a ti? —dijo la Niña—. ¡Tú sí que me has asustado!

—¿De verdad? —preguntó Peluso—. ¿Por qué? Yo soy Peluso y me he venido a vivir debajo de esta cama. ¿Tú también vives en esta cama?

—No, tonto. Sólo duermo aquí por la noche. Pensaba que debajo de la cama vivía el Hombre del Saco, pero tú no das ningún miedo.

— ¿Cómo que no? ¿Qué te parece esto? —preguntó Peluso. Y, metiéndose los pulgares en las orejas, meneó los dedos y sacó la lengua.

—Eso no da miedo —contestó ella—. ¡Mira esto! —Y, tirando con los dedos de las comisuras de la boca, se puso bizca.

Y así fue como Peluso y la Niña descubrieron que no hay nada que dé miedo ni debajo ni encima de las camas.

Jilguerillo que cantas

Jilguerillo que cantas
entre las flores,
no despiertes al niño
de mis amores.
Pajarillo que cantas
en la laguna,
no despiertes al niño
que está en la cuna.

Pajarillo rojo

Pajarillo rojo,
de buena mañana
das los buenos días
cantando en la rama.

Los gansos salvajes

Ya llegó el otoño,
las hojas cayeron,
los gansos salvajes
hacia el sur partieron.
No te sientas triste,
que en la primavera
volverán a hacer su nido
junto a la ribera.

La cigüeñita

Que no me digan a mí
que el canto de la cigüeña
no es bueno para dormir.

Si la cigüeñita canta
encima del campanario,
que no me digan a mí
que no es del cielo su canto.

La gallina cenicienta

La gallina cenicienta en el cenicero está,
el que la desencenice buen desencenizador será.

Dos gordos pajarillos

Dos gordos pajarillos se posan en un árbol,
uno se llama Pedro y otro se llama Pablo,
volando se va Pedro,
volando se va Pablo,
volando vuelve Pedro,
volando vuelve Pablo.

El cuco

Cuco, cuco,
¿qué haces tú?
En abril,
salgo del huevo.
En mayo,
noche y día canto.
En junio,
de melodía cambio.
En julio,
lejos vuelo.
En agosto,
regreso de nuevo.

La urraca

Todo lo que brilla
con el pico roba,
se lo lleva al nido
la urraca ladrona.

Gorriones

Uno para la pena, dos para la alegría,
tres para el niño, cuatro para la niña,
cinco para el oro, seis para la plata,
siete para el secreto que no se delata.

La noche

Cuando llega la noche,
se recogen los pajarillos,
las lechuzas se levantan
y se duermen los niños.

Cocodrilo, sonríe

¡**D**i salami! —le pidió el fotógrafo. Y así lo hizo el cocodrilo Colmillos, sonriente. Las luces del flash brillaron y las cámaras hicieron «clic» ante su mejor sonrisa.

—¡Eres un talento natural! —exclamó el jefe de la expedición, que viajaba con un equipo de fotógrafos especializados en animales salvajes.

Colmillos sonrió al reflejo en el río de su propia imagen.

—¡Oooh, eres un tipo muy guapo! —se pavoneó, haciendo rechinar alegremente su hermosa dentadura.

Colmillos estaba orgullosísimo de sus afilados dientes y de su buen aspecto. Subía y bajaba por la orilla del río para que todos lo viesen.

—¡Soy una estrella! —dijo—. Mi cara será famosa en todo el mundo.

—Gracias por dejarte fotografiar —dijo el jefe de la expedición.

—Yo, encantado. ¡Vengan cuando quieran! —respondió Colmillos.

—Y, como recompensa, aquí está el camión de chocolate que nos pediste —dijo el jefe.

—¡Qué rico! —dijo Colmillos—. Muy amable por su parte. Se lo agradezco mucho.

Cuando se fueron, Colmillos se tumbó a tomar el sol en la orilla del río, fantaseando con la fama y la fortuna, y metiéndose una chocolatina tras otra en su enorme boca abierta.

En ese momento, pasó deslizándose una serpiente.

—¿Qué esss esssto? —siseó—. Un cocodrilo comiendo chocolate. Essso esss algo muy raro.

—En absoluto —replicó Colmillos—. A todos los cocodrilos les encanta el chocolate, pero la mayoría de ellos no es lo suficientemente inteligente como para conseguirlo.

—Puesss sssi eresss tan lisssto, deberíasss sssaber que sssi comesss demasssiado chocolate, ssse te caerán los dientesss —siseó la serpiente.

—¡Qué tontería! —dijo Colmillos, enfadado—. Para tu información, yo tengo unos dientes perfectos.

—¡Suerte que tienes! —respondió la serpiente. Y se marchó reptando.

Colmillos siguió masticando tan contento y así se fue comiendo el montón de chocolate. Tomaba chocolate para desayunar, comer y cenar.

—¡Mmmhhh, qué rico! —decía con placer, relamiéndose los labios con una gran sonrisa chocolateada—. ¡Esto es el paraíso!

—No dirás lo mismo cuando estés tan gordo que ya no puedas flotar en el río —dijo el papagayo, que lo estaba observando desde un árbol.

—¡Bobadas! —se burló Colmillos—. Tengo un tipo estupendo, ¡no hace falta que te lo diga!

—Si tú lo dices —contestó el papagayo. Y se internó en la selva.

Pasaron los días y las semanas y Colmillos seguía tan feliz comiendo una chocolatina tras otra, hasta que se le acabaron todas.

—Mi próxima comida la tendré que volver a atrapar en el río —pensó Colmillos con tristeza—. ¡Cómo me gustaría tener más chocolate!

Pero cuando Colmillos se metió en el río, en lugar de nadar suavemente por la superficie como siempre, esta vez se hundió hasta el fondo y el estómago se le quedó pegado al barro.

—¡Oh, cielos!, ¿qué le pasa al río? —se dijo a sí mismo con asombro—. ¿Por qué hoy me cuesta tanto flotar?

—Y precisamente alguien que tiene un tipo tan estupendo como el tuyo —dijo el papagayo con ironía mientras lo miraba desde un árbol.

Colmillos no le respondió. Se volvió a sumergir en el agua dejando fuera sólo sus ojos brillantes y miró al papagayo con muy mala cara.

Cuando se despertó a la mañana siguiente, sintió un gran dolor
en la boca, como si algo le estirase y le retorciese los dientes.

—¡Ay, qué dolor, cómo me duelen las muelas! —gritó.

—¿Cómo esss posssible? —siseó la serpiente—. ¡Con esssosss dientesss
tan perfectosss que tienesss! —Y se volvió a marchar reptando y riéndose
para sus adentros.

Colmillos ya sabía lo que tenía que hacer: se fue río abajo a visitar
al doctor Torno, el dentista. El camino se le hizo larguísimo, tardó
mucho y llegó jadeando y resoplando.

—¡Abre bien la boca! —dijo el doctor Torno, que era un oso
hormiguero, mientras metía la nariz en la boca de Colmillos—. ¡Oh,
cielos! Esto no tiene buen aspecto. ¿Qué has estado comiendo, Colmillos?
¡Enséñame dónde te duele!

—Aquí —dijo Colmillos. Fue señalando, triste y avergonzado,
el interior de su boca—, y aquí, y aquí, y aquí también...

—Bueno, no hay nada que hacer —dijo el doctor Torno—. Esta vez
vamos a tener que sacarte todos los dientes.

Así que Colmillos se quedó sin un solo diente.

Al poco tiempo fue a la selva otra expedición fotográfica.

—¡Di salami! —le pidió el jefe de la expedición.

—¡SALAMI! —sonrió Colmillos, asomándose por detrás de un árbol.

Pero esta vez, en lugar de los flashes de las cámaras, lo que oyó fueron las carcajadas incontenibles de los fotógrafos.

—¿No decías que Colmillos era un guapo cocodrilo de dientes perfectos? —dijeron al jefe—. Se tendría que llamar Mellas, en vez de Colmillos.

El pobre Colmillos se escondió cabizbajo entre los arbustos y se puso a llorar. Todo lo que le pasaba era culpa suya, por haber sido tan glotón y haber comido tanto chocolate.

—Vamos, vamos —le dijo el doctor Torno, acariciándole el brazo—. Pronto lo arreglaremos poniéndote unos dientes nuevos.

Y, desde aquel día, Colmillos se prometió a sí mismo que no volvería a comer chocolate.

Ricardo crece

¿**M**e mides? —preguntó Ricardo a su amigo Ramón. Ricardo era el mono más pequeño del grupo y estaba impaciente por crecer.

—Te medí el lunes y hoy es viernes —dijo Ramón—. No puedes haber crecido en cuatro días. —Aun así, le hizo apoyar la espalda en el árbol más grande de la selva e hizo una marca en el tronco por encima de la cabeza de Ricardo. Estaba en el mismo sitio que la de la última vez.

—¿Ves? Todavía mides lo mismo.

—¡Porras! —exclamó Ricardo. Al cabo de un rato, dijo a su amiga Chispa—: Mírame la cabeza.

—¿Para qué, Licaldo? —preguntó Chispa, que siempre lo llamaba "Licaldo".

—Tú mira —dijo él. Y Chispa le miró la cabeza—. ¿Y? —insistió Ricardo.

—Y, ¿qué? —replicó ella.

—¿Crezco? ¿Se me ve crecer? —preguntó Ricardo.

—No, por supuesto que no —respondió Chispa.

—¡Lo sabía, nunca voy a crecer! —se lamentó Ricardo.

—¡Claro que crecerás, Licaldo! ¡Te lo prometo!

Pero Ricardo no estaba tan seguro.

RICARDO CRECE

—¿Qué puedo hacer para crecer más? —preguntó a Ramón.

—¡Esperar! —le contestó éste.

Así que Ricardo se colocó junto a Ramón y se puso a esperar.

—¡Pero si vas a tardar años en crecer! —se reía Ramón.

Pero Ricardo no podía esperar tanto. Quería coger cocos... ¡AHORA! Intentó estirarse y pidió a todos sus amigos que le tirasen de los brazos y las piernas. También se colgó cabeza abajo de las ramas de los árboles. Pero todo fue inútil. Todos los días veía a los demás monos subir a las palmeras, coger cocos y lanzarlos al suelo. Hasta que un día se celebró una competición para ver quién podía coger más cocos. Ramón, que era el que más posibilidades de ganar tenía, trepó hasta lo más alto, se metió entre las hojas de las palmeras y ¡se quedó atascado!

—¡Socorro! —gritó—. ¡No me puedo mover! —Uno de los monos grandes subió en su ayuda, pero no cabía entre las hojas.

—Dejadme probar —pidió Ricardo.

—De acuerdo —aceptaron los otros, no muy convencidos.

Ricardo subió por el tronco a toda prisa y, como era pequeño, pudo llegar sin problemas hasta su amigo y liberarlo. También aprovechó para lanzar al suelo seis o siete cocos. Cuando volvió a bajar, los otros monos hicieron corro a su alrededor y lo felicitaron.

—¡Caramba! —dijo Chispa—. ¡Has trepado más rápido que nadie!

—A lo mejor es que sois todos demasiado grandes —respondió Ricardo alegremente—. Después de todo, ¡tampoco me corre tanta prisa crecer!

A partir de entonces ya no le preocupó tanto ser pequeño. Más que nada, porque consiguió coger más cocos que nadie y ganó la competición.

La ardilla insensata

Era otoño. Los árboles del bosque estaban perdiendo las hojas y el aire era frío. Todos los animales empezaron a prepararse para el invierno.

—Ahora que empieza a hacer frío ya no se consigue tanta comida. Será mejor que empecemos a almacenar todo lo que podamos para poder pasar el invierno —dijo el señor Zorro a su mujer una noche, al volver de cazar.

—Tienes razón —contestó ésta, haciendo entrar a sus cachorros en la madriguera.

—Me gustaría ir a pescar —dijo el señor Oso—, pero ahora tendré que esperar a que llegue la primavera. —Y, metiéndose en su cueva, cerró bien la puerta para aislarla del frío.

—He de darme prisa o no terminaré a tiempo mi cama de invierno —decía la señora Ratón mientras corría con un puñado de paja, aunque enseguida se acurrucó envuelta en su propia cola para entrar en calor.

La ardilla insensata

La única que no estaba preparada para el invierno era la señora Ardilla, que saltaba de rama en rama en su árbol.

—Yo no necesito prepararme para el invierno —presumía—. Tengo escondida una buena reserva de nueces y mi hermosa y tupida cola me mantendrá caliente. Además, no tengo ni pizca de sueño.

—¿Aún estás despierta? —se sorprendió el señor Zorro.

—¡Vete a dormir! —gruñó el señor Oso.

—¡Silencio! —pidió la señora Ratón, tapándose las orejas con la cola.

Pero la señora Ardilla no se quería ir a dormir. Seguía bailoteando arriba y abajo y gritando a todo pulmón:

—¡QUÉ BIEN ME LO ESTOY PASANDO!

Y por fin llegó el invierno. El viento silbaba entre los árboles y el cielo se volvió gris. Poco después empezó a nevar. Al principio, la señora Ardilla se lo pasó muy bien haciendo bolas de nieve, pero no tenía a quién tirárselas. Pronto sintió frío y también hambre.

—No pasa nada —se dijo—. Tengo unas estupendas nueces para comer. Pero, ¿dónde las puse? —Bajó corriendo del árbol y se encontró con que una espesa capa de nieve había cubierto la tierra. Empezó a corretear en busca de sus escondrijos, pero con la nieve todo el bosque tenía el mismo aspecto y al poco rato se dio cuenta de que estaba completamente perdida.

—¿Qué voy a hacer? —gimió. Tiritaba de frío, tenía hambre y su cola estaba mojada y sucia.

De pronto oyó una vocecilla, pero miró a su alrededor y no vio a nadie. Entonces se dio cuenta de que la voz venía de debajo de la nieve.

—¡Date prisa! —dijo la voz—. Puedes venir conmigo aquí abajo, pero tendrás que excavar un sendero hasta mi puerta.

La señora Ardilla empezó a cavar y encontró un sendero que llevaba hasta una puerta situada bajo el tronco del árbol. La puerta se abrió lo justo para que la señora Ardilla pudiera meter su cansado cuerpo.

Entró en una acogedora habitación con una chimenea encendida junto a la que se sentaba un duendecillo.

—Te he oído dar vueltas por ahí arriba y he pensado que a lo mejor necesitabas refugio —dijo el duende—. Ven, siéntate junto al fuego.

La señora Ardilla aceptó encantada.

—Ésta no es mi casa —dijo el duende—. Creo que perteneció a unos tejones. Yo me perdí en el bosque, así que cuando encontré este lugar decidí quedarme hasta la primavera. Aunque no sé cómo encontraré el camino de regreso a casa. —Y una gran lágrima le rodó por la mejilla.

—Yo he sido una inconsciente —dijo la señora Ardilla—. Si no me hubieras dado cobijo, habría muerto. Estoy en deuda contigo. Si dejas que me quede aquí hasta la primavera, te ayudaré a buscar tu casa.

—¡Quédate, por favor! —contestó el duende—. Me encantará tener compañía. —Y la ardilla se acostó sobre su cola y se quedó dormida.

Y así fueron pasando los días y las noches hasta que un día el duende sacó la cabeza por la puerta y exclamó:

—¡La nieve se ha derretido, la primavera ha llegado! ¡Despierta, señora Ardilla!

La ardilla se frotó los ojos y se asomó. Había claros de cielo azul y se oía cantar a los pájaros.

—¡Súbete a mi espalda y te enseñaré el mundo! —dijo la señora Ardilla. Cruzaron el bosque y treparon hasta la copa del árbol más alto de todos—. ¡Ya puedes mirar! —dijo la ardilla cuando se dio cuenta de que el duende se tapaba los ojos con las manos. Nunca había visto nada semejante en toda su vida. Ante su vista se extendían montañas, lagos, ríos, bosques y campos. El duende empezó a dar saltos de alegría.

—¿Qué pasa? —preguntó la ardilla.

—¡Veo mi casa! —gritó el duende, señalando hacia el valle—. Y a mis amigos sentados al sol. Tengo que volver. Gracias por tu ayuda, señora Ardilla, si no hubiera sido por ti nunca habría vuelto a ver mi casa.

Y, bajando del árbol, se encaminó a su hogar a toda prisa. La señora Ardilla regresó a su árbol, y el señor Zorro, el señor Oso y la señora Ratón se alegraron muchísimo de verla.

—He sido una inconsciente, pero he aprendido la lección —les dijo—. ¡Y ahora hagamos una fiesta, que tengo muchas nueces para comer!

Así que celebraron la primavera por todo lo alto y la señora Ardilla prometió ser más sensata el próximo invierno.

El patito Dani en peligro

¡**E**staos quietos para que os pueda contar! —dijo enfadada Mamá Pato mientras los patitos salpicaban alrededor de ella—. Lo que me imaginaba: Dani se ha vuelto a perder. ¡Será mejor que vaya a buscarlo!

Era la tercera vez que el patito Dani se perdía esa semana. Le gustaba nadar el último de la fila y a menudo se quedaba rezagado. Pero esta vez estaba en peligro... Hacía un rato, mientras Dani iba siguiendo a los otros, se le había enganchado la pata en algo que había debajo del agua.

—¡Porras! —exclamó, y trató de soltarse tirando. Se metió bajo el agua y vio que se le había enredado la pata en una vieja red de pesca semienterrada en el barro—. ¡Socorro! —gritó, pero los otros estaban ya demasiado lejos y no lo podían oír. Cuanto más tiraba Dani, más se apretaba la red en torno a su pata—. ¡Socorro! —gritó, agitando las alas.

La rana Paca oyó sus gritos e intentó liberarlo, pero no lo logró.

—Voy a buscar ayuda —dijo, y se fue nadando.

—¡Date prisa! —gritó Dani.

La marea estaba subiendo y el río crecía rápidamente. Cuando Paca volvió con Julia, la rata de agua, el agua ya cubría la espalda de Dani.

—¡Me va a arrastrar hasta el fondo! —lloró Dani.

—No te preocupes, que te vamos a salvar —Julia cortó la red con sus afilados dientes y Dani volvió a salir a la superficie.

—¡Menos mal que estás a salvo! —dijo mamá—. Pero a partir de ahora te pondrás el primero de la fila. —Y eso es lo que hizo Dani.

¿Qué será lo que ha ocurrido?

¿Qué será lo que ha ocurrido?
¿Qué será lo que pasado?
¿Por qué mi querido amigo
aún no ha vuelto del mercado?

Ha prometido comprarme
una cesta de amapolas,
una guirnalda de lirios
y una guirnalda de rosas.

¿Qué será lo que ocurrido?
¿Qué será lo que ha pasado?
¿Por qué mi querido amigo
aún no ha vuelto del mercado?

La oca Mariola

a oca Mariola
sube la escalera,
saltito a saltito,
los peldaños de madera.
Al llegar al rellano
sale la doncella
con la escoba en la mano
y la echa para afuera.

El viejo Ramón

En la plaza del pueblo
estaba el viejo Ramón,
con un zapato negro
tocaba su tambor.

Los huesos de las chuletas
ha guardado el carnicero
para que el viejo Ramón
dé de comer a su perro.

Juan y Juana

A buscar agua al río
Juan y Juana han ido,
en las piedras de la orilla
Juan se ha caído.
El tremendo chichón
que en la frente le ha salido
le ha vendado Juana
con su pañuelo amarillo.

Cocoricó

Cocoricó, el gallo ha cantado
que su señora dueña ha perdido un zapato.
Cocoricó, el gallo cantó
que su señor dueño ha perdido el bastón.

Cocoricó,
sin bastón ni zapato,
¿cómo van a hacer
los dueños del gallo?

Cocoricó, el gallo ha cantado
que su señora dueña el zapato ha encontrado.
Cocoricó, el gallo cantó
que su señor dueño el bastón encontró.

Chicos y chicas, venid a jugar

Chicos y chicas, venid a jugar
que la luna en el cielo ha salido ya.

En la calle jugamos los compañeros
que la luna está llena y nos quita el sueño.
Salid con la una, salid con las dos,
venid de uno en uno o de dos en dos,
salid en pijama o con camisón,
que los amigos ya esperan en el callejón.

Leche, huevos y azúcar vayan a buscar
que esta noche todos cenaremos flan.

173

Guille y su terrible hermano Javi

El pequeño Guille era un chico muy afortunado. Tenía una bonita casa y los mejores padres que se puedan desear. También tenía un gran jardín con un columpio y una portería de fútbol. En el jardín crecían muchos árboles a los que se podía trepar para correr aventuras. Guille iba también a un bonito colegio donde se lo pasaba muy bien todos los días y tenía muchos amigos. De hecho, todo era perfecto en la vida de Guille menos una cosa: su hermano Javi.

Javi era un chico muy travieso. Pero lo peor es que, hiciera la trastada que hiciera —y no paraba de hacer una detrás de otra—, siempre se las apañaba para que pareciese que era otro el que tenía la culpa. ¡Y normalmente ese otro era el pobre Guille!

Una vez se le ocurrió poner sal en el azucarero. Esa tarde vinieron unos amigos de sus padres a tomar el té. Y, por supuesto, todos los invitados se pusieron sal en el té pensando que era azúcar. Como eran muy educados, no se quejaron, pero todos pensaron

que el té tenía un sabor muy extraño. Sin embargo, en cuanto los padres de Guille lo probaron, enseguida se dieron cuenta de que alguien les había gastado una broma. Pidieron disculpas a sus invitados y les hicieron otro té. ¿Y quién se llevó las culpas? Pues el pequeño Guille, porque Javi había echado sal por el suelo del cuarto de Guille para hacer creer a sus padres que él era el culpable.

Al poco tiempo, la tía Pepa vino a pasar unos días. Era una señora muy simpática, pero odiaba cualquier bicho que se arrastrase o reptase y, sobre todo, las ranas. ¿Y qué es lo que hizo Javi? Pues bajar al estanque del jardín, coger una gran rana verde y meterla en el bolso de la tía Pepa. Cuando la tía lo abrió para sacar las gafas, se encontró con dos ojos de rana que la miraban fijamente.

—¡Croac! —dijo la rana.

—¡Aaahhh! —aulló la tía Pepa, a quien casi le dio un soponcio.

—Le dije a Guille que no lo hiciera —dijo Javi.

Guille había abierto la boca para asegurar que era inocente cuando su madre dijo:

—Guille, vete a tu cuarto ya mismo y no salgas hasta que te lo diga.

El pobre Guille se fue a su cuarto y se tuvo que quedar allí hasta después de la cena. A Javi le pareció muy divertido.

Al día siguiente, Javi decidió gastar otra broma con la que echarle las culpas a Guille. Fue al cobertizo y sacó todas las herramientas del jardín una por una. Cuando creía que no lo veía nadie, las escondió en el armario del cuarto de Guille. Allí metió la pala, el rastrillo, la regadera, la podadora... vamos, todo menos la segadora, y ésta se salvó porque era demasiado pesada y no la podía llevar hasta allí.

Pero esta vez la bromita fracasó porque la tía Pepa lo vio deslizarse escaleras arriba para subir las herramientas al cuarto de Guille e inmediatamente se imaginó lo que Javi estaba tramando y en quién iban a recaer las culpas. Habló con Guille sin que Javi se diera cuenta. Los dos estuvieron murmurando unos segundos y sonrieron triunfales.

Ese mismo día, el padre de Javi y Guille fue al cobertizo a buscar las herramientas para arreglar el jardín. Imaginaos la sorpresa que se llevó cuando vio que lo único que quedaba eran unos tiestos y la segadora. Estuvo buscando las herramientas por todo el jardín, miró detrás del montón de abono, bajo los peldaños del jardín, detrás del cajón de arena y en el garaje. Pero no las pudo encontrar por ningún sitio.

Después se puso a buscarlas por la casa. Miró en todos los armarios de la cocina y estaba mirando debajo de la escalera cuando vio algo en el piso de arriba que le llamó la atención. El mango de la gran pala del jardín sobresalía por la puerta del cuarto de Javi. Perplejo, subió

la escalera y entró en la habitación. Y allí, en un montón dentro del armario, estaba el resto de las herramientas.

—¡Javi, sube inmediatamente! —lo llamó su padre.

Javi, que no tenía ni idea de lo que podía pasar, subió tranquilamente las escaleras. De repente, vio que todas las herramientas que él había metido cuidadosamente en el armario de Guille estaban ahora en su armario. Se quedó sin habla.

—Pues bien —dijo su padre—, antes de salir a jugar vas a volver a bajar todas las herramientas al cobertizo. Luego siegas la hierba, después cavas los macizos de flores y a continuación quitas las malas hierbas.

Javi tardó horas en arreglar el jardín. Guille y la tía Pepa lo estuvieron mirando por la ventana y se partían de la risa. Javi no pudo averiguar cómo habían ido a parar las herramientas a su cuarto, pero seguro que tú lo has adivinado, ¿a que sí?

No importa

A nadie le importa,
a nadie le incumbe
lo que en este momento
se guisa en la lumbre.
A nadie le incumbe,
a nadie le importa
lo que en este momento
se cuece en la olla.

Los bueyes

Al llegar la medianoche
la víspera de Navidad,
nos decía un viejo en torno al hogar:
«Ahora los bueyes allá en el pajar,
en este momento se van a arrodillar».

Nos imaginábamos cómo las mansas criaturas
allá en su establo doblaban las rodillas
y nunca a ninguno se le ocurrió dudar
de que esta maravilla tuviera lugar.

Escasos son los que hoy en día
podrían urdir semejante fantasía,
pero si en la víspera de Navidad
alguien me dijera: «¡Ven, que los bueyes
ahora se van a arrodillar en el establo
solitario, allá en la hondonada!»,
como nos decían en nuestra infancia,
yo le seguiría en la oscuridad
deseando con toda mi alma
poderlo presenciar.

¿Adónde van los barcos?

Oscuro es el río,
la arena amarilla.
Fluye entre los árboles
de las dos orillas.

Hojas verdes que flotan,
castillos de espuma,
los barcos que eché a navegar
¿dónde va todo a parar?

¿Adónde va el río?
Atraviesa el valle,
rodeando la colina
deja atrás el molino.

Cuando cientos de millas
haya dejado atrás,
las manos de otros niños
mis barcos a tierra sacarán.

(BASADO EN ROBERT LOUIS STEVENSON)

Eldorado

Con una alegre canción
por los caminos
ha errado
el galante caballero,
siempre en busca
de Eldorado.

El tiempo pasa veloz,
pero siempre ha confiado
en que al final del
camino
ha de llegar a Eldorado.

De pura debilidad
el caballero
ha enfermado,
en su delirio pregunta
si esta tierra es Eldorado.

Aunque llegues a la luna
o hasta el fondo
del océano,
no encontrarás,
caballero,
el camino
de Eldorado.

Duerme, ratoncito

Duerme, ratoncito, duerme, mi pequeño,
que en cuanto te duermas iré al panadero.
Cuando no me vea, saldré del agujero
y te traeré, ratoncito, el bollo más tierno.

El duelo

El perro de porcelana y el gato de cristal,
uno frente a otro, sobre la mesa están.
Hace ya rato que las doce han dado,
ni el uno ni el otro en su empeño ha cejado.
El reloj holandés y el jarrón de China
seguros están de que aquí va a haber riña.
(¡Yo no estuve allí, sólo repito
lo que el jarrón de China me dijo!)

El perro de porcelana «guau, guau» alegó
y el gato de cristal con un «miau» replicó.
Trocitos de cristal y añicos de porcelana
han salido volando por toda la sala.
El reloj holandés
y el jarrón de China
horrorizados están
ante tanta ruina.

(¡Como yo no lo vi, te repito a mi vez
lo que a mí me ha contado el reloj holandés!)

Querría...

¿Qué querrías ser si no fueras tú? A ratos me siento y pienso en todas las cosas que querría ser...

Por ejemplo, un elefante. Si fuera un elefante me daría risa sentarme en el baño y usar la nariz como manguera para lanzar burbujas.

También querría ser un camaleón, porque entonces cambiaría el color de mi piel y me podría esconder en cualquier sitio sin que nadie me viera.

Si fuera un hipopótamo podría revolcarme en el barro todo el día y mancharme todo lo que quisiera sin que nadie me dijera nada.

Querría ser un delfín, porque entonces podría saltar y chapotear en el agua, me divertiría mucho todo el día y nadaría con los peces.

También podría ser un avestruz, aunque no sé si esconderia la cabeza en la arena cuando tuviera miedo.

Creo que quiero quedarme como estoy, pero no por eso voy a dejar de preguntarme qué pasaría si fuera otra cosa diferente.

La ballena que voló

¿Conoces la historia de la ballena Lena? Era una ballena a la que le encantaba volar.

Un día, mientras Lena dormía plácidamente flotando en el mar, pasó volando sobre ella un globo aerostático. El piloto se asomó y vio su lomo desde lo alto.

—Aterrizaré en ese islote —se dijo. Y se puso a sujetar el globo mientras Lena seguía durmiendo sin enterarse de nada.

De pronto, un tornado sopló sobre el mar y arrastró el globo y a Lena hasta lo más alto.

—¡Qué sensación tan maravillosa! —gritó Lena, feliz—. ¡Estoy flotando sobre el brillante mar azul!

El piloto del globo la llevó a dar una vuelta y al final del día la volvió a lanzar al mar.

—¡Muchas gracias! —sonrió Lena. Y se fue nadando.

Totalmente perdidas

Las ovejas son encantadoras, pero no son precisamente los animales más inteligentes del mundo. Siempre van una detrás de otra sin pararse a pensar si será una buena idea o no. Cuando la que va delante es María, suele no serlo.

Un día se le ocurrió a María que la hierba del prado vecino era más verde y jugosa que la del prado donde se encontraban.

—¡Vamos, chicas! —baló—. ¡Seguidme!

De un salto, María pasó la valla y entró en el prado contiguo. Al momento la siguieron las demás ovejas.

Cuando llevaban una hora pastando, se le ocurrió a María mirar por encima de la tapia. Allí la hierba tenía aún mejor aspecto.

TOTALMENTE PERDIDAS

—¡Seguidme! —baló de nuevo. Se marchó y las demás ovejas corrieron detrás de ella.

Al final de la tarde, María y sus amigas se dieron cuenta de que se habían alejado mucho de la granja del viejo Martín y se encontraban ¡totalmente perdidas!

—No tengo ni idea de dónde estamos —dijo María, mirando a su alrededor—. Uy, ahora no puedo pensar. Me voy a dormir.

Y claro, todas las demás ovejas se durmieron también inmediatamente.

Pero las ovejas, cuando se despiertan, tienen hambre. Por eso, cuando María se despertó al día siguiente, se olvidó de buscar el camino de vuelta a casa y se puso a devorar sabrosa hierba. ¡Ya te puedes imaginar lo que hicieron las demás ovejas!

María cruzó el prado pastando y llegó hasta un seto. Más allá del seto había otro prado y su hierba parecía aún más sabrosa.

—¡Seguidme, chicas!—baló.

Así que con un salto y con un brinco el rebaño se metió en el prado y empezó a almorzar.

Lo mismo sucedió a la hora de la comida, de la merienda y de la cena. Hasta la hora de irse a dormir, María no se acordó de que estaban muy lejos de casa.

—Ahora debemos de estar lejísimos —baló, entristecida.

—¡Pero, maaamáá...! —se quejó su corderito.

—Recuérdamelo por la mañana —replicó María.

—Pero, maaamáá... —lo intentó el corderito de nuevo.

—Vete a dormir, pequeño —dijo María—. Mañana volveremos a casa.

—¡Pero, MAAAMÁÁÁ! —gritó el corderito con todas sus fuerzas—. ¡Ya estamos en casa! ¡Mira! ¿No lo ves?

Y, en efecto, aquél de delante era el prado del viejo Martín.

El humo de la chimenea de la granja flotaba en el aire nocturno y el viejo Martín estaba de pie junto a la puerta de la verja. Sin darse cuenta, María las había llevado a todas de vuelta a casa.

Así que, aunque las ovejas no sean inteligentes, a veces tienen una forma muy inteligente de ser tontas. ¡Ya sabes lo que quiero decir!

¡Qué locura de hueso!

Alfi estaba en su cesto mordiendo un gran hueso. ¡Mmm, qué bueno estaba! Cuando tuvo bastante, lo llevó al fondo el jardín y lo enterró en su escondite favorito, junto al viejo roble. No se dio cuenta de que Ferdi, el perro vecino, lo estaba vigilando por el agujero de la cerca.

Al día siguiente, cuando Alfi fue a desenterrar su hueso, éste había desaparecido. Estuvo cavando por los alrededores pero no hubo forma de encontrarlo. De pronto, descubrió en el barro un rastro de huellas de patas que llevaba hasta la cerca y comprendió lo que había sucedido. Alfi era demasiado grande y no podía cruzar la valla para recuperar su hueso, pero en cambio se le ocurrió un plan. Al día siguiente enterró otro hueso y esta vez sí que vio que Ferdi lo vigilaba.

A continuación se escondió y observó cómo Ferdi se metía a rastras
en el jardín y empezaba a desenterrar el hueso. Justo entonces, Ferdi
aulló de dolor. ¡El hueso le había mordido la nariz! Cruzó el jardín
a toda velocidad y atravesó la cerca sin llevarse el hueso.

Topo, el amigo de Alfi, salió del agujero donde estaba enterrado
el hueso y los dos amigos se pusieron a reír como locos. Desde entonces,
Ferdi ya no se ha atrevido a cruzar la cerca.

Juan Jilguero

Juan Jilguero
siempre fue soltero,
ya no quiere serlo más
y está buscando una novia
para poderse casar.

El ratón Bernabé

El ratón Bernabé
vive en un castillo inglés,
a las cinco de la tarde
toma pastitas y té.

Querido José

—Querido José, ¿cuándo te casas
—Cuando estén dulces las castañ
—A la boda vendremos con un gran
cantaremos y bailaremos toda la no

Ábreme la ventana, niña María

—Ábreme la ventana, niña María,
que he venido a verte y la noche está fría.
Pero María responde, muy enfadada,
que los gritos de Juan la han sacado de la cama.
—¡Lo siento, Juan, no te dejo pasar,
por donde has venido, ya te puedes marchar!

¡Juan, Juan, que se quema el pan!

¡Juan, Juan,
que se quema el pan!
Si no vienes y lo apagas,
lo tiro por la ventana.

Ramón y Ricardo

Ramón y Ricardo son dos hermanos
que a las diez de la mañana todavía están roncando.
Al despertarse Ramón, por la ventana ha mirado:
—¡Levántate, hermano, que el sol está ya muy alto!
Hace ya mucho tiempo que el toro ha trillado,
el gallo tocó la corneta en lo alto del tejado,
el gato en la cocina se ha freído el pescado
y el perro en la despensa se ha llenado el plato.

Si viera que mi cerdo

Si viera que mi cerdo
peluca se ponía,
igual que a los caballeros
diría: «¡Buenos días!».
Si un día la cola
se le llegara a caer,
lo llevaría a la modista
que se la cosiera otra vez.

Tom y Tom

Tom y Tom son los hijos del gaitero,
robaron un cerdo y huyeron corriendo.
El cerdo se han comido, a un Tom han castigado,
pero el otro Tom calle abajo ha escapado.

Juan y Pedro

Juan y Pedro fueron al puerto
y se encontraron un chico con el ojo negro.
—Dinos, muchacho, ¿qué te ha pasado?
¿Por qué se te ha puesto el ojo morado?
—Como andaba soñando con mi vecina,
no he visto la farola que había en la esquina.

El petirrojo

—Dime, petirrojo,
¿dónde has anidado?
—Entre las ramas verdes
de aquel avellano.

Óscar, el cachorro glotón

Óscar, el cachorro de labrador, estaba loco por la comida. Le daba igual lo que fuese y tampoco le importaba a quién perteneciese.

—Te vas a engordar —le advirtió Tom, el gato de la granja.

Pero Óscar estaba demasiado ocupado masticando una deliciosa raspa de pescado como para darse por aludido. Aquel día, Óscar se sentía aún más tragón que de costumbre. Antes de desayunar, se escabulló en la cocina y se comió las galletas de Tom. Después desayunó sardinas frescas y leche, a continuación hizo una pequeña pausa y más tarde se comió la avena del caballo. Al caballo no pareció importarle.

Más tarde echó un sueñecito y se despertó con mucha hambre, así que se terminó las golosinas de los cerdos. Pero esto no le quitó el apetito.

Después de un ligero almuerzo, Óscar seguía teniendo ganas de comer, así que devoró el pastel de carne que el granjero Juan había dejado en el alféizar de la ventana. Seguramente, porque no lo quería. Luego volcó el cubo de la basura y estuvo revolviendo los restos de comida. Estaba lleno de sobras deliciosas.

Era el momento de echar una siestecita antes de meterse a escondidas en la vaquería a la hora de ordeñar. A Óscar le encantaba lamer lo que quedaba en el balde de leche fresca cuando el granjero Juan no miraba.

ÓSCAR, EL CACHORRO GLOTÓN

La cena era su comida favorita. Era asombroso ver a qué velocidad era capaz de comerse un enorme cuenco de carne y galletas. Antes de irse a dormir, Óscar se daba una vuelta por el patio para recoger las sobras que habían dejado las gallinas. ¿A que era un cachorro muy diligente?

Estaba masticando un trozo de pan especialmente sabroso cuando vio algo negro por el rabillo del ojo. Era Tom, el gato de la granja, que salía a dar su paseo nocturno. Y lo que más le gustaba a Óscar era comerse la cena de Tom sin que éste se diera cuenta. Así que cruzó el patio corriendo, dio la vuelta al establo y entró por la gatera.

—¡Guau, guau! —aulló Óscar al quedarse atascado en la gatera. Con todo lo que había comido el muy glotón, le había crecido tanto la tripa que ya no cabía.

—¡Ja, ja! —se reían los animales de la granja. Pensaban que le estaba bien empleado por haberles quitado a todos la comida.

—Vaya, vaya —sonrió Tom, que había vuelto al oír todo aquel jaleo.

Cogió a Óscar por las patas y probó a sacarlo tirando. Luego intentó sacarlo empujando, pero no hubo forma. Entonces, todos los animales se pusieron a tirar y tirar a la vez hasta que, ¡PLOF!, Óscar salió.

Óscar se sintió tan avergonzado que nunca más se comió la comida de nadie ¡a menos que se la ofrecieran!

Problemas con el tractor

El viejo Martín le tenía cariño a su tractor, aunque le daba tanta guerra como el más travieso de los pollitos.

—He de arar el campo más lejano antes de que nazcan los corderos —se quejó el viejo Martín—, a ver si me da tiempo.

Pero, el tractor no se puso en marcha. Carraspeó y jadeó, y salieron un par de nubecillas de humo negro del tubo escape, pero no se oyó el estruendo que tanto le gustaba oír al viejo Martín.

—Voy a tener que llamar al mecánico —dijo, enfadado, mientras se dirigía hacia la casa.

Pero por desgracia el mecánico estaba ocupado el resto de la semana.

—Escucha atentamente, que te diré lo que tienes que hacer —dijo amablemente al viejo Martín.

Cuando el granjero regresó al establo, llevaba la mente llena de tubos, clavijas y bombas, pero no estaba muy seguro de haber entendido lo que le había dicho el mecánico.

Pero, en cuanto abrió la tapa del motor, supo exactamente cuál era el problema y se le pasó el enfado de golpe. Una ratoncita había hecho su nido allí y estaba muy ocupada cuidando de seis bebés chiquitines.

—No te preocupes —susurró el viejo Martín en voz baja—. Os voy a buscar un sitio mejor para vivir.

Así que el viejo Martín empezó a buscar por el establo un sitio especial donde la ratoncita y su familia pudieran vivir. Tenía que ser un lugar cálido y acogedor al que los gatos no pudieran llegar.

Rebuscar entre los trastos y el desorden acumulados en el establo era un trabajo duro, por lo que al cabo de un rato el viejo Martín se quitó el abrigo y lo colgó de una viga. Al final de la mañana el establo estaba mucho más ordenado, pero todavía no había encontrado un hogar para la familia de ratones.

—¡A comer! —lo llamó su mujer—. ¡Y ni se te ocurra traerme esos ratoncillos a la cocina!

193

Pero al ir a descolgar su abrigo de la viga, se le ocurrió de repente una buena idea... Diez minutos más tarde, los ratones tenían una bonita casa nueva y el viejo Martín pudo por fin disfrutar de su

comida. Ordenar el establo le había dado hambre y estaba muy contento porque había encontrado una casa para los ratoncillos.

—Ahora me voy a ir a arar —dijo a su mujer cuando acabaron de comer—. ¿Dónde está mi abrigo viejo?

La señora Martín lo miró sorprendida.

—¿Por qué? —empezó a preguntar, pero de pronto sonrió—. Me imagino que le has prestado a alguien tu abrigo por una temporada.

El viejo Martín encontró su abrigo viejo y regresó al establo. Esta vez el tractor se puso en marcha con todo su estruendo.

—Nada de ruido hasta que salgamos, amigo —dijo el viejo Martín con una sonrisa—. ¡No vaya a ser que despertemos a los ratoncitos!

El oso listo y el oso tontorrón

El invierno estaba empezando. Habían caído las primeras nieves y el lago había comenzado a helarse. Había llegado el momento de que los osos iniciaran la hibernación. Pero había un oso tontorrón que todavía no estaba listo para irse a dormir. «Sólo tengo que atrapar un pez más para poder aguantar todo el invierno», pensó. Así que, aunque sabía que era peligroso, se arrastró por el lago helado.

Se tumbó sobre la tripa e hizo un agujero en el hielo. Podía ver un montón de peces nadando por debajo del agua. Metió la pata en el agujero y en un instante agarró un pez. Pero el osito tontorrón se puso a saltar y a gritar:

—¡He atrapado uno!

El hielo que tenía debajo cedió con un gran crujido y cayó al agua helada. Por suerte, un osito listo oyó sus gritos y corrió a ayudarle. Encontró un tronco caído y lo empujó por encima del hielo. El oso tontorrón se agarró a él y consiguió ponerse a salvo sin soltar el pez.

—¿Cómo puedo darte las gracias? —preguntó.

—Ese pez no estaría nada mal —respondió el osito listo. Y se fue tranquilamente a hibernar.

Cosas de cerdos

En la granja del viejo Martín todos sabían que dentro de poco sería el cumpleaños de Tolo. El caballo iba a cumplir muchísimos años; tantos, que la mayoría de los animales no sabían contar hasta tanto.

—Tenemos que organizar una fiesta especial con muchos juegos —dijo la oveja María por lo bajo.

—Eso sería divertido para nosotros —contestó la vaca Paca—, pero Tolo es un caballo muy viejo y no sé si eso le va a gustar mucho.

Como los cerdos siempre están pensando en comer, a nadie extrañó que Ceferino propusiera organizar un banquete.

—Si cada uno de nosotros guarda un poco de su comida todos los días, podemos reunir un montón para el cumpleaños de Tolo —dijo.

A todo el mundo le pareció una buena idea, así que los animales

buscaron un escondite para la comida en el establo. En poco tiempo reunieron un enorme montón de cosas sabrosas, deliciosas y exquisitas, y a medida que se acercaba el día se iban poniendo más nerviosos.

La víspera de la fiesta el montón de comida era impresionante. Los animales sabían que a la mañana siguiente Martín y su mujer se irían al mercado muy temprano y tendrían todo el patio de la granja para ellos.

Cuando se hizo de noche, algunos de los polluelos y cachorros no podían ni dormir de la emoción.

La luna brillaba ya sobre la granja del viejo Martín, pero Ceferino seguía despierto. Daba vueltas y vueltas, intentando con todas sus fuerzas no pensar en el enorme montón de deliciosa comida.

Pero no hay nada
que dé más hambre
a un cerdo que saber
que tiene cerca un montón
de cosas ricas. Sabía
que eran para la fiesta,
pero, por más que

lo intentaba, Ceferino no podía dejar de pensar en la comida.

—Un bocadito o dos no tienen importancia —se dijo—. Nadie echará de menos una sabrosa manzanita o un puñadito de grano, ¿verdad?

Con la boca haciéndosele agua, Ceferino salió arrastrándose de su pocilga y, de puntillas, llegó hasta la puerta del establo. ¡Ñiiiiiiik! La empujó con el hocico para abrirla y entró.

—¡TE PILLÉ, CERDO CEFERINO! —cloqueó la gallina Catalina mientras salía de un salto de detrás de una paca de paja—. Ceferino, viejo trasto —añadió riéndose—, sabíamos que no ibas a ser capaz de resistir ante tanta comida y decidimos hacer guardia toda la semana. Vuelve a la cama y espera hasta mañana.

Ceferino se puso rojo: ¡lo habían pillado!

A la mañana siguiente, mientras todos los animales devoraban el fabuloso banquete, Ceferino les dijo que lo sentía mucho.

—No te preocupes —respondieron—. Son cosas de cerdos. ¿Quieres otra manzana, Ceferino?

El viejo Everest

Everest era uno de los caballos más grandes del mundo y también uno de los más fuertes. En su juventud ya había sido el doble de grande que cualquier otro caballo y tiraba de la pesada carreta cargada de guisantes, patatas, coles, maíz o cualquier otro producto de la granja. Llevaba al mercado las verduras de la granja y traía a la granja las compras del mercado. Tiraba de la enorme máquina que cortaba el trigo para hacer la harina. También tiraba del gran arado que removía la tierra, y así el granjero podía plantar las semillas que se convertían en trigo para hacer la harina... que luego Everest llevaba al mercado.

¡Vamos, que lo hacía todo!

Everest era el mejor... pero de eso hacía muchos años.

—¿Por qué ahora ya no haces nada? —preguntó el cerdo Rosendo.

—El granjero cree que soy demasiado viejo —respondió Everest con tristeza—. Sólo quiere ser amable conmigo. Cree que necesito descansar.

—Seguro que todavía eres el más fuerte, Everest. ¡Nadie es tan fuerte como tú!—dijo el cordero Lucero.

El enorme caballo agachó la cabeza.

—Es que... yo ya no soy tan fuerte como era —dijo Everest con una sonrisa—. Además, ahora los granjeros no utilizan caballos sino tractores.

El viejo caballo tenía mucho tiempo libre para recordar los tiempos en los que todavía era joven y trabajaba en la granja. Ahora se pasaba la mayor parte del día comiendo hierba en su prado favorito, persiguiendo conejos y pollos o mordisqueando el seto. Pero, cuando la oveja Chirivía, el ganso Patosete o el gato Zarpitas iban a verle, les contaba anécdotas. A veces les repetía las mismas sin darse cuenta, pero a ninguno le importaba. Pese a todo, Everest seguía pensando en el tractor. No es que le echara la culpa, pero es que él tenía ganas de trabajar.

—¿Por qué compró el granjero el tractor? —quiso saber Rosendo.

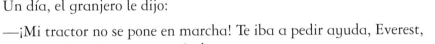

Everest inclinó la cabeza y suspiró.

—Porque le gustó el color —contestó.

Un día, el granjero le dijo:

—¡Mi tractor no se pone en marcha! Te iba a pedir ayuda, Everest, pero ya me imagino que querrás descansar.

Everest negó con la cabeza.

—Aun así —dijo el granjero—, necesito arar el campo y el arado sólo se puede sujetar al tractor, no a un caballo ¡No sé lo que voy a hacer!

Everest empujó suavemente al granjero hasta la cuadra donde estaba guardado el tractor. Su arnés y sus riendas también estaban allí. El gran caballo cogió una vieja correa con la boca, la enganchó a la parte delantera del tractor y lo arrastró fuera como si tal cosa. A continuación tiró del arado hasta ponerlo detrás del tractor.

—¿Puedes tirar de los dos a la vez? —preguntó el granjero.

Everest asintió. ¡El granjero estaba realmente asombrado! Pero enganchó el arado al tractor y el tractor al caballo. Everest tiró del tractor y éste a su vez tiró del arado, y juntos araron el campo más deprisa que nunca.

Everest seguía siendo el caballo más grande y el más fuerte... pero ahora, además, era el más feliz del mundo.

Panecillos calientes

Calientes y tiernos
son mis panecillos,
en la tienda los vendo
por un par de centimillos.
Los compran las niñas
y también los niños,
calientes y tiernos
son mis panecillos.

Natillas

Natillas calientes,
natillas frías,
natillas hechas
con azúcar y vainilla.
A unos les gustan calientes,
a otros les gustan frías,
a todos les gusta que lleven
mucho azúcar y vainilla.

La comadreja se espanta

Media libra de arroz,
media libra de melaza,
así se gasta el dinero
y, ¡pop!, la comadreja se espanta.

Los cereales

Así crecen la avena, la cebada y el cen
así crecen la avena, la cebada y el cen
para que tú lo sepas yo te lo cuente
¿Cómo crecen la avena, la cebada y el ce
Primero el granjero siembra la semil
después se levanta y recoge las espig
golpea con los pies, aplaude con las m
y luego se da una vuelta alrededor del c

l pastel de odornices

1 un puñado de arroz
-inticuatro codornices,
an hecho un pastel
1 que se lo coma el rey.
El pastel se abrió,
1taron las codornices,
aya plato delicado
- al rey han dedicado.

Cinco guisantitos

Cinco guisantitos metidos en una vaina.
Creció el uno, creció el dos, ¿y con los otros qué pasó?
Pues crecieron y crecieron y crecieron sin parar,
hasta que al final la vaina acabó por reventar.

Cinco salchichas gordas

Cinco salchichas gordas se fríen en la sartén,
de pronto explota una: ¡PENG!
Cuatro salchichas gordas, etc.
Tres salchichas gordas, etc.
Dos salchichas gordas, etc.
Una salchicha gorda se fríe en la sartén,
como explote esta salchicha
nos quedamos sin comer.

gigante Vicente

El gigante Vicente
ome mucho más de lo que piensa la gente.
Se comió una vaca, se comió un ternero,
se comió un buey y el otro medio.
Se comió la iglesia y el campanario,
se comió al párroco y a los parroquianos.
¡Una vaca, un ternero,
un buey y otro medio,
la iglesia y el campanario
y todos los parroquianos!
cima ahora se queja, pues tiene la tripa llena.

El perrito perdido

¡**B**rrr! —dijo Pulguitas, sintiendo un escalofrío—. ¡Qué frío hace esta noche!

—Bueno, pues arrímate más a mí —contestó su mamá.

—No es justo —refunfuñó Pulguitas—. ¿Por qué hemos de dormir fuera con este frío? A los gatos les dejan dormir dentro.

—Nosotros somos perros de granja, cariño —dijo mamá—. Tenemos que ser fuertes y trabajar mucho para ganarnos el sustento.

—Yo preferiría ser un gato —murmuró Pulguitas—. Lo único que hacen en todo el día es lavarse, comer y dormir.

—Nuestra vida tampoco está tan mal —dijo mamá—. Así que deja de lamentarte y descansa, que mañana tenemos que trabajar mucho.

El perrito perdido

Al día siguiente, Pulguitas se despertó muy temprano y echó a trotar sendero abajo para dar un paseo. Corrió por la hierba, persiguiendo conejos y olfateando las flores.

Normalmente, cuando llegaba al final del sendero, daba la vuelta y regresaba. Pero aquel día vio una gran camioneta roja aparcada allí, delante de una casa. La parte trasera de la camioneta estaba abierta y a Pulguitas se le ocurrió trepar a su interior para echar un vistazo.

La camioneta estaba llena de muebles. Al fondo, había un gran sillón con cómodos cojines, en el que Pulguitas se arrellanó.

—Me podría pasar todo el día dormitando como un gato —se dijo. Cerró los ojos y sin darse cuenta se quedó dormido.

Al cabo de un rato, Pulguitas se despertó sobresaltado.

—¡Oh, no, me he quedado dormido! —gruñó—. Más vale que vuelva a toda prisa. Hoy tenemos mucho que hacer.

Pero entonces se dio cuenta de que las puertas de la camioneta estaban cerradas. Afuera se oían voces que hablaban.

«Si me encuentran aquí voy a tener problemas», pensó Pulguitas.

Y se escondió detrás del sillón.

Cuando la parte trasera de la camioneta se abrió, Pulguitas se asomó y miró. Dos hombres habían empezado a descargar los muebles.

Cuando estuvo seguro de que nadie lo estaba mirando, salió a hurtadillas de la camioneta, pero ya no estaba en el campo donde había vivido siempre, sino en una ciudad grande y ruidosa, llena de coches y edificios.

¡El pobre Pulguitas no tenía ni idea de dónde se encontraba!

«Me ha debido de traer la camioneta», pensó, muy asustado.

Se pasó todo el día dando vueltas, tratando de encontrar el camino de regreso a casa. Sentía frío, estaba cansado y tenía hambre. Al final, se tumbó en el suelo y empezó a llorar amargamente.

—¿Qué te pasa, perrito? —oyó que le decía una voz de hombre—. Me parece que te has perdido. Ven a casa conmigo.

Pulguitas lamió agradecido la mano del hombre, se levantó de un salto y lo siguió hasta su casa.

Cuando llegaron, Pulguitas se sentó en el peldaño de la entrada, esperando a que le sacaran algo de comida. Sin embargo, el hombre dijo:

—Entra, no te quedes ahí fuera.

Pulguitas entró detrás de él y se encontró con una pequeña caniche que lo estaba esperando para conocerlo. ¿Qué le había pasado en el pelo?

—Será mejor que te bañes antes de cenar —dijo el hombre, mirando el sucio pelaje blanco de Pulguitas.

Lo lavó en una gran bañera y luego le cepilló los enredones del pelo. Pulguitas se sentía fatal ¿Qué había hecho para merecer este castigo?

—¿No te gusta? —le preguntó la caniche tímidamente.

—No —respondió Pulguitas—. ¡Lavarse y limpiarse es cosa de gatos!

A continuación, el hombre le dio de cenar: un cuenco lleno de bolitas secas. Pulguitas las miró y las olfateó con disgusto. Él estaba acostumbrado a comer trozos de carne y un hermoso hueso.

—Parece comida de gato —dijo Pulguitas lleno de tristeza.

Después de cenar, la caniche se metió en una gran cesta que había en la cocina.

—Pensaba que sería de algún gato —dijo Pulguitas.

Intentó dormir en la cesta, pero tenía calor y no se encontraba cómodo. Echaba de menos contar las estrellas para poderse dormir y, sobre todo, echaba de menos a su mamá.

—Me quiero ir a casa —sollozó, mientras grandes lágrimas le rodaban por el hocico.

Al día siguiente, el hombre le puso una correa y lo llevó a la ciudad. No le gustó nada que lo llevara tirando continuamente, sin dejarle tiempo para olfatearlo todo debidamente. Cuando pasaron por el mercado, Pulguitas oyó un ladrido familiar y vio a su mamá asomada a la ventanilla del camión del granjero, que estaba aparcado junto a la calzada. Empezó a aullar y a tirar del hombre en dirección al camión. Luego se puso a saltar hacia la ventanilla mientras ladraba muy nervioso. El granjero apenas podía creer que aquel perrito fuera Pulguitas: ¡no lo había visto nunca tan limpio! El hombre explicó cómo lo había encontrado y el granjero le dio las gracias por haberlo cuidado tan bien. Pulguitas y su mamá saltaron a la caja del camión. Durante el viaje de regreso, Pulguitas le contó su aventura.

—Pensé que te habías escapado porque no te gustaba ser un perro de granja —le dijo su mamá cariñosamente.

—¡Claro que no, mamá! —respondió él inmediatamente—. Me encanta ser un perro de granja. Estoy deseando llegar a casa para comerme un jugoso hueso y dormir en nuestra camita bajo las estrellas.

Un conejo revoltoso

Rabito era un conejo muy revoltoso que hacía trastadas a todos sus amigos, como esconderle las nueces a Ardilla, untar de miel el bastón de Tejón para que lo persiguieran las abejas, o pintarle de negro los cristales de las gafas a Topo.

—Tenemos que darle una lección —dijo Tejón, muy enfadado.

Esa noche, mientras Rabito dormía, Topo y Tejón cavaron un gran agujero. Ardilla arrancó algunas ramas para taparlo y luego lo cubrieron con hierba. Finalmente, pusieron una zanahoria encima y se escondieron a esperar. Cuando Rabito salió de su madriguera y vio la zanahoria, saltó directamente en la trampa.

—¡Socorro! —gritó desde el fondo del agujero.

Los otros acudieron enseguida.

—¡Esta vez la broma te la hemos gastado nosotros a ti! —dijeron, entre risas, Ardilla, Tejón y Topo.

Y no le permitieron salir hasta que prometió que dejaría de hacerles trastadas. A partir de entonces, Rabito fue un conejo muy formal.

Una escoba traviesa

¡Cáspita! Hay que ver qué cantidad de polvo y suciedad tiene el suelo de esta cocina —dijo la criada, que era muy aseada y no soportaba que en el suelo hubiera ni rastro de suciedad.

Sacó la escoba del armario del rincón y se puso a barrer el suelo diligentemente. Después retiró toda la basura con un gran recogedor.

Desgraciadamente, en esta cocina también vivían unos duendes. Eran tan chiquitines que no se los veía, pero cuando alguien los molestaba se ponían de muy mal humor. Al barrer, la escoba se metió en un oscuro rincón en el que los duendes estaban celebrando una fiesta. De repente, el rey de los duendes fue barrido de su mesa y acabó en el recogedor. A continuación se dio cuenta de que lo estaban tirando al cubo de la basura con todos los demás desperdicios.

Furioso, el rey de los duendes consiguió salir de entre los desperdicios. Se limpió la basura y el polvo que lo recubrían y procuró parecer todo lo majestuoso que se puede ser cuando te acaban de tirar a la basura.

—¿Quién ha sido? —chilló—. Alguien lo va a lamentar muchísimo —amenazó.

Finalmente, entró en la casa y volvió a la cocina.

Los demás duendes lo miraban mientras hacían grandes esfuerzos para no echarse a reír. El aspecto del rey era deplorable, con basura por todas partes, pero los duendes sabían que era mejor no reírse del rey: de lo contrario, éste sería capaz de lanzarles un maleficio.

—Ha sido la escoba —dijeron a coro.

—Muy bien —dijo el rey duende—. Lanzaré un maleficio a la escoba.

La escoba volvía a estar en esos momentos en su armario. El rey fue hacia allí y de un salto se metió por el agujero de la cerradura. Señaló la escoba y dijo:

«*¡Abracadabra! Escoba, sal de la alacena*
y déjalo todo hecho una pena.»

De repente, la escoba se incorporó y sus cerdas empezaron a vibrar. Como era de noche, todos los habitantes de la casa dormían. La escoba abrió la puerta del armario y salió de un salto. Abrió la puerta de la cocina y salió a la calle. Se encaminó al cubo de la basura y, con un golpe de sus cerdas, barrió hacia dentro un enorme montón de basura. Latas de conserva, porquería, polvo, huesos de pollo y quién sabe cuántas cosas más fueron a parar al suelo de la cocina.

La criada, cuando entró, no podía dar crédito a sus ojos.

—¿Quién ha hecho todo esto? —dijo.

Sacó la escoba del armario y volvió a barrer para sacar toda la basura.

A la noche siguiente volvió a suceder lo mismo. Cuando todo el mundo se había ido a dormir y la casa estaba en silencio, la traviesa escoba salió de su armario y volvió a meter en casa toda la basura. Esta vez fueron raspas de pescado, botellas viejas y cenizas de la chimenea.

La criada se quedó sin habla. Volvió a limpiarlo todo y, aunque no tenía la menor idea de lo que pasaba, le dijo al jardinero que quemara la basura para que no volviera a entrar en la casa.

Pero aquella noche la escoba decidió organizar otro tipo de estropicio. En lugar de barrer para adentro la basura, voló sobre los estantes y fue

tirando al suelo todos los frascos, que se quebraron y esparcieron su contenido por todas partes.

—¡Detente YA MISMO! —gritó súbitamente una voz. —¿Qué te crees que estás haciendo? —añadió.

La voz pertenecía a un hada muy seria que se encontraba de pie junto al escurreplatos con las manos apoyadas en las caderas. Lo que no sabía la escoba es que en uno de los frascos que había roto estaba encerrada un hada buena que los duendes habían hecho prisionera. Como volvía a ser libre, se había roto el maleficio, y ahora iba a pronunciar el suyo:

«Escoba, escoba, limpia el suelo
y déjalo como un espejo,
tira al pozo a esos duendes perversos
y no permitas que salgan de nuevo.»

La escoba se puso a trabajar a toda velocidad. Barrió todas las esquinas, todos los escondrijos y todas las grietas. Cada mota de polvo y porquería y todas las botellas rotas fueron a parar al recogedor, y después las sacó de la casa. Por último, barrió a todos los duendes y los echó al pozo, donde ya no pudieron cometer más fechorías.

Cuando la criada bajó por la mañana, se encontró una cocina impecable. Le extrañó mucho que faltaran algunos de los frascos, pero en el fondo, y esto que quede entre nosotros, se alegró, pues así tendría menos cosas que limpiar.

El gato nuevo

Lo que más les gusta a los gatos de la granja del viejo Martín es dormitar. A Molinete le encanta holgazanear al sol y Dormilón, tal como su nombre indica, es prácticamente incapaz de abrir los ojos.

Un día, estaba Molinete echándose una siestecita cuando, a través de la ventana de la cocina, oyó al viejo Martín hablando por teléfono.

—El gato nuevo... —Molinete estaba medio dormido. El viejo Martín siguió diciendo—: Sí, lo necesito porque los dos que tengo no sirven para nada.

Molinete bostezó y se desperezó tranquilo y feliz, pero de repente se enderezó de un salto. ¿Qué? ¿Los gatos ya no sirven para nada? ¿Va a venir uno nuevo? ¡Oh, no! Molinete corrió a donde Perezoso estaba dormitando, lo despertó y le contó lo que había oído.

—¿Qué es lo que pasa con nosotros? —bostezó Perezoso, dolido—. No entiendo nada.

—Es que no hacéis nada más que dormir todo el día —cloqueó la gallina Enriqueta, que siempre metía el pico en todos los asuntos.

Molinete y Perezoso se miraron. Sabían que sólo podían hacer una cosa. Diez segundos más tarde, andaban como locos por el patio de la granja tratando de que pareciera que estaban de lo más ocupados. Al cabo de una semana de estar todo el día correteando y toda la noche maullando, los gatos habían armado un gran revuelo en el patio de la granja.

—¿Se puede saber qué os pasa? —les preguntó Bruno, el perro ovejero.

Los gatos se lo contaron.

—Bien hecho —ladró Bruno, tratando de no reírse—. Es buena idea lo de impresionar al viejo Martín, aunque yo dejaría de maullar toda la noche.

Y se fue, riéndose para sí mismo. Como él era la mano derecha del viejo Martín, sabía que lo que estaba esperando el granjero era un gato para cambiar las ruedas del tractor y no otro felino. Pero pensó que no se lo diría a Molinete y Perezoso, al menos de momento.

Los cinco deditos de la mano

En cada mano
tengo cinco dedos,
cuatro son delgados
y uno gordezuelo.
En cada mano
tengo cinco dedos,
cuatro son grandes
y uno pequeño.
En cada mano
tengo cinco dedos,
con los cinco de la otra
diez dedos tengo.

El juego de la car

Aquí se sienta el alcalde (frente),
aquí los dos concejales (ojos),
aquí el gallo canta (mejilla izquierda),
aquí la gallina se levanta (mejilla derecha
aquí salen los pollitos (nariz),
que por aquí corren (boca),
¡pío, pío, pío, pío! (hacer cosquillas en la barb

Palmitas, palmeta

Palmitas, palmetas,
papá está de vuelta,
regresa ya del campo
con su nueva carreta.

Lávate las manos

Lávate las manos,
que viene papá,
lávatelas bien,
que cenamos ya.

Cuchillo y tenedor

Míralos, estos son
el cuchillo y el tenedor,
éste es el plato para comer
y éste es el vaso para beber,
y en esta cuna a mi niño
voy a mecer, mecer, mecer.

Diez deditos

Tengo diez deditos
y los diez son míos,
hacen todas las cosas
que yo les digo.
Si quiero los encojo,
si quiero los estiro,
si quiero los separo,
si quiero los dejo unidos.
Las manos para arriba,
las manos para abajo,
pongo las dos juntitas
y con ellas aplaudo.

Las manos

pongo las dos manos encima de la cabeza,
las bajo a los hombros, me tapo los ojos,
ahora las apoyo en las dos caderas,
me estiro hacia abajo y toco la tierra.
Ahora las levanto tanto como puedo
y revoloteo con todos los dedos,
luego toco palmas, una, dos y tres,
y muy quietecito me quedo otra vez.

Remando y remando

Remando y remando
contra la corriente,
navegaré por el río
hasta llegar a su fuente.

El profesor chiflado

El profesor Habichuela estaba muy emocionado. Acababa de construir su nueva máquina y había llegado el momento de ponerla en funcionamiento. Era el artilugio más complicado que había fabricado hasta el momento y se sentía muy orgulloso.

Hizo venir a su ayudante para que presenciara el gran momento. La máquina tenía palancas a ambos lados y una chimenea para que saliera el humo. Las ruedas eran verdes y marrones, y los paneles laterales estaban pintados a rayas blancas y rojas. En un lateral había un armarito que, según explicó el profesor, servía para colgar abrigos húmedos. En la parte de atrás tenía un estante en el que se podía colocar una caja con plantas.

Su ayudante puso cara de preocupación y perplejidad.

—Pero... ¿para qué sirve? —preguntó tímidamente.

El profesor se rascó la cabeza y reflexionó.

—Ahora que lo dices... —respondió—. ¡Qué tonto he sido! ¿Cómo no se me ha ocurrido a mí? ¡No sirve absolutamente para nada!

Una familia divertida

Yo creo que en mi familia pasa algo raro. De hecho, son todos muy estrafalarios.

Mi tía María tiene una cabeza de chorlito. Nunca sabe dónde deja las cosas. Pone chuletas en la tetera y zanahorias en las tazas.

Mi tío Félix tiene unas orejas como coliflores. Oye el silbido de una hormiga y el batir de alas de una mariposa a kilómetros de distancia.

Mi primo Roberto tiene vista de halcón. Ve desde Londres hasta Nueva York y también planetas desconocidos que giran por el espacio.

Mi hermano Tomás tiene arañas y chinches que le suben por la ropa. Le encanta pasármelos ante la nariz para que me ponga a chillar.

A mi perro Rex le gusta comer de todo, especialmente pescado con patatas fritas, tostadas con mantequilla y pasteles.

Por suerte, yo no soy tan rara. ¡A mí sólo me gusta bailar noche y día!

El conejo saltarín

Mamá Conejo tenía cuatro hijitos preciosos. Tres de ellos eran chiquitines, como suaves bolas de pelusilla. Eran muy mimosos y tranquilos y muy, muy dulces. Nunca hacían ruido y se portaban siempre como les decía su mamá. El cuarto era Pipo.

Pipo no se parecía en nada a ninguno de sus hermanos. Era grande y bullicioso y tenía las patas de conejo más grandes del mundo. Además, le encantaba saltar. De la mañana a la noche, Pipo saltaba por todas partes: ¡PAM!, ¡PAM!, ¡PAM! Pipo nunca hacía lo que le decía Mamá Conejo, pero ella lo quería igual.

Una mañana temprano, Mamá Conejo se despertó con un gran ruido que hacía temblar y retumbar toda la madriguera. Todo el mundo se despertó enseguida. Pero, ¿qué era ese ruido?

Era Pipo, claro, saltando y brincando con sus enormes patas por toda la madriguera.

—Estoy segura de que no hace tanto ruido a propósito —dijo Mamá Conejo con un gran bostezo.

Pipo salió de un salto y Mamá Conejo fue detrás de él, moviendo el hocico para comprobar si había peligro. ¿Dónde se había metido?

De pronto se oyó un escandaloso ¡PAM!, ¡PAM!, ¡PAM!

—Tengo hambre —dijo Pipo mientras pasaba saltando—. ¡Mamá, quiero desayunar ya!

Mientras los demás conejitos iban saliendo de la madriguera a la luz del sol, Pipo dio tres vueltas saltando alrededor del prado.

—¡Pipo, deja de dar vueltas y quédate con los otros, que salir por ahí es peligroso! —dijo Mamá Conejo—. Y ahora, niños —susurró—, vamos a desayunar al campo de zanahorias. Quedaos cerca de mí y no os marchéis por el sendero.

Por supuesto, Pipo no la escuchó y desapareció de un gran salto por un agujero que había en la cerca.

—¿Adónde habrá ido ahora?—dijo su madre.

Al poco, Pipo reapareció con una lechuga.

—Pipo, ¿de dónde has sacado esta lechuga? —preguntó su madre.

—De aquel campo —contestó Pipo.

—Te podían haber descubierto —dijo Mamá.

225

—No te preocupes, soy rapidísimo —contestó Pipo.

—Deprisa, niños. Tenemos que llegar al campo
de zanahorias antes de que el granjero empiece
a trabajar —dijo Mamá Conejo.

Pero, por supuesto, Pipo en vez de escuchar
se estaba comiendo una hoja de diente de león.

—¡Qué rica! —murmuraba para sí mismo.

—¡Pipo! —lo llamó su madre,
enfadada—. Deja de tragar
y sígueme.

Se escabulló por debajo de la verja, entró
en el campo y cogió un montón de zanahorias.

—Comed todas las que podáis, pero vigilad
por si viene el granjero —advirtió a sus hijos.

Las zanahorias eran estupendas, gordas, jugosas
y crujientes. En breves instantes, todos los hermanos
de Pipo estaban masticando alegremente. Pipo
saltaba alrededor, royendo y
masticando a la vez. ¡Boing! ¡Boing! ¡Boing!

Mamá Conejo y sus conejitos cruzaron el
campo, royendo una zanahoria por aquí,
mordisqueando una hoja por allá, y no
se dieron cuenta de que Peluso, el
pequeño de la familia, no los seguía.

De pronto, Mamá Conejo oyó
el ruido del tractor.

—¡Rápido! ¡Que viene
el granjero! —gritó.

Todos se escabulleron bajo la cerca. Todos, ¡menos Peluso! Mamá Conejo vio que el tractor iba directo hacia él. Sus ruedas gigantescas aplastaban todo lo que se encontraba en el sendero. El pequeñín estaba acurrucado junto a la cerca, demasiado asustado como para moverse. ¿Qué podía hacer Mamá Conejo? De repente, el conejito Pipo pasó saltando. Con un brinco enorme llegó hasta Peluso y con otro más sacó a su hermano del sendero justo en el momento en que lo iba a atropellar el tractor.

—Ya os dije que soy rapidísimo —dijo Pipo riéndose.

—¡Pipo! —dijo su madre mientras saltaba hacia ellos— Eres tan...

—¡Ya sé, ya sé! —contestó Pipo—. ¡Soy tan saltarín!

—Así es —dijo su madre—. ¡Qué feliz me siento de tener un conejito tan saltarín como tú!

Noche de tormenta

Era la primera noche que Ringo pasaba en su bonita caseta nueva. Se acomodó en la manta y se quedó dormido viendo oscurecer el cielo. Mientras dormía, empezaron a caer grandes gotas de lluvia y el agua que escurría por el tejado de la caseta le salpicó la nariz. En ese momento, se oyó un gran estruendo y un brillante destello de luz iluminó el cielo. Ringo se despertó sobresaltado y se levantó gruñendo y bufando.

—No es más que una estúpida tormenta —se dijo a sí mismo—. Nada que pueda asustar a un perro de granja valiente como yo.

Pero cuando el relámpago volvió a brillar, vio una gran sombra que se proyectaba en el establo. Ringo tragó saliva y empezó a ladrar con furia, intentando parecer más valiente de lo que realmente se sentía. La próxima vez que relampagueó ya no se vio ni rastro de la sombra.

«He asustado al monstruo y se ha ido», pensó.

Pero cuando Ringo se volvió a acomodar en su acogedora caseta, el cielo se iluminó una vez más y el monstruo apareció en su puerta.

—Solamente quería comprobar que estabas bien pese a la tormenta —dijo su mamá, lamiéndole la oreja.

—¿Un valiente perro de granja como yo? ¡Pues claro, mamá! —dijo Ringo. Pero cuando la tormenta arreció, se acurrucó junto a ella.

Trabajo en equipo

Hacía tanto tiempo que diluviaba en la granja del viejo Martín que hasta los patos estaban deseando que volviera a salir el sol.

—Tendré que bajar el tractor al prado del fondo y mirar si el arroyo se ha desbordado. No puedo dejar que a mis ovejas se les mojen las pezuñas —dijo el viejo Martín una mañana a la hora del desayuno.

Se montó en el tractor, pero no consiguió llegar muy lejos, pues la salida al patio estaba llena de barro. ¡Brummm, brummm! El tractor hizo lo que pudo, pero se quedó atascado en el fango. El viejo Martín se bajó del tractor. Vio el barro, sacudió la cabeza y dijo:

—Sólo mi viejo amigo Tolo puede ayudarme con esto.

Tolo, el viejo caballo, no quería salir con lluvia, pero soportó pacientemente que el granjero lo enganchara al tractor.

—Y ahora, ¡tira, Tolo, TIRA! —gritó el viejo Martín.

Tolo tiró con todas sus fuerzas, pero el tractor no se movió.

—Necesito dos caballos —dijo el granjero. Y fue a buscar a Tili.

Tili y Tolo tiraron todo lo que pudieron, pero el tractor no se movía. Los patos, colocados en una larga fila, lo observaban todo atentamente.

—Si al menos tuviera otro caballo —dijo el viejo Martín.

Y en un abrir y cerrar de ojos había ido a buscar a las cuatro vacas para que vinieran a ayudar. Las ató al tractor delante de los caballos y entonces Tolo, Tili, Anabel, Pepa, Margarita y Emilia se pusieron a tirar y tirar; pero el tractor seguía sin moverse.

El viejo Martín estaba empezando a perder la paciencia. Uno a uno, fue llamando al cerdo Ceferino, la oveja María, el perro Bruno, los gatos Molinete y Perezoso e, incluso, a su mujer.

La lluvia seguía cayendo mientras Martín, su mujer y sus animales tiraban y estiraban. Pero el tractor seguía exactamente en el mismo sitio.

Las vacas estaban muy tristes y abatidas porque no habían podido ayudar.

El viejo Martín decidió hacer un nuevo intento y los volvió a atar a todos al tractor.

Y entonces pasó por allí la gallina Juana.

—Os ayudo —cloqueó.

Agarró firmemente con el pico la cola del gato Molinete y éste pegó un alarido. Perezoso maulló. Bruno ladró. María baló. Ceferino gruñó. Las vacas mugieron y los caballos relincharon.

—¡Uno, dos, tres, tirad! —gritaron Martín y su mujer.

Y el tractor chapoteó, se arrastró, salpicó y acabó saliendo lentamente del barro. Todos se pusieron a gritar y a dar saltos de alegría.

Justo entonces dejó de llover y un hermoso arco iris apareció en el cielo.

—¡No hay nada como el trabajo en equipo! —dijo el viejo Martín con una amplia sonrisa.

—¡O las gallinas! —cloqueó Juana con orgullo.

El chucho Golfo

Golfo era un cachorro muy curioso y lo que más le gustaba era explorar el jardín.

—No te vayas lejos —le decía su mamá.

Pero a Golfo no le preocupaba en absoluto perderse, porque era muy buen explorador. Un día, un gran camión se detuvo ante la casa donde vivía la familia de Golfo y unos hombres empezaron a sacar cosas de la casa. Uno de ellos dijo algo de una mudanza, pero como Golfo no era más que un cachorro, no sabía lo que eso quería decir. Uno de los hombres dejó la puerta de la verja abierta, así que cuando nadie estaba mirando, Golfo salió a escondidas y se divirtió un montón olfateando los jardines de otras personas. Encontró muchas cosas ricas para comer y algunas cosas realmente estupendas para llevarse a casa.

Al cabo de un rato Golfo empezó a sentirse cansado. Como era tan buen explorador no tuvo problemas para volver a casa olfateando. Pero cuando llegó no podía creer lo que estaba viendo. Todos, incluidos mamá y sus hermanos, se habían ido. Golfo se quedó muy sorprendido, pero no se preocupó demasiado. Como a fin de cuentas era un magnífico explorador, empezó enseguida a olfatear. Al cabo de un rato llegó al parque y se encontró con un grupo de perros.

—¿Quién eres tú? —le preguntó uno.

—¿Qué clase de perro eres? —le preguntó otro.

El chucho Golfo

—Está claro que no es un caniche —dijo, husmeándolo, el primer perro, que en opinión de Golfo parecía una pelota de lana.

—Pues desde luego un teckel no es —dijo otro perro.

—Pues un ovejero, seguro que tampoco. Tiene muy poco pelo para ser uno —dijo un tercer perro.

—¡Humm! —gruñó un cuarto perro, que tenía el hocico más chato que Golfo había visto en su vida. Se dio una vuelta alrededor de él y lo miró por todos los lados—. ¿Sabes lo que pienso? Creo que eres un CHUCHO.

—Si es así, lo mejor será que se junte con Pepo —dijo el perro de lana.

—No les hagas caso —le dijo Pepo—. Sólo intentan ayudarte.

Golfo le dio un lametazo a Pepo y al poco rato ya le estaba contando lo que le había pasado con su familia.

—Vamos a dar un paseo por el parque —dijo Pepo—. Con ayuda de nuestros hocicos a lo mejor podemos encontrar a tu familia.

Una vez en el parque, Golfo se puso a olfatear el aire. Notaba un olor conocido. A continuación oyó un ladrido que también le resultaba muy familiar. Y, de repente, un enorme perro marrón salió de un salto de una de las casas situadas al otro lado del parque.

—¡Corramos! —aulló el perro de lana.

—¡Socorro, un gigante! —ladró el perro del hocico chato.

—¡Mamá! —gritó Golfo.

—¡Golfo! —ladró su mamá—. Gracias a Dios estás a salvo.

—O sea, que al final no eres un chucho, sino un cachorro de gran danés —dijo, riéndose, Pepo.

¡Viva la música!

El viejo Martín adora cantar,
el día entero silba sin cesar.
Su mujer piensa: «Qué suerte tengo,
desde casa no oigo cantar
al granjero».
Pues ni el lechón cuando gruñe,
ni el cordero cuando bala,
pueden desafinar más
que el granjero cuando canta.
Cada noche, muy puntual,
su mujer le da la cena,
que el granjero nunca canta
cuando tiene la boca llena.

El granjero atareado

El granjero atareado
nunca se puede acostar
sin antes haber comprobado
que esté todo en su lugar.
¿Estarán las vacas
durmiendo en el establo
o se habrán escapado
a correr por el prado?
Al llegar la madrugada,
el granjero se levanta
para comprobar si todos
siguen durmiendo en la granja.

¿Te has enterado?

No sé si te has enterado
de lo buenos bailarines
que son los patos.
Hacen grandes piruetas
lo mismo en el agua
que sobre la hierba.
Su ballet más conseguido
"El canto del cisne" ha sido.

¿Dónde estás?

Pata Dora, pata Dora,
¿dónde estás ahora?
Nadando en el río,
que hoy no tengo frío.
Pata Dora, pata Dora,
¿dónde estás ahora?
Buceando en el lago,
a ver si pesco algo.
Patitos, patitos,
¿dónde estáis metidos?
Nadando en el estanque,
¡que vamos a SALPICARTE!

236

¡Cuidado!

ndo el cerdo Ceferino
iente tan hambriento,
ed cuidado, animales,
gra vuestro alimento!
come toda la avena
hay lista en el establo
a que por la mañana
ayunen los caballos.

A las pobres vacas
deja sin su heno
y devora el grano
e hay en el gallinero.
ndo el cerdo Ceferino
iente tan hambriento
de que el viejo Martín
le también sin almuerzo.

De vuelta a la granja

Con tres cerditos bajo el brazo,
el viejo Martín va al mercado.
Uno de los cerditos se ha escapado
y a la granja ha regresado.

Con dos cerditos bajo el brazo,
el viejo Martín va al mercado.
Uno de ellos una patada le ha dado
y a la granja ha regresado.

Con un cerdito bajo el brazo,
el viejo Martín va al mercado.
El cerdo le ha mordido la mano
y a la granja ha regresado.

Al mercado los cerditos no quieren ir,
prefieren todos quedarse aquí.
El viejo Martín ha dicho: «¡De acuerdo!»,
y los cerditos han aplaudido contentos.

Tiernos gatitos

¡Qué aspecto tan dulce
tienen los gatitos,
qué sedosos y tiernos
cuando son pequeños!
Pero al poco tiempo,
se convierten en gatos
e durmiendo o maullando
están todo el rato.

Al final del día

Cuando el día acaba y se pone el sol,
el viejo Martín termina su labor.
Llegó el momento de sentarse en el sillón
y junto a la chimenea disfrutar del calor.
A su lado, siempre, su colaborador.
Se trata de Bruno, el perro pastor.

La abeja solidaria

La abeja Pepa era siempre la más atareada de su colmena. Su trabajo consistía en recoger el polen de las flores que las demás abejas empleaban para hacer miel. Tenía muchos amigos, pero como estaba siempre tan ocupada nunca le quedaba tiempo para charlar un ratito.

—A lo mejor puedo mañana —decía mientras volaba de flor en flor.

Un día recogió mucho más polen de lo normal. «No puedo llevarlo todo. Voy a preguntar a la araña Sara si me puede ayudar», pensó. Pero la araña Sara estaba ocupada remendando su tela.

—¡Cómo me alegro de que pases por aquí! ¿Podrías ayudarme? —preguntó.

Y la abeja Pepa ayudó a Sara. Después fue a ver a la hormiga Anita, que estaba arrastrando una pesada vaina de guisante con sus hermanos.

—¡Cómo nos alegramos de verte! —gritaron todos a la vez—. ¿Nos ayudas a llevar esta vaina a casa?

La pobre abeja Pepa pensó: «Yo también necesito que alguien

me ayude a transportar el polen, pero a lo mejor no tardamos mucho».
Así que ayudó a las hormigas a llevar la vaina a casa.

«Y ahora, ¿quién me puede ayudar a mí?», pensó la abeja Pepa.
Pero en ese mismo momento oyó sollozar a la mariquita Isa.

—He perdido a mi hermanita pequeña y no la encuentro por ningún
lado. ¿Me ayudas a buscarla? —le preguntó Isa.

Y la abeja Pepa la ayudó a buscar, hasta
que encontraron a la hermanita durmiendo
sobre una gran hoja de color rojo.

—No me extraña que no pudiera
encontrarla —dijo la mariquita Isa.

Pepa se puso a mirar su montón de polen
sin saber qué hacer. De repente, llegaron todos
sus amigos, encabezados por la mariposa Belinda,
y la ayudaron a llevar el polen a la colmena.

—¡Oh, muchas gracias! —les dijo Pepa.

—Tú nos has ayudado y ahora nosotros te ayudamos a ti
—contestaron—. Para
eso están los amigos.

La excavadora amarilla

¡Crash! ¡Clam! ¡Cataclum! En el patio de la granja se oyó un gran estruendo. Rosa se sentó en la cama y se abrazó al conejo Tito.

—¿Qué es lo que pasa? —preguntó en voz alta.

Cuando se asomó por la ventana vio algo asombroso. José, uno de los empleados, estaba dando vueltas con la excavadora amarilla y cavando grandes agujeros en el patio. La excavadora cogió con su pala un montón de piedras, dio la vuelta y las dejó caer ruidosamente sobre un montón de escombros. Rosa bajó tan rápido que casi tropezó con el perro Charly.

—¡José está derribando la casa! —gritó.

—No te preocupes Rosa —le dijo papá—. Estamos poniendo hormigón nuevo en el patio y por eso José está arrancando el pavimento viejo. Vístete y ponte las botas, que tengo un trabajo para Dani y para ti.

Afuera, la excavadora seguía moviéndose adelante y atrás.

—Cómo me gustaría poderla conducir —suspiró Dani.

—Todo a su debido tiempo —contestó papá—. Ahora quiero

que vayáis a la entrada y esperéis a que venga el camión del hormigón. Cuando llegue, le abrís la puerta para que pueda entrar en el patio.

Los niños salieron corriendo.

—¡Ya lo veo! —chilló Rosa, de pie junto a la entrada.

Entre los dos abrieron la verja para que pasara un enorme camión azul. El conductor los saludó al pasar. El camión se detuvo en el patio, pero el depósito del hormigón siguió dando vueltas con gran estruendo.

—¿Por qué no se para? —preguntó Rosa.

—Porque cuando el hormigón se queda quieto, se pone duro —respondió papá.

—¿Y ahora, qué va a pasar? —preguntó Rosa, muy interesada.

El conductor movió una palanca y empezó a verter el hormigón. Papá y José extendieron la mezcla pegajosa y espesa por el patio.

—No piséis el hormigón hasta que se seque —dijo papá.

Papá y José se metieron en casa a tomar un refresco mientras Rosa y Dani contemplaban el patio liso y brillante.

—¿Cuándo estará seco? —preguntó Rosa, pinchándolo con un palito.

—Mañana —le contestó Dani con una gran sonrisa.

—Me gustaría chapotear en el hormigón. ¿A ti no? —dijo Rosa.

José salió de casa y puso en marcha la excavadora. Con el ruido repentino, el gato Michi dio un salto, asustado.

—¡No! —gritó Dani—. ¡Agárralo, deprisa!

Rosa lo intentó agarrar, pero Michi iba demasiado rápido y cruzó el patio a toda velocidad, dejando un largo reguero de huellas de patas en el hormigón húmedo. Charly se puso a ladrar como un loco y salió corriendo detrás de él. Los niños contemplaron horrorizados como Charly caía estrepitosamente en el hormigón húmedo. Con un habilidoso salto, Michi se subió al tonel del agua, mientras Charly derrapaba y se hundía con las patas en la espesa mezcla gris. Dio cautelosamente un par de pasos más y luego se quedó quieto, mirando con cara de asombro.

—Vamos a tener problemas —dijo Dani, preocupado.

Cuando papá salió de casa, se enfadó muchísimo.

—¿Quién ha dejado que los animales salieran al patio? ¡Mirad el hormigón!

Charly gimió e intentó mover la cola.

—Lo siente mucho —dijo Rosa, tirando a papá de la manga—. ¿Se va a tener que quedar ahí hasta que se seque?

—Si lo dejamos ahí no lo podremos sacar nunca —le contestó Dani.

Entonces, a José se le ocurrió una idea. Volvió a poner en marcha el motor de la excavadora y la arrimó a la orilla del patio. Alargó el brazo de la excavadora y acercó la pala a Charly todo lo que pudo.

—¡Vamos, Charly, salta adentro! —gritó. Pero Charly no hizo caso.

Rosa tuvo otra idea. Fue a buscar las galletas favoritas de Charly y las puso en la pala de la excavadora. El perro las olfateó y se subió con cuidado. Todos contuvieron la respiración.

—¡Allá vamos! —gritó José. Levantó lentamente el brazo de la excavadora y Charly empezó a ladrar como un loco.

—Estate quieto —le ordenó Rosa.

Por una vez, Charly hizo lo que le decían. Cuando la pala descendió, se bajó de un salto y se sacudió, salpicándolos a todos de cemento húmedo. A todo el mundo le dio la risa, incluso a papá.

—¡Qué sucio estás! —dijo Dani cuando Charly saltó a lamerle la cara.

—Lavadle las patas antes de entrar en casa —dijo papá.

—A mí me gusta más el patio lleno de huellas. ¿Puedo poner mi huella yo también? —le dijo Rosa a papá bajito al oído.

—Bueno, podríamos poner todos nuestras huellas antes de que se seque —respondió éste con una sonrisa.

Rosa aplaudió y fue corriendo a buscar a mamá y al conejo Tito. Todo el mundo puso sus huellas en el hormigón húmedo. Las del conejo Tito eran las más pequeñas y las de José las más grandes. Después todos escribieron sus iniciales junto a las huellas.

—Ha sido un rescate estupendo. De mayor quiero ser conductor de excavadora —dijo Dani a José.

—Y yo seré veterinaria —dijo Rosa, abrazando a Charly.

—Vamos —dijo mamá, riéndose—. Me parece que es hora de que bañemos a este perro travieso.

Un cachorro perfecto

Hacía tanto tiempo que Míriam deseaba tener un cachorro, que cuando papá y mamá dijeron por fin que sí, se moría de impaciencia por ir a la tienda de animales. Una vez allí, Míriam inspeccionó todos los cachorros uno por uno, pues quería elegir el cachorro perfecto.

—Éste es demasiado grande —dijo, señalando un gran danés—. Y éste demasiado pequeño —señaló un chihuahua.

—Éste es bonito —El dependiente señaló un caniche.

—Tiene demasiados rizos —afirmó Míriam.

Otro cachorro era demasiado alborotador y otro, demasiado tranquilo. Al poco rato ya no quedaban apenas cachorros. Míriam estaba a punto de darse por vencida cuando algo suave le frotó la pierna.

—Ah, éste es perfecto —gritó mientras cogía en brazos un ovillo de piel blanca y negra.

—Hmm, ¿de qué raza es? —preguntó papá.

—Es mi cachorro —suspiró Míriam.

—Es un chucho —respondió el dependiente—. Pensamos que tiene parte de cócker y parte de collie, pero no estamos seguros.

—No me importa lo que sea —dijo Míriam con una sonrisa—. Es perfecto y lo voy a llamar Dino.

Un cachorro perfecto

Dino estuvo lloriqueando desde que salieron de la tienda hasta que llegaron a casa. Pero al ver al gato dejó de lloriquear y se puso a ladrar.

—Ya se calmará cuando se acostumbre a nosotros —dijo mamá. Míriam confiaba en que así fuera.

Por la tarde llevaron a Dino a pasear. Míriam había cogido algo de pan para dar de comer a los patos. Pero en cuanto Dino los vio, empezó a perseguirlos y no paró hasta que todos salieron volando. Papá le compró un helado a Míriam para consolarla.

—No es más que un cachorro y tiene que aprender muchas cosas —le explicó cuando Dino dio un salto y le robó el helado. Míriam empezaba a preguntarse si había escogido bien.

Cuando volvieron a casa, Míriam enseñó a Dino sus muñecas y sus juguetes. Pero Dino se lanzó sobre su oso de peluche favorito.

—¡Ha cogido a Mimosín! —gritó Míriam mientras Dino salía corriendo de la habitación y se iba al jardín.

Cuando volvió, Mimosín había desaparecido. Míriam se enfadó mucho y señaló a Dino con el dedo, furiosa, mientras le decía:

—No eres el cachorro perfecto y además no creo que aprendas nunca.

El pobre Dino bajó la cabeza, se escondió debajo de la mesa y no quiso salir en toda la noche. A la mañana siguiente, Míriam se despertó porque notó algo húmedo que se apretaba contra su mejilla. Era Dino ¡y en la boca llevaba a Mimosín! Dino lo dejó en el suelo para que Míriam lo recogiera.

—Buen chico, Dino —dijo Míriam, riéndose, mientras le acariciaba las orejas—. Después de todo, sí que eres el cachorro perfecto.

El oso Cumpleaños

Rosa se despertó, se levantó y corrió al cuarto de Dani.

—¡Adivina qué día es hoy!

—Es sábado y está lloviendo —murmuró Dani de malhumor.

—Sí, es sábado —exclamó Rosa—. ¡Pero además es mi cumpleaños!

Rosa vio que el cartero subía por el sendero y corrió a su encuentro.

—No hay nada para ti —bromeó el cartero, con la bolsa rebosante.

—En cuanto entre papá puedes abrir las tarjetas —le dijo, riéndose, mamá—. Pero primero de todo tienes que desayunar.

Después del desayuno, Rosa se puso a abrir un gran montón de tarjetas y regalos mientras todos la observaban.

—¡Una tarjeta de Charly! —dijo Rosa—. Ha firmado con la pata.

Pasaron la mañana adornando la casa para

la fiesta de cumpleaños de Rosa, inflando globos y colgando guirnaldas.

—Está todo perfecto —dijo mamá—. José está abajo en el estanque. ¿Por qué no vais a dar de comer a los patos?

Dani y Rosa corrieron al huerto y saludaron a José, el empleado de la granja. Había dejado de llover, pero todo seguía húmedo y lleno de barro.

—Feliz cumpleaños, Rosa —dijo José.

Cuando llegaron al estanque, Rosa descubrió algo que flotaba junto a la orilla del agua, enredado entre las hierbas.

—¿Qué es ese amasijo de barro que hay ahí? —preguntó.

—Voy a mirar —dijo Dani. Se metió en el estanque y se dirigió hacia el extraño objeto. Dio tres pasos y se quedó quieto.

—Sigue —dijo Rosa—. ¿Qué te pasa?

—No me puedo mover —respondió Dani, riéndose—. Las botas se me han quedado pegadas al barro.

Rosa empezó a reírse también. Dani se giró a uno y otro lado, tiró e intentó darse la vuelta para sacar sus botas del barro. De pronto se le salió el pie de una de las botas y se cayó sentado en el agua. José fue corriendo a ver qué pasaba y le tendió la mano para ayudarle a salir.

—¿Qué es esa cosa con barro que has cogido? —le preguntó, riéndose.

—No lo sé —contestó Dani, empapado de agua y barro, mientras se quitaba las hierbas del pelo—. Toma, Rosa, para ti.

—¡Es un oso! —gritó Rosa, abrazando aquel ovillo fangoso y mojado.

—Me pregunto cómo habrá ido a parar allí —dijo Dani.

Dani y Rosa volvieron a casa empapados y cubiertos de barro.

—¿Qué os ha pasado? —preguntó mamá con una carcajada—. ¿Y quién es éste? —añadió, cogiendo el oso que llevaba Rosa—. Me parece que los tres necesitáis un baño antes de la fiesta.

En un periquete, Rosa, Dani y el osito estuvieron listos para la fiesta.

—¡Mira qué pastel tan estupendo, Rosa! —exclamó Dani.

Rosa le puso un gran lazo amarillo al oso y lo sentó en la ventana para que pudiera ver la fiesta.

—Ha sido el mejor cumpleaños que he tenido nunca. Me encanta tener cinco años. ¿Y sabes cuál ha sido el mejor regalo, mamá? —dijo Rosa a la hora de ir a dormir.

—¿Cuál?— preguntó mamá.

—Ese pobre oso lleno de barro. Me gustaría quedarme con él.

—Tendrás que esperar un poco. Quizás es de alguien —dijo mamá.

Al día siguiente, Rosa hizo un cartel de «Oso encontrado» y Santi lo colgó en la oficina de correos. Como no fue nadie a recoger el oso, Rosa lo adoptó. Imaginó muchas historias para explicar cómo habría ido a parar al estanque, pero nunca supo qué había pasado realmente.

—No importa de dónde hayas venido —le dijo al oso—. Puedes quedarte a vivir con nosotros. El conejo Tito será tu mejor amigo.

—¿Qué nombre le vas a poner? —le preguntó Dani.

—¡Oso Cumpleaños!

Tiza y Queso

Tiza y Queso eran dos gatitos a cuál más diferente. Tiza era blanco y algodonoso y le encantaban los platos de leche y holgazanear al sol. Queso era un gato negro de pelo fuerte y áspero y le encantaba masticar raspas de pescado y trepar a los árboles. Su madre estaba asombrada de que fueran tan distintos, pero los quería a los dos igual.

Un día, Queso se subió a lo alto del establo y se quedó atrapado.

—¡Ayúdame! —pidió a su hermano.

—A mí no me gusta trepar —contestó Tiza, abriendo un solo ojo.

—Si fueras como yo, podrías ayudarme —dijo Queso.

—Si fueras como yo, no te habrías quedado atrapado —contestó Tiza.

Y se volvió a dormir. Entonces apareció el perro de la granja. Tiza dio un respingo cuando el perro ladró y empezó a perseguirlo.

—¡Ayúdame! —pidió a Queso, que seguía en el establo.

—Estoy aquí atrapado, ¿ya no te acuerdas? No deberías tumbarte donde te puedan perseguir los perros —contestó Queso.

Entonces apareció la mamá de ambos. Primero espantó al perro con sus garras y a continuación trepó al establo y rescató a Queso.

—Si fuerais como yo, evitaríais los peligros y cuidaríais el uno del otro.

Y eso es lo que hicieron a partir de entonces.

Las campanas suenan

Los pájaros cantan,
las campanas suenan,
Molly está llorando
pues se ha roto su muñeca.
No seas tonta, Molly,
cómo puedes llorar
por la rota muñeca,
si los pájaros cantan
y las campanas suenan.
(BASADO EN CHRISTINA ROSSETTI)

El viejo de la barba

Era un hombre viejo que tenía una gran barba,
y el pobre viejo así se lamentaba:
—Dos lechuzas, cuatro alondras,
un gorrión y una gallina
han hecho sus nidos entre la barba mía.
(BASADO EN EDWARD LEAR)

Solo

Desde mi hora más tierna no he s
como otros fueron, no he percibi
como otros vieron, no pude extr
del mismo arroyo mi placer,
ni de la misma fuente ha brota
mi desconsuelo; no he logrado
hacer vibrar mi corazón al mismo
y si algo he amado, lo he amado s
Entonces, en mi infancia, en el al
de una vida tormentosa, del cris
del bien y el mal, de su raíz mism
surgió el misterio que aún me abis
desde el venero o el vado,
desde el rojo acantilado,
desde el sol que me envolvía
en otoño con su pátina bruñida
desde el rayo electrizante
que me rozó, seco y rasante,
desde el trueno y la tormenta
y la nube cenicienta
que (en el cielo transparente)
formó un demonio en mi mente
(EDGAR ALLAN POE)

No lastimes criatura alguna

No lastimes criatura alguna,
a la mariposa, ni a la oruga,
ni a la polilla polvorienta,
grillo que canta en la hierba;
dañes al mosquito bailarín,
tampoco al gusano chiquitín.

(BASADO EN
CHRISTINA ROSSETTI)

Pan y leche para el desayuno

Pan y leche para el desayuno
y una levita de abrigado paño,
y una miga para el petirrojo
en los días más fríos del año.

(BASADO EN CHRISTINA ROSSETTI)

Bajar la colina en bicicleta

Con los pies levantados
y las manos quietas
mantengo el equilibrio
y bajo como una flecha.
Más y más rápido
el corazón se acelera,
los pulmones rompen a reír
y la garganta grita:
—¡Mira, pájaro, cómo vuelo, mira!
Y aunque sólo soy un muchacho
en este dorado instante
comparto contigo, pájaro,
la dicha de vivir en el aire.
Dime, corazón, si otro éxtasis así
es posible volver a vivir.
Más que deslizarte, navegas
con zapatos de acero a ras de tierra.
La velocidad se reduce
y floto ahora en mi aeronave
hasta que con el escaso roce de las ruedas
mis pies vuelven a los pedales.
Ay, que hasta la más larga colina
en un valle termina, pero corre,
sube a cualquier parte a pesar de la fatiga,
que encontrarás alas esperándote arriba.

(BASADO EN HENRY CHARLES BEECHING)

Blas, el osito presumido

Mirad qué piel tan suave tengo —decía a los demás juguetes el oso Blas, que era muy presumido—. ¡Mirad cómo brilla!

A Blas le encantaba hablar de sí mismo.

—Soy el juguete más listo del cuarto de juegos. Lo sabe todo el mundo —solía decir.

Lo que no sabía es que todos los demás juguetes se reían de él a sus espaldas.

—Ese oso se cree que es muy listo —gruñó el perro Scoty—. Pero no es lo bastante listo como para notar cuándo uno está harto de él.

—Algún día recibirá una lección —dijo la mona Mili.

Y exactamente eso fue lo que pasó. Un caluroso día de verano, estaban todos los juguetes sin hacer nada en el sofocante cuarto de juegos.

—¡Ojalá pudiéramos salir todos a dar un paseo! —dijo la muñeca de trapo.

—Podríamos hacer una merienda en el bosque —dijo el oso viejo.

—Aún mejor, podríamos ir a dar una vuelta en el coche de juguete —propuso el conejo.

—Pero es que ninguno de nosotros es lo bastante grande o listo como para conducir el coche —dijo la muñeca de trapo, entristecida.

—¡Yo sí! —dijo una voz que procedía del rincón. Era Blas, que había estado escuchando la conversación—. Yo sé conducir el coche de juguete y conozco el mejor sitio para merendar en el bosque —añadió.

—Nunca te hemos visto conducir el coche —dijo el conejo con desconfianza.

—Porque lo conduzco por la noche, cuando estáis durmiendo. La verdad es que soy muy buen conductor —respondió Blas.

—¡Pues entonces, vamos allá! —exclamó la muñeca de trapo.

Y en cuestión de segundos habían empaquetado la merienda y estaban sentados en el coche.

—No me apetece conducir ahora. Hace mucho calor —murmuró Blas.

Pero como a los otros no les interesaban sus excusas, Blas se sentó en el asiento del conductor y puso el motor en marcha. En realidad, Blas no había conducido un coche en su vida y estaba bastante asustado, pero, como no quería que los demás se dieran cuenta, hizo ver que sabía lo que estaba haciendo. Una vez fuera, tomaron el sendero del jardín. «¡Meeec, meeec!» Blas tocó la bocina y el coche giró hacia la carretera rural. Al poco rato, iban circulando por ésta y cantando alegremente.

Todo fue bien hasta que la muñeca de trapo dijo:

—Oye, Blas, ¿no deberíamos haber girado ahí para ir al bosque?

—Yo ya sé por dónde voy. Déjame a mí —contestó Blas, enfadado. Y aceleró.

—Frena un poco, Blas, que me estoy arrugando —dijo el oso viejo, que estaba empezando a inquietarse.

—Gracias, pero no necesito consejos —replicó Blas. Y aceleró aún más.

A todos los demás les empezó a entrar miedo, pero Blas se lo estaba pasando en grande:

—¿A que soy un conductor estupendo? ¡Mirad, sin manos! —exclamó.

Y quitó las manos del volante justo cuando estaban llegando a una curva muy cerrada. El cochecito se salió de la carretera y chocó contra

un árbol. Todos
los juguetes
salieron
despedidos
y acabaron
en la cuneta.
Todos se
sentían
un poco
aturdidos,
pero por suerte
nadie estaba
herido. No obstante, estaban todos enfadados con el presumido de Blas.

—Eres un oso estúpido —le dijo el conejo, furioso—. ¡Nos podríamos
haber hecho mucho daño!

—Ahora tendremos que volver andando a casa —dijo la muñeca
de trapo, frotándose la cabeza—. ¿Dónde estamos?

Todos se quedaron mirando a Blas.

—A mí no me
preguntéis —dijo.

—¡Pero tú
nos dijiste
que conocías
el camino!
—se indignó
el oso viejo.

—Estaba
fingiendo
—contestó
Blas con voz

temblorosa—. La verdad es que no sé conducir y tampoco sé dónde estamos ahora. —Y acto seguido se puso a llorar.

Los demás juguetes estaban furiosos con Blas.

—¡Eres un oso revoltoso y presumido! —lo reprendieron—. ¡Ya ves en qué problemas nos has metido con tu fanfarronería!

Los juguetes estuvieron caminando, perdidos por el bosque, durante toda la noche, abrazándose unos a otros para vencer el miedo que les producían las sombras que aparecían alrededor de ellos. Era la primera vez que pasaban la noche fuera de casa. Cuando ya estaba a punto de amanecer, encontraron la casita donde vivían y, de puntillas, volvieron a entrar en el cuarto de juegos. ¡Qué alivio estar en casa de nuevo!

Por suerte, su dueña no se había dado cuenta de su desaparición y no se enteró nunca de la aventura que habían vivido los juguetes mientras ella dormía. Eso sí, a menudo se preguntaba qué había sido de su coche de juguete.

Pollito se ha perdido

No te alejes de mi lado —dijo mamá cuando salieron a visitar a la señora Pato, que vivía en el estanque.

Pollito procuró andar junto a su mamá, pero había tantas cosas interesantes para mirar que enseguida se perdió entre la hierba alta. Estaba mirando un brillante escarabajo que trepaba lentamente por un tallo de hierba cuando una sombra cayó sobre él. Levantó la vista y vio una enorme boca que se le acercaba silenciosamente. Era un zorro y tenía pinta de estar muy hambriento.

—¡Socorro! —gritó Pollito mientras buscaba un escondite.

En aquel momento apareció Rex, el perro, y con un fuerte ladrido espantó al zorro. Rex defendía muy bien a los animales de la granja.

—Te he dicho que no te alejaras de mí —dijo la mamá de Pollito, que llegó agitando las alas, mientras lo metía protectoramente bajo su ala.

Y eso es lo que hizo Pollito a partir de entonces.

Con nieve y viento

El viejo Martín se asomó por la ventana y decidió ponerse tres jerseys más.

—Me parece una buena decisión —dijo la mujer de Martín—. Si nieva, tienes que abrigarte.

—Lo que me preocupa es que nieva y hace viento —contestó el viejo Martín—. Tengo que comprobar que las ovejas se encuentran bien. No les gusta nada que la nieve se amontone. Es hora de que regresen del prado.

Entre jadeos y resoplidos, el viejo Martín se puso las botas y se fue al prado acompañado por Bruno, el perro pastor. Pero, cuando llegaron, no pudieron ver las ovejas por ningún lado, porque estaban completamente cubiertas de nieve.

—En días como éste, desearía tener ovejas negras en vez de blancas —dijo el viejo Martín.

De repente, Bruno empezó a comportarse de una forma extraña, saltando arriba y abajo con las patas juntas, como suelen hacer las ovejas. El viejo Martín comprendió lo que Bruno le quería decir y le acarició la cabeza. A continuación, gritó:

—¡Hoy vamos a celebrar un concurso de salto para entrar en calor! ¡Me parece que los conejos del campo vecino son los que van a ganar!

¡Plofff! Una oveja llena de energía apareció de un salto, esparciendo nieve a su alrededor. ¡Plofff! ¡Plofff! Dos ovejas más saltaron por el aire sacudiéndose la nieve del pelaje. Al momento, el campo se llenó de ovejas

que saltaban y rebotaban. Las ovejas querían asegurarse de que los conejos no les ganarían, pero éstos se encontraban durmiendo en sus madrigueras, sin enterarse de que su honor como saltadores estaba en entredicho.

Cuando volvieron a la granja, los demás animales pudieron ver lo calentitas y contentas que se sentían las ovejas, e inmediatamente se pusieron a imitarlas. El patio de la granja se llenó de animales que se reían a carcajadas mientras saltaban arriba y abajo. Un espectáculo muy curioso.

Quien no se puso a saltar fue el viejo Martín, que estaba jadeando y resoplando mientras intentaba quitarse las botas. Lo único que quería era meterse en casa y comer junto al fuego. Le estaba llegando el olor del almuerzo y aquella caminata le había abierto el apetito.

Tampoco Bruno pensaba quedarse ahí fuera con todos esos animales saltarines. No hacía más que pensar en su hueso, pues su estómago vacío era mucho más importante.

Los conejos de Pascua

Había llegado la Pascua y los traviesos conejitos estaban escondiendo huevos para que los buscasen los otros animales. ¡Cómo se rieron cuando vieron al gato de la granja sacudiéndose el agua del pelo! Se había puesto a buscar cerca del estanque y se había caído dentro. También se rieron cuando vieron a las gallinas echar al cerdo del gallinero.

—¡Los huevos de Pascua no están aquí! —cloquearon las gallinas.

Cuando habían buscado ya por todas partes, la vaca Margarita dijo:

—No hay manera, no podemos encontrarlos. Nos rendimos.

—Os damos una pista —dijeron los conejitos—. ¿Dónde se ponen los huevos?

—En un nido —respondió la oca.

—¿Y con qué se hace un nido? —preguntaron los conejitos.

—¡Con paja! —respondió el caballo.

—¡Tienen que estar en el pajar! —gritaron todos los animales a la vez.

Echaron a correr hacia el campo y allí, escondidos en el pajar, hallaron un montón de estupendos huevos de Pascua. ¡Vaya festín que se dieron!

Juan Calatrava

Juan Calatrava se casó con una dama,
en todo el país no había dama más alta.
Aunque en la cocina se ponía la almohada,
los pies le salían por la entrada de la sala.

¡Pobre Robinsón!

¡Pobre Robinsón!
¡Pobre Robinsón!
¡Viejo Robinsón!
Te vamos a hacer un abrigo
con la funda de un colchón.
Seguro que te preguntas
cómo lo irán a hacer,
pues con hilo, unas tijeras
y una aguja de coser.

Juan Desmemoriado

Juan Desmemoriado perdió su visera,
no la podía encontrar de ninguna manera.
La buscó en la calzada y por las aceras
hasta que alguien le dijo: «¡La llevas en la cabeza!».

Miguel Pelotilla

Ésta es la historia de Miguel Pelotilla,
al que le crecieron pelos en la barbilla.
Sopló el viento y se los quitó,
¡pobre Miguel Pelotilla, sin pelos se quedó!

s dedos
de la mano

—¡Juan Pulgar, Juan Pulgar!,
¿dónde estás?
—Aquí, aquí estoy,
encantado de saludarte.

—¡Íñigo Índice, Íñigo Índice!,
¿dónde estás?
—Aquí, aquí estoy,
encantado de saludarte.

—¡Ramón Corazón, Ramón Corazón!,
¿dónde estás?
—Aquí, aquí estoy,
encantado de saludarte.

—¡Julián Anular, Julián Anular!,
¿dónde estás?
—Aquí, aquí estoy,
encantado de saludarte.

—¡Quique Meñique, Quique Meñique!,
¿dónde estás?
—Aquí, aquí estoy,
encantado de saludarte.

Dubidubidú

Dubidubidú,
iban tres hombres en el autobús.
¿Y sabes quiénes eran?
El carnicero, el panadero
y el vendedor de cera.
Como no pagaron, a los tres multaron.

Pepe
Pingo

Pepe Pingo
nació un lunes,
lo bautizaron un martes,
se casó un miércoles,
enfermó un jueves,
empeoró un viernes,
murió un sábado
y lo enterraron
un domingo.
Y así acaba la historia
de Pepe Pingo.

uan Pringue

Pringue no podía comer grasa
mujer no podía comer tocino,
pero entre el uno y el otro
dejaron el plato limpio.

—¿Dónde estáis, dedos?,
que vengo a veros.
—Aquí, aquí estamos
y te saludamos.

Fede, el Torpe

Fede, el Torpe, era un gigante muy problemático, pues todo lo que hacía se convertía en un desastre. Chocaba contra los castillos y derruía las casas, hacía volar por los aires los cobertizos de los jardines y arrancaba las farolas. Todo el mundo echaba a correr cuando lo oía acercarse. Y lo podían oír a kilómetros de distancia, porque chafaba y aplastaba todo lo que encontraba a su paso.

La gente se sentía cada vez más preocupada por Fede. ¿Qué le pasaba? Normalmente no era tan torpe y, de hecho, para ser un gigante con un solo ojo era de lo más amistoso. No había duda de que algo le sucedía, pero nadie sabía cómo ayudarle.

Hasta que un día un experto en gigantes acudió en su ayuda. Fue a ver a Fede, que se sentía muy triste, y éste le preguntó:

—¿Por qué soy tan torpe? No me gusta molestar a todo el mundo, pero no consigo evitarlo.

El experto le hizo un montón de análisis y encontró la solución.

—Ya sé lo que te pasa —le dijo—. ¡Tu problema es el ojo!

A partir de entonces Fede se puso un monóculo y pudo ver bien. Dejó de ser torpe y fue de lo más feliz.

El pulpo Óscar

El pulpo Óscar era un futbolista entusiasta. Le encantaba correr por el campo y, como tenía ocho patas, constituía una auténtica amenaza para el equipo rival. Hoy se celebraba un partido muy importante y él jugaba con el número once.

Óscar empezó a prepararse. Estiró un tentáculo y se puso la primera bota, luego se puso la segunda. Cuando se puso la tercera, el público ya había empezado a reunirse junto al mar para ver el encuentro y cantaba una canción en su honor. Óscar se puso la cuarta bota sintiéndose en plena forma. Al ponerse la quinta oyó al público hacer la ola y animarlo a voz en grito. Pero cuanta más prisa quería darse, más tardaba. En cuanto tuvo puesta la sexta bota, empezó a calentar. A continuación se puso la séptima: ya estaba casi listo. Y, por fin, la última de todas: ¡la octava bota! Óscar se estaba poniendo muy nervioso y tardaba siglos en atarse los cordones.

Por fin terminó y acudió a su puesto. Pero el árbitro le dijo:

—Lo siento, Óscar,
llegas tarde.
El partido
ha terminado,
el silbato
ha sonado ya.
Nadie ha marcado gol
y el público se ha ido a casa.

El señor Topo se ha perdido

El señor Topo asomó el negro hociquito por uno de los agujeros de su topera y aspiró aire profundamente. Repitió la operación dos veces más hasta que estuvo completamente seguro. «Huele como si fuera a llover», pensó.

Al señor Topo no le gustaba la lluvia nada en absoluto. Cada vez que llovía se le empapaba su elegante abriguito de piel e iba chorreando y dejando sucias pisadas de barro por toda su madriguera subterránea. Pero lo peor de todo es que la lluvia entraba por los agujeros de la topera, se le inundaba todo y después tardaba días en volverse a secar.

El cielo se fue poniendo cada vez más oscuro y pronto empezaron a caer gotitas de lluvia, que se fueron haciendo cada vez más y más grandes. Al cabo de un rato, ya no se veía más que chorros de agua que caían de las hojas de los árboles, anegando la tierra y haciéndola cada vez más fangosa.

El señor Topo no había visto nunca llover de aquel modo. Y allí estaba, en la madriguera, deseando que dejase de llover. Pero seguía lloviendo y lloviendo.

Al poco rato empezó a entrar agua en la topera. Primero cayeron unas gotitas a través de los agujeros y luego las gotitas se convirtieron en un riachuelo que se transformó a su vez en un gran río cuya rápida corriente arrastró de repente al señor Topo. Fue cruzando los túneles de la topera por aquí y por allá, mientras el agua caía a chorro inundando su casa subterránea.

Lo siguiente que recordaba era que había sido arrastrado fuera de la madriguera y el agua de la lluvia lo llevaba prado abajo. Bajaba y bajaba sin saber dónde estaba ni hacia dónde iba. Llevado por la riada, cruzó los bosques que había al fondo del prado y luego la corriente lo siguió arrastrando, dando saltos y vueltas hasta que se sintió aturdido y sin apenas fuerzas para respirar.

De pronto se detuvo. El agua de la lluvia gorgoteaba y chorreaba a su alrededor y luego seguía su curso, pero él se había quedado firmemente enganchado entre las ramas de un arbusto.

«¡Oh, cielos! ¿Dónde estoy?», pensó el señor Topo cuando consiguió liberarse. Miró a su alrededor, pero como era muy miope —como casi todos los topos— no pudo descubrir ningún lugar que le resultara familiar. Y, aún peor, tampoco pudo distinguir ningún olor conocido. Estaba completamente perdido, lejos de casa y sin la menor idea acerca de cómo regresar. Además, para empeorar aún más las cosas, estaba empezando a hacerse de noche.

—¡Huu-uu-uu-uu-uu! —dijo una voz de repente.

El señor Topo casi se murió del susto.

—Yo en tu lugar no me quedaría ahí. ¿No sabes que el bosque es peligroso por la noche? —dijo la voz—. Hay serpientes, zorros y comadrejas y todo tipo de criaturas malvadas que no te gustaría nada encontrar.

El señor Topo levantó la vista y se encontró una enorme lechuza.

—¡Oh, cielos! —fue todo lo que el señor Topo fue capaz de pensar o decir. Le contó a la lechuza su terrible viaje, que se encontraba perdido y que no sabía cómo volver a casa.

—Tienes que hablar con la paloma Paula —dijo la lechuza—. Es una paloma doméstica y vive cerca de tu prado. Puede decirte cómo regresar, pero primero tenemos que encontrarla a ella. No te alejes de mi lado y estate atento a todos esos zorros, serpientes y comadrejas de los que te he hablado.

No hizo falta decírselo dos veces. El señor Topo se mantuvo tan cerca de la amable lechuza que cuando ésta se detenía de repente o se volvía para decirle algo, ambos chocaban.

Y así cruzaron el oscuro y peligroso bosque. De vez en cuando oían ruidos extraños, como un gruñido bajo o un siseo, que provenían de los espesos y enmarañados árboles, pero el señor Topo no quería pensar demasiado en ello y procuraba no perder de vista a la lechuza.

Finalmente, cuando el señor Topo pensaba que ya no podría dar un paso más, se detuvieron ante un viejo olmo.

—Hooo-laaa —dijo la lechuza.

Tuvieron suerte. La paloma Paula estaba a punto de proseguir su viaje a casa.

—Por favor, me parece que estoy perdido sin remedio y no sé cómo regresar a mi prado. ¿Me llevarías hasta allá? —dijo el señor Topo.

—Por supuesto —respondió Paula—. Será mejor que primero descanses un rato, pero tenemos que salir antes de que amanezca.

Y así fue cómo, al poco rato, el señor Topo se encontró de regreso en su prado, procurando siempre mantenerse lo más cerca posible de la paloma Paula. Justo cuando los primeros rayos de sol iluminaban el cielo matinal, el señor Topo sintió un olor muy familiar. ¡Era su prado! ¡Ya casi estaba en casa!

Poco después se encontraba en su madriguera. Estaba todo tan mojado y sucio de barro que lo primero que hizo fue cavar unos cuantos túneles nuevos para que la lluvia no entrara tan fácilmente. Después se tomó una buena ración de gusanos y durmió un profundo y bien merecido sueño.

Otro oso, no

A Guille le encantaban los osos de peluche. Cuando le preguntaban qué quería para su cumpleaños o Navidad, siempre respondía:

—Un oso de peluche, por favor.

—Otro oso, no —decían sus padres—. Mira tu cama, Guille. En la habitación ya no queda más sitio.

Y así era. La cama de Guille estaba cubierta de osos y por las noches tenía que apretujarse en muy poco espacio. Pero a él no le importaba.

—Vamos a hacer unos estantes —dijo el padre de Guille, llevando a su habitación madera y herramientas—. Así ganarás un poco de espacio.

Poco después, había tres estantes en la pared, cada uno de ellos con una fila de osos. Cuando Guille se fue a la cama esa noche, tenía mucho sitio y se sintió raro. Al día siguiente, su mamá le dio propina para que se comprara algo en la tómbola de la escuela.

—A ver si encuentras algo que te guste —dijo.

En la caseta del Elefante Blanco vio un oso pequeño y se lo compró. Cuando llegó a casa, echó a correr escaleras arriba.

—¿Qué te has comprado, Guille? —preguntó mamá—. ¡Otro oso, no! —añadió con un suspiro al ver la sonrisa de Guille.

—¡Es que en la habitación hay mucho espacio libre! —respondió Guille, haciéndole un guiño a su oso nuevo.

Sí sabes

Lula estaba sentada a la orilla del río mirando a las demás nutrias jugar. Le habría gustado chapotear con ellas, pero no se atrevía a meterse en el río porque no sabía nadar. Una vez se había acercado hasta el mismo borde, pero le había dado muchísimo miedo.

—¿Qué te pasa, Lula? —le preguntó su mamá.

—¡Ojalá supiera nadar! Así podría jugar con mis amigos —dijo Lula.

—Sí sabes —respondió mamá—. Súbete a mi espalda y agárrate.

Con Lula agarrada con todas sus fuerzas a la espalda de mamá, entraron en el agua y se pusieron a nadar. Al principio Lula estaba muy asustada, pero luego empezó a disfrutar del agua.

—¡Qué divertido! —exclamó—. ¿Podemos repetirlo otra vez? —Pero nadie contestó. Su mamá ya no estaba allí. Estaba en la orilla del río y le sonreía—. ¡Socorro! —gritó Lula, llena de pánico—. ¡No sé nadar!

—Sí sabes —le dijo mamá—. Haz como si estuvieras corriendo.

Y, de repente, notó cómo avanzaba hacia delante. ¡Estaba nadando! Y empezó a dar vueltas y vueltas, salpicando y buceando. Cuando regresó a la orilla, encontró una nutria chiquitina que estaba temblando.

—¿Qué te pasa? —le preguntó Lula.

—Es que no sé nadar —dijo la nutria.

—¡Sí sabes! —contestó Lula, sonriente—. ¡Vamos, súbete a mi espalda y te lo demostraré!

¡Culete arriba!

Había llegado el momento de que la pata Dora enseñase a sus patitos a bucear.

—¡Es muy fácil, patitos! —les dijo—. Tenéis que meter la cabeza debajo del agua y levantar el culete en el aire. Sólo tenéis que recordar esto: ¡cabeza abajo y culete arriba!

Los patitos asintieron y empezaron a practicar. Unos pocos lo lograron a la primera.

—¡Hay un montón de cosas interesantes aquí debajo! —dijo uno.

—¡Así es! —exclamó Dora—. Y por eso tenéis que aprender a bucear. Sólo los patos sabemos lo que pasa debajo del agua.

Los patitos estuvieron practicando toda la tarde. ¡Cabezas abajo! ¡Culetes arriba! Uno tras otro, todos lo fueron consiguiendo.

—¡Mamá, mira! ¡Hay peces chiquitines que brillan! —chilló uno.

—¡Y un cubo viejo! —exclamó otro.

—He encontrado una cosa gelatinosa que está muy rica —dijo un tercero.

Al caer la tarde, todos los patitos sabían bucear, excepto uno.

—¿Qué pasa, Darío? —dijo Dora.

—Tengo miedo de no poder volver a salir —susurró el patito.

—Pero, Darío —contestó Dora—, para volver a salir sólo tienes que levantar la cabeza y bajar el culete.

Sin embargo, Darío no quería intentarlo. Dora lo animó todo lo que pudo, pero cuando empezó a ponerse el sol, comenzó a impacientarse.

—Todos los patos bucean, Darío —le dijo—. Tú también puedes. ¡Vamos! Una, dos y tres, ¡BUCEA!

—Voy a ser un pato que no bucea —dijo Darío, que seguía dudando—. No veo la necesidad. No estoy seguro de que me vaya a gustar meter la cabeza debajo del agua. Ahí abajo hace frío y a lo mejor no soy capaz de volver a levantar la cabeza cuando esté con la cola en el aire. Tampoco quiero cazar un montón de cosas gelatinosas aunque tengan buen sabor, ¡me podrían hacer cosquillas en el pico!

Dora no dijo una palabra, pero se le ocurrió una idea...

—¡A cenar! —exclamó.

Todos los patitos levantaron la cabeza.

—No tenemos hambre —dijeron—. Hemos estado todo el día comiendo peces, cosas gelatinosas y deliciosas lentejas de agua.

—Yo sí que tengo hambre —dijo Darío—. Tengo mucha hambre.

Así que Dora se sumergió y le buscó un hermoso pez.

—Aquí tienes, Darío —dijo al volver a salir—. ¡Ay!

Al abrir el pico para hablar, se le había caído el pez y éste había vuelto a desaparecer debajo del agua.

—¡Mi cena! —gritó Darío. ¡Y bajó la cabeza! ¡Y levantó el culete! Y así se sumergió buceando rápidamente y atrapó su cena.

—¡Lo conseguí! —exclamó, volviendo a salir a la superficie.

—¡Bien hecho! —le dijo Dora, con una sonrisa de felicidad—. Pero por favor, cariño, ¡no hables con la boca llena!

Hogar, dulce hogar

La conejita Bella se quedó mirando la hierba tierna y verde que crecía en el prado situado al otro lado del arroyo, pues estaba cansada de comer la hierba áspera que se criaba cerca de su madriguera.

—Voy a cruzar el arroyo —anunció a sus hermanos, señalando un tronco caído que lo cruzaba.

Bella pasó el tronco saltando con precaución y enseguida se encontró comiendo la verde y jugosa hierba del otro lado. Sus hermanos pensaron que era muy valiente y empezaron a preguntarse si no deberían reunirse con ella. De repente, a espaldas de Bella, apareció un astuto zorro.

—¡Cuidado! —gritaron.

Bella se dio la vuelta justo a tiempo de ver al zorro. Regresó al tronco de un salto, pero con las prisas se resbaló y cayó al arroyo. Por suerte, la castor, Rebeca, lo había visto todo y llevó a Bella hasta la otra orilla.

—¡Hogar, dulce hogar! —jadeó Bella con alivio. Y a la vez que salía corriendo a reunirse con sus hermanos, se prometió a sí misma que no volvería a marcharse de casa.

¡Muu! 🎵 ¡Lo que nos da la vac...

¡Muu! ¡Muu! ¡Muu!

Las Damas del Prado
están ensayando,
desde aquí oyes tú
cómo cantan «¡muu!, ¡muu!, ¡muu!»
Cantan bajo la lluvia
y bajo el cielo azul,
la canción que cantan,
¿cómo no?, es «¡muu!, ¡muu!, ¡muu!»
Cantan cuando oscurece
y cantan a plena luz.
Lo que cantan está claro:
«¡muu!, ¡muu!, ¡muu!»

¿De dónde viene la fresca leche
que con el cacao te bebes?
¿Quieres saber de dónde se saca?
¡Nos la da la vaca!
¿De dónde viene la mantequilla
que en el pan untas todos los días?
¿Quieres saber de dónde se saca?
¡Nos la da la vaca!
¿De dónde viene el helado
que nos endulza el verano?
¿Quieres saber de dónde se saca?
¡Nos lo da la vaca!

Contando ovejitas

Ovejitas cuenta el viejo Martín,
que si no, por la noche, no se puede dormir.
Al llegar a cincuenta se ha equivocado,
que las ovejas no se están quietas
y corren por todos los lados.
De primeras se siente algo aturdido,
pero luego sonríe, que una idea ha tenido.
Para contar el rebaño
sin confundirte en las cuentas,
mejor esperas un rato
que se duerman las ovejas.

Abrigos de lan...

En lo más crudo del invierno,
cuando llegan la nieve y el hiel...
se quejan los animales
de lo finos que son sus pelajes.
Cuando sopla el viento helado
todos se quieren quedar en el esta...
Pero mientras todos tiemblan,
contentas y felices se sienten las ov...
que con sus gruesos abrigos de la...
no tienen miedo a la helada.

¡Clip! ¡Clop!

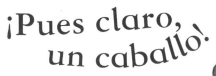

pueden los cerdos hacer piruetas,
saltar los patos
y las gallinas volar inquietas.
iempre va a su paso y no se detiene.

lip! ¡Clop! ¡Clip !¡Clop!
Nunca prisa tiene.
a sé —dice el granjero—
mi caballo es muy lento,
pero no me preocupa.

, siempre a su paso, nunca se detiene.
¡Clip! ¡Clop! ¡Clip! ¡Clop!
Siempre a tiempo viene.

Incubar huevos

incuba huevos, la gallina
se queda muy quieta,
no cose un dobladillo
ni hace calceta.
Y es que cuando se trata
de incubar huevos,
no hay quién le gane
en todo el ponedero.
us pensamientos vuelan,
arece que se ha dormido,
a que los huevos de pronto
hacen un crujido.

¡Pues claro, un caballo!

¿En quién puedes confiar
si se estropea el tractor
y el mecánico del pueblo
está en cama y tiene tos?
¿Quién es grande y fuerte como un caballo?
¡Oh, tonto de mí, pues claro, un caballo!
¿Quién come avena a toneladas
y devora al día
diez sacas de paja?
¿Quién tiene un apetito de caballo?
¡Oh, tonto de mí, pues claro, un caballo!
¿Quién está a tu lado
si necesitas un amigo
y a todos tus problemas
presta atento su oído?
¿Quién tiene la sabiduría de un caballo?
¡Oh, tonto de mí, pues claro, un caballo!

Picotea una gallina

Picotea una gallina en el jardín,
sacude la cabeza la señora de Martín.
Picotean dos gallinas en el jardín,
cierra el puño y hace gesto de salir.
Picotean tres gallinas en el jardín,
la paciencia está llegando a su fin.
Picotean cuatro gallinas en el jardín,
sale gritando la señora de Martín.

La osa Golosa y las abejas

Un día, cuando la osa Golosa se despertó, su peludo hocico empezó a vibrar. Estaba oliendo lo que más le gustaba en el mundo: ¡dulce y sabrosa miel! El olor procedía de un tocón de árbol hueco que había cerca. Fue hasta allí y metió su gran pata. ¡Qué rica estaba la miel!

La osa Golosa siguió untando su pata una y otra vez, metiéndola cada vez más hondo en el tocón de árbol. ¡Esto sí que era vida! De hecho, escarbó tan hondo que cuando intentó sacar su gran pata se dio cuenta de que se había quedado atascada. En aquel preciso momento oyó un fuerte zumbido y vio que un enorme enjambre de enojadas abejas volvía a su panal.

La pobre osa Golosa empezó a gritar mientras las abejas volaban
a su alrededor, picándole por todas partes. Estiró y estiró y finalmente
consiguió liberar su pata. Las furiosas abejas la persiguieron hasta el río,
donde se metió para aliviar el ardor de su piel. Y justo entonces un olor
irresistible llegó a su peludo hocico. Procedía de un árbol hueco cercano.

—¡Mmm, miel! —dijo la osa Golosa—. Iré a echar un vistazo...

Una aventura de miedo

Aquella mañana brillaba el sol en la granja.
Dani y Rosa estaban sentados en la hierba.

—Me aburro —se quejó Dani—. No hay nada que hacer.
Me gustaría correr una aventura.

—A mí también —exclamó Rosa. Y luego
añadió—: Pero que no dé demasiado miedo.

—Un poco de miedo tiene que dar,
si no, no es emocionante —insistió Dani,
y llamó a Charly con un silbido—.
Muchacho, ven aquí. Vámonos al bosque.

—¿Puedo ir yo también? —preguntó Rosa.

—No —contestó Dani—. Las aventuras son
sólo para la gente mayor y los perros.

De camino al bosque, Dani y Charly se detuvieron a saludar
al caballo Lucero, que estaba pastando tranquilamente en su campo.

—Vamos, Charly —dijo Dani—. Vamos a hacernos una guarida. Será
nuestro lugar secreto y desde allí podremos vigilar a los enemigos.
—Dani y Charly se escondieron en la guarida y se pusieron a vigilar—.
¡Chitón! —susurró Dani—. Alguien viene. —Y salieron de un salto.
Charly se puso a ladrar y Dani gritó—: ¡Te pillé!

UNA AVENTURA DE MIEDO

—Soy yo, tonto —dijo Rosa—. También quiero correr una aventura.

—De acuerdo —contestó Dani, tras pensárselo un momento—. Si traes comida y bebida puedes entrar en la guarida.

Dani y Charly se sentaron a esperar mientras Rosa volvía corriendo a la granja a ver lo que le daba mamá.

—Tanto silencio da un poco de miedo —susurró Dani, nervioso.
De pronto, Charly se levantó y a Dani se le erizó el pelo de la nuca.
¡Crac! ¡Crac! Una ramita crujió y el tejado de la guarida empezó
a agitarse. —¿Qué es ese ruido? —murmuró Dani. Charly se puso

a ladrar —. ¡Salgamos, Charly! —gritó Dani. Echaron a correr todo lo rápido que pudieron y chocaron de pleno con Rosa.

—¿Qué pasa? ¿Adónde vais? —preguntó Rosa, levantándose del suelo.

—¡Un monstruo enorme está atacando la guarida! —contestó Dani—. ¿Qué es lo que te parece tan gracioso? —añadió, al ver que Rosa se echaba a reír.

—No es más que Lucero —dijo Rosa entre carcajadas—. Se ha comido un gran trozo del tejado.

Dani también se puso a reír.

—Bueno, Rosa —dijo Dani—, vamos a arreglar la guarida. Pero esta vez dejaremos una ventanita en la parte de atrás para que Lucero no se tenga que comer el tejado cuando quiera vernos.

291

¿Dónde está Lola?

Marta estaba preocupada porque su gata Lola se estaba poniendo muy gorda. También se comportaba de una forma muy extraña y no quería meterse en su cesta.

—Debe de estar enferma —dijo Marta a su mamá—. Tiene la tripa hinchada y hace días que no duerme en su cesta.

—No te preocupes —dijo mamá, abrazando a Marta—. Si mañana no está mejor, la llevaremos al veterinario.

—Calla, calla —susurró Marta—. Ya sabes que Lola odia ir al veterinario. —Pero el aviso llegó demasiado tarde: Lola ya se había ido.

Ni Marta ni su mamá pudieron encontrarla por ninguna parte. Tampoco vino corriendo cuando le pusieron un plato de leche. A la mañana siguiente todavía no había aparecido.

—Ha debido de oír que hablábamos del veterinario —dijo Marta mientras la buscaban—. A lo mejor se ha escondido en el jardín.

La estuvieron buscando entre los macizos de flores, debajo del seto y encima de los árboles. Pero allí sólo había pájaros. Buscaron en la parcela de las verduras, pero el único animal que había allí era un conejo. También miraron en el cobertizo, pero lo único que encontraron fue ratoncitos. Después fueron al garaje y buscaron alrededor del coche, en el interior y también debajo. Pero sólo encontraron arañas.

¿DÓNDE ESTÁ LOLA?

Como Lola no estaba ni en casa ni en el jardín, mamá fue con Marta a mirar en el parque. Pero lo único que encontraron fue perros. Y Lola odiaba los perros, así que seguro que no estaba allí.

De camino a casa, Marta se subió a hombros de mamá para poder mirar encima de los garajes y los cobertizos de la gente.

—Debe de haberse escapado lejos —sollozó Marta—. No la volveremos a encontrar nunca.

Pero mamá tuvo una idea. Ayudó a Marta a hacer unos dibujos de Lola y luego escribieron debajo: «Se busca». Pusieron también su número de teléfono y repartieron los carteles por los buzones de toda la calle.

Esa tarde, la señora Pérez, que vivía al lado, asomó la cabeza por encima del seto.

—Venid a ver lo que he encontrado en la cesta de la colada —dijo con una sonrisa.

Marta y su mamá pasaron corriendo a la casa vecina. Cuando Marta vio lo que la señora Pérez tenía en la cesta de la colada, no pudo dar crédito a sus ojos. Allí sentada estaba Lola. Se la veía muy delgada y satisfecha. Y a su lado estaban acostados cinco gatitos chiquitines. Hacía tan poco tiempo que habían nacido que todavía no podían abrir los ojos. Lola no había estado enferma: ¡había estado esperando gatitos! La señora Pérez dijo que se podían quedar con la cesta mientras Lola la necesitase, así que mamá llevó la nueva familia a casa. ¡Qué emocionada estaba Marta! Estaba impaciente por contarle a todo el mundo que había estado buscando un gato ¡y había encontrado seis!

El rey tacaño y el muchacho listo

Había una vez un rey que era tan tacaño como rico. Vivía en un gran palacio y se pasaba los días contando sus bolsas de monedas de oro, mientras sus súbditos vivían en la mayor pobreza. A veces hacía llamar a su paje para que le preparase la carroza real y así, exhibiéndose en su gran carruaje dorado, salía a supervisar su reino. Además de tremendamente rico, el rey era también muy vanidoso. Cuando pasaba ante sus súbditos mientras éstos trabajaban en el campo, le gustaba que se inclinasen ante él y le dedicasen halagos como «¡Qué buen aspecto tiene hoy su Majestad!» o «¡Cómo os favorece el color rosa, señor!». Se le llenaba la cabeza de vanidad y pensaba: «La verdad es que mi pueblo me adora». Pero a pesar de todos los halagos, el pueblo odiaba a su rey. Sentían un gran resentimiento hacia él, ya que se rodeaba de lujo mientras sus súbditos vivían en la miseria.

Hasta que un día los campesinos celebraron una reunión secreta.

—¡Firmemos una petición para reclamar nuestros derechos! —gritó un hombre.

—¡Y salarios justos! —gritó otro.

Todos aplaudieron.

—¿Quién escribirá nuestras peticiones? —preguntó una anciana.

De repente se hizo el silencio, pues nadie sabía leer ni escribir.

—Yo sé lo que podemos hacer en lugar de escribir —dijo una voz desde el fondo. Todos se volvieron y vieron a un muchacho harapiento—. ¡Pongámonos en marcha hacia el palacio!

—¡Sí! —rugió la multitud.

Cuando la muchedumbre llegó al palacio, el rey la vio e hizo salir a sus perros guardianes. Los campesinos tuvieron que huir, con los perros pisándoles los talones, para proteger sus vidas. Hasta que no desapareció de su vista el último campesino, el rey no hizo regresar a sus perros.

A partir de entonces, la vida del pueblo empeoró. El rey se había puesto en guardia y ya no salía por el reino si no era acompañado de sus sabuesos. Finalmente, se convocó otra reunión secreta.

—¿Qué podemos hacer? —preguntaba la gente—. Jamás podremos pasar con esos perros salvajes.

—Tengo una idea —dijo una voz familiar. Se trataba del muchacho harapiento. Por un momento, la multitud lo acusó de haber puesto en peligro su vida—. Por favor, confiad en mí —rogó el muchacho—. Ya sé que os defraudé, pero esta vez tengo un plan muy bien preparado para conseguir que el rey nos dé su dinero.

Finalmente, los campesinos escucharon el plan del chico y decidieron apoyarle.

Al día siguiente, el muchacho se escondió en la rama de un árbol que colgaba sobre el jardín del palacio. Había llevado galletas para perros, en las que había puesto un potente somnífero, y las arrojó al césped de palacio.  Al poco rato salieron los perros del rey y devoraron las galletas en un santiamén. En cuestión de segundos dormían todos profundamente. El muchacho bajó del árbol, se envolvió en una capa negra y se presentó en la puerta principal del palacio.

—Buenos días —dijo—. Soy Víctor, el famosísimo veterinario. ¿Tenéis algún animal que necesite cuidados médicos?

—No —contestó el centinela, cerrándole la puerta en las narices. Pero entonces se oyeron voces en el interior y el centinela volvió a abrir la puerta, diciendo—: Nos acaba de surgir un problema. Entra.

El centinela condujo al muchacho hasta el césped, donde el rey sollozaba sobre los cuerpos de sus perros.

—¡Ayúdame, por favor! —exclamó—. Necesito a mis perros, de lo contrario caeré en manos de mi propio pueblo.

El muchacho hizo como que examinaba a los perros y dijo al rey:

—Lo único que puede curar a tus animales es oro líquido.

—¿Y de dónde voy a sacar oro líquido? —preguntó el rey.

—Tengo una amiga que es bruja y convierte las monedas de oro en oro líquido. Si permites que le lleve los perros, los curará. Pero tendrás que darme un saco de oro para que se lo lleve —dijo el chico.

El rey estaba tan preocupado que aceptó sin dudar. Cargaron los perros dormidos en un carro tirado por un caballo y el rey entregó al muchacho una bolsa de oro.

—No tardes en volver, mis perros son lo que más aprecio —le dijo.

El muchacho fue a su casa y sus padres le ayudaron a descargar los perros, que estaban empezando a despertarse. Les dieron los cuidados necesarios y al día siguiente el muchacho regresó al palacio.

—La buena noticia es que el remedio está haciendo efecto —dijo al rey—. La mala noticia es que el oro sólo alcanza para revivir a un perro. Necesitaré todo el oro que tengas para curar a los otros.

—Llévatelo todo —gritó el rey—. La única condición es que mis perros estén de vuelta mañana.

Y, abriendo la cámara del tesoro, cargó todas sus reservas de oro en otro carro que el muchacho se llevó. Aquella noche, el muchacho repartió bolsas de oro entre los súbditos del rey y a la mañana siguiente llevó los perros a palacio. Pero, para su sorpresa, el rey no los quiso, puesto que como ya no tenía oro, tampoco necesitaba perros de guardia. Al ver que el rey había aprendido la lección, el muchacho le contó lo que había sucedido realmente. Por fortuna, el rey decidió que sus súbditos se quedaran con el oro. Los perros se los quedó como simples mascotas y él se volvió mejor persona.

297

Nadie como tú

Rufito tenía tanta hambre que le sonaba la tripa. Podía oír a Rufus cacharreando en la cocina y el delicioso olor de los pasteles recién hechos le llegaba a la nariz.

—¡Qué rico! —pensó Rufito, y entró en la cocina de un salto. Rufus estaba fregando mientras los pasteles se enfriaban.

—¿Quieres que te ayude? —preguntó Rufito—. Si quieres pruebo los pasteles.

—No me digas —respondió Rufus, sonriendo.

—Nadie hace los pasteles como tú —dijo Rufito.

Rufito se aburría. Jugueteaba con los dedos, daba golpecitos con los pies y volvía a juguetear con los dedos. No tenía con quién jugar. Al cabo de un rato, se dio una vuelta por el cuarto de estar. Rufus estaba leyendo.

—¿Te gustaría leer algo mejor? —preguntó Rufito—. Puedo buscar una historia emocionante.

—No me digas —respondió Rufus, sonriendo.

—Nadie cuenta las historias como tú —dijo Rufito.

Rufito estaba harto. Estaba intentando montar un coche de juguete, pero por más que lo intentaba, no había manera de montarlo.

Pero entonces tuvo una idea y salió corriendo al jardín, donde Rufus estaba cavando.

—¿Quieres hacer algo divertido? —preguntó Rufito—. Si quieres, puedes ayudarme a montar el coche de juguete.

—No me digas —respondió Rufus, sonriendo.

—Con nadie me divierto tanto como contigo —dijo Rufito.

Cuando llegó la hora de dormir, Rufus llevó a Rufito a la cama. A Rufito le empezó a entrar miedo. No le gustaba nada la oscuridad y además estaba todo muy silencioso. Así que se fue al cuarto de Rufus. Rufus roncaba y a Rufito le dio la risa. El sonido de su risa despertó a Rufus.

—¿Quieres que te abrace alguien? —preguntó Rufito—. Sé abrazar muy bien.

—No me digas —respondió Rufus, sonriendo.

—Nadie abraza tan bien como tú —dijo Rufito mimosamente, y se metió en la cama de Rufus.

—¡No me digas! —respondió Rufus, sonriendo—. La verdad es que nadie te quiere como te quiero yo, porque no hay nadie como tú.

Había una vez un hombre llamado Dob

Había una vez un hombre llamado Dob
que se casó con una mujer que se llamaba Mob.
Él tenía un perro al que llamaba Cob
y ella tenía un gato al que llamaba Chiterabob.

«¡Cob!», llamaba Dob,
«¡Chiterabob!», llamaba Mob.
Pues Cob era el perro de Dob
y Chiterabob el gato de Mob.

Mí, conmigo y yo

Mí, conmigo y yo
un pastel de manzana nos comimos.
Mi madre entró y nos sorprendió
y nos persiguió con el rodillo.

Ciento once cisnes

Ciento once cisnes
encestados
en ciento once cestos
trenzados.

Barco de papel

De papel, papelín, papelero
es mi barco velero,
de papel, papelín, papelero,
papelillero.

El pañuelo de mi abuelo

El pañuelo que me mandó mi abuelo
era un pañuelo calado, cuadrado, cuadriculado.
No era un pañuelo viejo, calado, cuadrado, cuadriculado,
que era un pañuelo nuevo,
calado, cuadrado, cuadriculado.

Adán, Eva y Pellízcame

Adán, Eva y Pellízcame
fueron a nadar al río.
Adán y Eva se ahogaron.
¿Quién quedó vivo?

Pepe Pillo pilla pepinillos

Pepe Pillo pilla pepinillos con un palillo.
Con un palillo pepinillos pilla Pepe Pillo.
¡Qué pepinillos pilla Pepe Pillo con un palillo!

Rosquillas redondas

Rosquillas redondas
rellenas de ron,
¡qué ricas rellenas las rosquillas son!

Pedro conoció a un dragón

Había una vez un niño llamado Pedro. Vivía en una casa normal. Tenía una mamá y un papá normales, una hermana normal y un gato, también normal, que se llamaba Jásper. En la vida de Pedro era todo tan normal que a veces deseaba que pasara algo realmente fuera de lo normal. «¿Por qué no vendrá un gigante que chafe la casa con los pies?», pensaba. Pero cada día, cuando Pedro se despertaba por la mañana, todo estaba igual que el día anterior.

Una mañana, al despertarse, Pedro notó en la casa un olor muy extraño. Se asomó por la ventana de su dormitorio y vio que el césped de delante estaba quemado y ennegrecido. De la hierba salía humo, y un poco más allá ardían unos arbustos. Pedro echó a correr escaleras abajo y salió por la puerta principal. Una vez en el jardín, fue siguiendo el rastro de humo

y hierba quemada. Se sentía por momentos más y más perplejo, pues no veía nada que pudiera ser la causa de semejante incendio.

Estaba a punto de correr a casa para avisar a sus papás, cuando oyó un ruidito que procedía de la maleza. Apartando los arbustos encontró una pequeña criatura de piel verde y escamosa, con un par de alas y un largo hocico lleno de dientes afilados. Por los agujeros de la nariz le salían continuamente unas llamitas que incendiaban la hierba a su alrededor.

—¡Una cría de dragón!
—se dijo Pedro, asombrado.

De los ojos amarillos del dragón salían grandes lágrimas que le caían por las escamosas mejillas mientras movía desesperadamente las alas, intentando despegar del suelo. Cuando el dragón vio a Pedro, dejó de agitar las alas.

—¡Oh, pobre de mí! —sollozó—. ¿Dónde estoy?

—¿Adónde querías ir? —preguntó Pedro, arrodillándose junto a él.

—A Dragolandia, con mis amigos —respondió el dragón—. Íbamos volando todos juntos, pero yo necesitaba descansar. Intenté decírselo a los demás, pero no me oyeron. Me detuve para recuperar el aliento y ahora no sé dónde estoy, ni si volveré a ver a mis amigos.

—No te preocupes, seguro que te puedo ayudar a volver a casa —dijo Pedro. Pero la verdad es que no tenía ni idea de cómo lo iba a hacer.

—¿Tú? —susurró una voz—. ¿Cómo vas a ayudarle, si no eres más que un niño? —Pedro miró a su alrededor y descubrió con asombro que Jásper estaba sentado detrás de él—. ¡Ni que tuvieras una varita mágica! —continuó Jásper—. Lo que debes hacer es acudir a un experto.

Y a continuación dio
la espalda a Pedro y al
dragoncito y se puso
a lamerse las patas.
Pedro estaba atónito.
Era la primera vez
que oía hablar a Jásper.

—¿Qué... qué... quieres decir? —tartamudeó.

—Bueno —respondió Jásper, mirando a Pedro por encima del
hombro—, creo que ese caballo de allí nos podría ayudar. Sígueme.

Jásper se encaramó a la verja, llamó al caballo y le susurró algo
al oído. El caballo contestó a Jásper de la misma manera.

—Tiene un amigo en el bosque que nos ayudará —explicó el gato.

—Pero, ¿cómo? —preguntó Pedro con aire de perplejidad.

—Ten paciencia —dijo Jásper, echando a andar por la hierba—.
Y dile a tu amigo que deje de quemarlo todo —añadió.

—No lo puedo evitar —respondió Llamas, que así se llamaba
el dragón, a punto de echarse a llorar de nuevo—. Cada vez que
me quedo sin aliento me pongo a jadear y empiezo a echar fuego.

Pedro tomó a Llamas en brazos y echó a correr detrás de Jásper. Tras
cruzar el bosque llegaron a un campo donde se encontraba un caballo.
Sin embargo, no era un caballo como los demás. Tenía la blancura
de la leche y en la cabeza le crecía un largo cuerno solitario.

—¡Un unicornio! —se maravilló Pedro.

Jásper habló con el unicornio
y llamó a Pedro con la pata.

—Os va a llevar a casa del dragón.
—Dicho esto, Jásper desapareció.

—Subid a bordo —dijo el unicornio amablemente.

Así que Pedro y el dragoncito se montaron a lomos del unicornio. «Vaya una aventura», pensó Pedro mientras se deslizaban entre las nubes. Cuando divisaron una montaña frente a ellos, empezaron a descender a través de las nubes y aterrizaron justo en la cima.

—¡Ya estoy en casa! —chilló Llamas, feliz, al aterrizar.

Y así era, ya que varios dragones vinieron corriendo a saludarlo. Parecían bastante pacíficos, pero algunos de ellos eran muy grandes y al respirar lanzaban una enorme llamarada.

—Tengo que irme —dijo Pedro, un poco nervioso, cuando Llamas se bajó de un salto del lomo del unicornio y se posó volando en el suelo.

El unicornio levantó el vuelo una vez más y al poco rato volvían a estar en el campo. Cuando Pedro se dio la vuelta para dar las gracias al unicornio, no vio más que un caballo normal y corriente. De regreso a casa, no vio hierba quemada por ningún sitio. Pedro se sintió cada vez más perplejo. Cuando preguntó al gato qué había pasado con la hierba quemada, éste lo ignoró y se enroscó en su cesta. Pero cuando Pedro no estaba mirando, Jásper le dirigió una mirada que parecía querer decir: «¿Qué? ¿Te ha gustado esta aventura?».

Catarrín

El monstruo Catarrín vivía en un país muy lejano, en una selva donde nunca había estado nadie.

El capitán García, el famoso explorador, fue a esa selva en busca de nuevos animales. Primero encontró un gran pájaro de colores que se pasaba todo el día contoneándose. Luego descubrió un mono que sabía hacer punto. Pero su mayor descubrimiento tuvo lugar cuando se encontró con el monstruo Catarrín comiéndose un plátano en lo alto de un árbol. El capitán García se emocionó muchísimo cuando comprobó que el monstruo era inteligente, es decir, que podía pensar como una persona. También era bastante feo, pero si no lo hubiera sido no sería un monstruo, ¿verdad? Así pues, Catarrín era grande, feo, peludo y de color rojo. El capitán García decidió llevárselo a casa para enseñárselo a su mujer. Volvieron juntos en avión y en el aeropuerto los esperaba la mujer del capitán García.

—Marga, éste es el monstruo que he descubierto —dijo el explorador.

—¡Hola! ¿Cómo estás? —lo saludó Marga.

—Cooomoooesssdasss —repitió el monstruo.

A continuación cogió la mano de la señora, la olió y se puso a bailar con ella.

—Ya he empezado a enseñarle español —dijo Marga cuando pasaron bailando por tercera vez.

CATARRÍN

Al llegar a casa, lo primero que quiso hacer el monstruo fue bailar con todo el mundo. Pero al cabo de unas semanas empezó a sentirse enfermo y triste. Tosía, moqueaba y estornudaba. El pelo se le puso verde y empezó a caérsele. Y por la nariz le salía una cosa muy fea. Cuando Marga fue de visita, no quiso bailar con ella.

—¿Qué es lo que te pasa, mi querido monstruo? —le preguntó Marga.

—Soy el monstruo Catarrín —respondió él— y me fui de la selva sin mi amigo. Cuando él no está conmigo, me pongo enfermo y me salen cosas por la nariz. Mi amigo es el monstruo Pañuelín.

—¿Y necesitas al monstruo Pañuelín para que te seque la nariz? —creyó entender Marga.

—No, no, no —dijo Catarrín—. Pañuelín es un mago. Él hará que Catarrín baile otra vez. Sólo Pañuelín conoce la poción mágica secreta.

El capitán García volvió a llevar a Catarrín a la selva para buscar a su amigo. De repente, apareció una especie de col gigantesca que se abalanzó sobre Catarrín. Éste lanzó un grito de alegría, pues la col era el monstruo Pañuelín. Al momento volvió a internarse en la selva.

—Ha ido a buscar poción mágica —susurró Catarrín.

Pañuelín regresó con una bebida en una cáscara de coco. Catarrín se la bebió y se fue a la cama. A la mañana siguiente su color volvía a ser rojo y se le había secado la nariz. Enseguida se puso a bailar con todo el mundo. El capitán García deseaba con todas sus fuerzas conocer el secreto de la poción mágica.

—Limón caliente y miel —susurró Pañuelín, guiñándole un ojo.

¡Tú puedes, pata Paca!

Era la víspera de su primera clase de natación y la pata Paca estaba muy nerviosa. Cuando mamá Pato fue a darle el beso de buenas noches, se lo dijo.

—No te preocupes —contestó su madre—. Cierra los ojos y duérmete.

Paca cerró los ojos e intentó dormir, pero sólo podía pensar en la clase de natación.

«¿Y si me hundo?», pensó, preocupada. Paca se imaginó la cara sonriente de mamá Pato. «Si mamá Pato puede flotar, a lo mejor yo también puedo», pensó. Y se acurrucó para dormir. De repente, Paca abrió los ojos. «Pero, ¡me voy a mojar!», se dijo, agitando las plumas. Paca pensó en su amiga la rana Gustava. «A Gustava le encanta estar mojada», se acordó. «Dice que es muy divertido.» Paca volvió a cerrar los ojos, pero en lugar de dormirse se le ocurrió una idea terrible. «¿Y si algo me muerde los pies?» Paca pensó en todos los patos grandes que buceaban en la charca. «Ninguno tiene miedo de lo que hay debajo del agua», pensó.

«¿Por qué lo voy a tener yo?»

A primera hora de la mañana, Paca se despertó con todos sus amigos.

—¡Tú puedes, Paca! —la animaron todos.

Paca se acercó despacito a la orilla de la charca, se inclinó hacia adelante y miró el agua con timidez. Allí había otra patita que la miraba a ella. Era pequeña y amarilla con plumas suavecitas, exactamente igual que ella.

—Bueno, si tú puedes, me imagino que yo también —dijo Paca con valentía. Y, ¡PLAF!, saltó al agua.
—¡Puedo flotar! —gritó Paca, agitando las patas.
—¡Qué divertido es mojarse! —Y a continuación metió la cabeza debajo del agua.

—Bajo el agua no hay nada que dé miedo —dijo cuando volvió a salir—. Teníais razón. ¡Sí que puedo!

Cuentos de Tigre

Luis y Lisa León estaban aprendiendo a abalanzarse. Su papá les había dicho que tenían que practicar mucho, así que ahora andaban rondando por la selva en busca de presas a las que saltar encima.

—Veo algo naranja y azul que se mueve —susurró Lisa—. Allá voy...

Mientras Lisa saltaba encima de una mariposa, Luis descubrió algo verde que daba saltos. Se arrastró hasta allí y... ¡SE ABALANZÓ! Los dos cachorros iban saltando por la selva cuando Luis vio de repente una ráfaga naranja y negra entre los arbustos.

—Una serpiente a rayas —susurró—. No puedo dejarla escapar.

Y en el momento preciso... ¡SE ABALANZÓ!

—¡Aaayyy! —gritó una voz—. ¿Quién me ha cogido de la cola?

La voz era de un cachorro a rayas del mismo tamaño que Lisa y Luis.

—¿Quién eres tú? —le preguntaron.

—Soy Tito Tigre —respondió el cachorro—. Acabo de mudarme. Antes vivía en El Otro Lado de la Selva.

—Nosotros somos Luis y Lisa León —dijo Lisa—. ¿Qué te parece si te enseñamos nuestro lado de la selva?

—Éste es nuestro río —dijo Luis, orgulloso.

—Es bonito —dijo Tito— pero pequeño. Nuestro río en El Otro Lado de la Selva era tan ancho como cincuenta troncos de palmera puestos en fila uno tras otro. ¡Y yo puedo cruzarlo nadando y volver sin parar ni una sola vez!

—Nosotros aún no sabemos nadar —dijo Lisa—. ¿Nos enseñas?

—Mejor en otro momento —respondió Tito—. Me estoy curando un catarro y mamá me ha dicho que me esté una temporada sin nadar.

Un poco más adelante, Luis y Lisa vieron al hipopótamo Gerardo.

—¡Ven a conocer a nuestro nuevo amigo Tito Tigre! —lo llamaron.

Gerardo sonrió abriendo muchísimo la boca.

—Encantado de conocerte —dijo.

—Lo mismo digo —respondió Tito, sin acercarse.

Cuando siguieron su camino, Tito dijo:

—En El Otro Lado de la Selva hay un hipopótamo con una boca como una cueva. ¡Le caben tres tigres dentro!

Al cabo de un rato, algo se descolgó de una rama delante de ellos. Tito dio un salto, pero Luis y Lisa sonrieron.

—¡Hola, Sara Serpiente! Te presentamos a nuestro nuevo amigo Tito Tigre.

—Sssaludosss —siseó Sara.

—Me alegro de conocerte —dijo Tito, algo inseguro.

—Bueno, ya nosss veremosss —respondió Sara, y se fue siseando.

—En El Otro Lado de la Selva había serpientes que eran tan gruesas como tres troncos de árbol. Una vez, una se me tragó —dijo Tito.

—¡Oh, no! —gritaron Luis y Lisa.

—Sí —respondió Tito—. Pero mi papá golpeó a la serpiente en la cabeza y la obligó a escupirme. Mi papá es muy fuerte, es más grande que un elefante y puede llevar seis gorilas a la espalda. Y mi mamá se pone de pie sobre las patas de delante y con las de detrás hace malabarismos con cocos y...

—Y... ¿qué? —preguntaron dos tigres de tamaño normal que aparecieron sonrientes ante ellos.

—Y... aquí están —dijo Tito tímidamente—. Mamá, papá, os presento a mis amigos, Luis y Lisa.

—Encantados de conoceros —dijeron los señores Tigre.

—Como podéis ver —añadió la señora Tigre—, somos tigres normales y corrientes.

—¿Y todas esas cosas asombrosas que nos ha contado Tito? —preguntó Luis—. ¿Cómo es El Otro Lado de la Selva?

—Exactamente igual que éste —dijo el señor Tigre.

—¿El río, pues, no es tan ancho como cincuenta troncos de palmera? —preguntó Lisa.

—¿Tampoco hay un hipopótamo con una boca como una cueva, ni una serpiente que se tragó a Tito? —preguntó Luis.

—En absoluto —dijo la señora Tigre, riéndose.

—¡Son unos cuentos muy buenos! —trató de justificarse Tito, incómodo.

—Sí — dijo la señora Tigre—, pero no son más que cuentos. Como allá donde vivíamos antes no tenía a nadie con quién jugar —añadió, dirigiéndose a Luis y Lisa—, se pasaba el día inventándose aventuras.

—Pero ahora que tiene amigos como vosotros —añadió el señor Tigre—, a lo mejor vive aventuras de verdad.

—Y vas a conocer a más amigos, Tito —dijo Lisa—. Por ejemplo, Miguel y Marco Mono, y Chico Chimpa.

—En El Otro Lado de la Selva también había monos y chimpancés —dijo Tito.

—¿De verdad? —preguntó Lisa, mirando a su hermano.

—Sí —dijo Tito—. Pero no jugábamos juntos. Tengo muchas ganas de conocer a Miguel, Marco y Chico.

Así que se fueron todos juntos a por todas las aventuras y emociones que Este Lado de la Selva les pudiera ofrecer.

Perseguir colas

Blas llevaba toda la mañana persiguiendo su propia cola. Estuvo dando vueltas y vueltas hasta que se sintió bastante mareado.

—¿No puedes hacer algo más útil? —le preguntó el gato, que lo observaba desde la cerca.

—¿Qué? ¿Perseguir gatos perezosos? —dijo Blas, y saltó hacia él ladrando furiosamente.

Más tarde, mientras corría por el patio de la granja, Blas pensaba en lo que le había dicho el gato. Le habría gustado ser más útil, pero sólo era un cachorro. Cuando creciera, sería un buen perro de granja como su mamá. Y en aquel momento, al dar la vuelta al establo, se encontró con una gran cola que se agitaba ante él...

—Esta cola la cazo yo —pensó Blas, juguetón. Y, dando un salto, le clavó sus afilados dientes de cachorro.

314

Resulta que la cola pertenecía a un astuto zorro que quería atacar a la señora Gallina y a sus pollitos. Al ser sorprendido, se puso a aullar y escapó corriendo por el campo.

—¡Blas nos ha salvado! —gritó la señora Gallina.

—Eso de perseguir colas no deja de ser útil, al fin y al cabo —dijo el gato, que lo observaba todo desde la cerca.

Juan Molinero

Juan Molinero
se comió un hueso de cordero.
Cómo lo chupaba,
cómo lo roía,
cuando pensaba que nadie lo veía.

Deshollinado

Deshollinador soy,
subido al tejado todo el día estoy.
Deshollinador soy,
tiznado de hollín todo el día voy.

A la cama

Si temprano
a la cama te vas,
mucho crecerás.

Pan
y leche

Retrato

Con un seis
y con un cuatro,
aquí tienes
tu retrato.

Pan y leche desayuna Ana
en una taza de porcelana.
Pan y leche desayuna Marta
con una cuchara de plata.
¡Hay que ver qué finas
que son estas niñas!

Doña Lola

El pequeño Raúl

El pequeño Raúl vive en un baúl,
tiene un gato azul y una azul gallina
que hasta diez azules huevos
llega a poner cada día.

Doña Lola y su gato
se sientan a charlar un rato.
Doña Lola en su butacón,
el gato junto al balcón.
Gatito, ¿sabes cazar
ratones en la oscuridad?
Si es necesario lo haría,
pero mejor a la luz del día.

o me gusta el uré

Yo no sé por qué
a mí no me gusta el puré.
No conozco el motivo,
la razón no la sé,
pero a mí, desde luego,
no me gusta el puré.

La luz del sol

La luz del sol
nos alegra el corazón.

El tío Fulgencio

A mi tío Fulgencio
le gusta pasear,
sale por las mañanas
y regresa siempre
a la hora de almorzar.

Los cítricos

¡Cómo me gustan
el pomelo y la lima,
la naranja, el limón
y la mandarina!
os cítricos son frescos,
son una delicia,
y además aportan
muchas vitaminas.

Hagas lo que hagas

Hagas lo que hagas,
hazlo siempre de buena gana.
Si no te salen las cosas a la primera,
no te preocupes, persevera.

Carlota

Carlota,
Carlota,
o te manches la ropa
y cómete la sopa.

Los indios pequeños

Un indio, dos indios, tres indios pequeños,
cuatro indios, cinco indios, seis indios pequeños,
siete indios, ocho indios, nueve indios pequeños,
diez indios pequeños.
Diez indios, nueve indios, ocho indios pequeños,
siete indios, seis indios, cinco indios pequeños,
cuatro indios, tres indios, dos indios pequeños.
Mi indio pequeño es lo que más quiero.

Oso busca un amigo

Silvia encontró un oso de peluche en el parque. Si no fuera porque la pelota se le cayó entre los arbustos y se tuvo que poner a gatas para sacarla, no lo habría visto. Era pequeño y de color marrón claro. Llevaba un peto azul y una camiseta de rayas rojas y blancas.

—Mira, mamá —dijo Silvia—. ¿Qué vamos a hacer con él?

—Lo mejor será que lo llevemos a casa —dijo mamá—. Y pondremos un cartel diciendo que lo hemos encontrado.

Entre Silvia y su mamá hicieron un cartel con las palabras «Oso encontrado. Por favor, llame a este número» y su número de teléfono. Después, Silvia limpió el oso y lo sentó junto al suyo.

—Cuida de él. Debe de estar muy asustado —dijo a su oso de peluche.

Silvia y su mamá llevaron el cartel al parque y lo colocaron en un árbol cerca de la zona de juegos. Después regresaron a casa a esperar. El teléfono sonó a la hora de la merienda.

—Sí, puedes venir a recogerlo —dijo mamá. Luego explicó a Silvia—: La niña que perdió el oso va a venir a buscarlo.

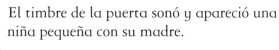

El timbre de la puerta sonó y apareció una niña pequeña con su madre.

—Gracias por haber cuidado de mi oso —dijo sonriente. Cogió su oso y lo abrazó.

—Se ha hecho amigo del mío —respondió Silvia. Y añadió—: A lo mejor nosotras también nos hacemos amigas.

Merienda de oso

Eli, su hermano Álex y el oso de peluche de Eli estaban jugando al escondite en un soleado claro del bosque.

—Siéntate aquí y Álex no te encontrará —dijo Eli al oso mientras lo ponía detrás de un árbol. Después corrió a esconderse ella también.

En ese momento, su madre les dijo que era hora de regresar a casa. Eli y Álex recogieron los platos y las tazas de la merienda.

—¡Te echo una carrera hasta el coche! —exclamó Álex.

—¡Seguro que te cojo! —gritó Eli, persiguiéndolo.

Pero nadie se acordó del oso, que seguía detrás del árbol. Una enorme hoja bajó volando y aterrizó delante de él. A una ardilla que había en el árbol se le cayó una nuez y ésta fue a parar encima de la hoja. Después pasó volando un pájaro con una mora en el pico. La mora se le cayó y también fue a parar a la hoja.

—¡Nos hemos olvidado el oso! —gritó Eli en el coche.

Álex y ella regresaron tan deprisa que asustaron a un ratón que se había detenido a mirar el oso. El ratón abrió la boca para chillar y la semilla que llevaba en la boca cayó también en la hoja.

—Aquí está —dijo Eli—. ¡Se ha buscado su propia merienda! —Abrazó al oso con todas sus fuerzas—. Nos llevaremos tu plato a casa —añadió, sonriendo, mientras recogía la hoja.

El payaso triste

El payaso Bongo tenía un pequeño problema. Se supone que los payasos son gente alegre, feliz y divertida, pero Bongo era un payaso muy triste. No había nada que le hiciese reír.

En cuanto el circo llegaba a cualquier ciudad, la gente acudía en tropel con la esperanza de pasar un día divertido. Se estremecían con la arriesgada actuación de los equilibristas y los acróbatas. Disfrutaban con los malabaristas, que lanzaban al aire relucientes pelotas de colores. El público se deleitaba viendo los hermosos caballos blancos que daban vueltas alrededor de la pista, y con los jinetes que, sin montura, se mantenían en equilibrio sobre sus lomos. Cuando llegaban las focas, el público les dedicaba siempre una gran ovación, porque todos las querían y se podían pasar horas mirando sus payasadas.

Pero el gran favorito del público, especialmente de los niños, era el payaso. Todos se reían al ver sus enormes y anchos pantalones y su divertida forma de andar. Aún se reían más con su enorme sombrero estrafalario, que adornaba con una flor, y, sobre todo, con su cara pintada de payaso.

Cuando empezaba el número, la gente se partía de la risa. En primer lugar, se le rompía la bicicleta cuando intentaba dar una vuelta alrededor de la pista, y luego se caía del coche eléctrico cuando el asiento se volcaba. Pero cuando se echaba agua fría en los pantalones por error y se caía en una piscina llena de natillas, la gente ya casi lloraba de la risa.

Sin embargo, detrás del maquillaje, Bongo, el payaso triste, ni siquiera sonreía. La verdad es que no les veía la gracia ni a las bicicletas que se rompen cuando las usas, ni a los coches que te tiran fuera cuando te montas en ellos, ni a tener agua fría en los pantalones, ni a nadar en una piscina llena de natillas. De hecho, no tenía el menor sentido del humor.

Todos los demás artistas del circo decidieron que iban a intentar animar al payaso triste.

—Ya sé —dijo el equilibrista—. Vamos a pintarle una cara más divertida. Eso le hará reír.

Y así lo hicieron, pero Bongo seguía sin reírse e incluso parecía más triste todavía.

—Vamos a realizar algunos de nuestros trucos sólo para él —dijeron las focas.

Y, sentándose en sus taburetes, se lanzaron unas a otras sus grandes pelotas de colores y aplaudieron con las aletas. Pero Bongo seguía sin reírse.

Nada de lo que hicieron los demás consiguió que Bongo sonriese. Seguía siendo un payaso muy triste.

—Me parece que ya sé cuál es su problema —dijo Felipe, el jefe de pista—. No hay nada que le guste más a un payaso que gastar bromas a otro payaso. Quizá si tuviéramos un segundo payaso, Bongo se animaría.

De manera que contrataron a otro payaso, llamado Pipe. El circo se fue a otra ciudad y pronto llegó el momento de que Bongo y Pipe representaran su número. Pipe empezó montándose en la bicicleta mientras Bongo hacía como que lavaba el coche echándole por encima un cubo de agua. Como es lógico, el agua no iba a parar al coche sino encima de Pipe, que pasaba casualmente con la bici en aquel momento.

Una pequeña sonrisa asomó al rostro de Bongo cuando vio a Pipe totalmente empapado.

A continuación, Bongo y Pipe hacían como que estaban en la cocina. Bongo tropezaba mientras llevaba dos enormes pasteles de nata, y éstos aterrizaban en la cara de Pipe. Bongo soltó una carcajada cuando vio la cara de Pipe llena de nata. Por último, hicieron de pintores subidos en lo alto de unas escaleras. Como era de esperar, las escaleras se caían y los botes de pintura acababan encima de los payasos. Bongo miró a Pipe, a quien un enorme bote se le había quedado de sombrero y la pintura se le escurría por el cuerpo, y se echó a reír. A Pipe también le parecía que Bongo tenía un aspecto muy divertido con todo el cuerpo cubierto de pintura.

El público, por su parte, pensaba que dos payasos eran más divertidos que uno solo, y aplaudía, vitoreaba y llenaba la gran carpa con sus carcajadas.

Bongo ya no volvió a ser nunca un payaso triste.

El pollito Pío

Pío era un pollito muy juguetón y siempre estaba gastando bromas a sus hermanos. Por ejemplo, se escondía entre la hierba alta y salía de un salto para asustarlos. Un día, decidieron devolverle la broma.

—Vamos a jugar al escondite —le dijeron.

Dejaron a Pío contando hasta diez y todos los demás corrieron a esconderse. Pío estuvo buscando a sus hermanos por todas partes, pero no pudo encontrarlos por ningún sitio.

—¡Salid! —los llamó en voz alta—. ¡Me rindo!

Pero nadie salió, así que el pollito Pío siguió buscando. Registró todo el patio, el huerto y los tiestos vacíos, buscó entre la maleza e incluso en el pajar. Pero tampoco encontró ni rastro de sus hermanos entre la paja. Cuando empezó a oscurecer, Pío se sintió solo y asustado.

—No sirve de nada —se dijo a sí mismo—. Me voy a casa.

A toda prisa regresó al gallinero y abrió la puerta.

—¡Sorpresa! —gritaron muchas voces a coro.

¡Sus hermanos habían estado escondidos allí todo el tiempo! El pollito Pío tardó mucho en volverles a gastar una broma.

El chico que tenía demasiados deseos

É rase una vez un chico que se llamaba Guille. Era un muchacho con suerte, porque tenía unos padres que lo querían, un montón de amigos y una habitación llena de juguetes. Detrás de su casa había un vertedero al que su madre le había prohibido ir, pero a Guille le parecía un lugar muy emocionante para ir a explorar.

Un día, mientras miraba el vertedero, vio un objeto dorado que brillaba a la luz del sol. En lo alto del montón de basura había una lámpara de latón. Guille conocía el cuento de Aladino y se preguntó si esa lámpara también sería mágica. Cuando su madre no lo veía, se escabulló por la puerta trasera, trepó a lo alto del vertedero y se apoderó de la lámpara.

Guille corrió al cobertizo del jardín. Aunque estaba bastante oscuro, podía ver brillar la lámpara entre sus manos. Cuando los ojos se le acostumbraron a la oscuridad, se dio cuenta de que estaba bastante sucia. Empezó a frotar el latón y entonces apareció una nube de humo y el cobertizo se llenó de luz. Guille cerró los ojos y cuando los volvió a abrir vio, con asombro, que tenía ante él a un hombre vestido con un traje ricamente bordado con oro y joyas.

—Soy el genio de la lámpara —dijo— . ¿Eres acaso Aladino?

—N... n... no, soy Guille —tartamudeó Guille, mirándolo con incredulidad.

—Qué extraño —dijo el genio frunciendo el ceño—. A mí me habían dicho que el chico de la lámpara se llamaba Aladino. ¡Bueno, es igual! Ahora estoy aquí y haré todo lo posible por cumplir tus deseos. A propósito, puedes pedir tres.

Guille estaba tan asombrado que no podía ni hablar. Luego empezó a pensar con gran concentración. ¿Qué sería lo mejor que podía desear? Se le ocurrió una idea.

—Mi primer deseo —dijo— es poder tener todos los deseos que quiera.

El genio lo miró bastante desconcertado, pero luego sonrió y dijo:

—Un deseo es un deseo. ¡Así sea!

Guille no podía dar crédito a sus oídos. ¿Se le iban a cumplir de verdad todos sus deseos? Decidió empezar con un deseo realmente grande, por si acaso el genio cambiaba luego de opinión.

—Deseo un monedero al que no se le acabe nunca el dinero —dijo.

¡Zas! En su mano apareció un monedero con cinco monedas dentro. Sin acordarse de dar las gracias al genio, se fue corriendo a la tienda de chucherías. Compró una gran bolsa de dulces y pagó con una de las monedas. A continuación, tanteó con cuidado dentro del monedero y comprobó que seguía habiendo cinco monedas. ¡La magia funcionaba! Guille volvió corriendo al cobertizo para pedir su siguiente deseo, pero el genio había desaparecido.

—¡No es justo! —gritó Guille, dando una patada en el suelo.

En ese momento se acordó de la lámpara. La cogió, se puso a frotarla furiosamente y el genio volvió a aparecer.

—No te olvides de compartir las golosinas con tus amigos —le dijo—. ¿Cuál es tu siguiente deseo, Guille?

—Deseo una casa de chocolate —contestó Guille, que era muy goloso.

Al momento, se encontró ante una casa hecha en su totalidad de chocolate. Guille partió el llamador de la puerta y lo mordió. ¡Sí, era chocolate de verdad! Guille se puso a zampar chocolate hasta que ya no pudo más. Se acostó en la hierba y cerró los ojos. Cuando los volvió a abrir, la casa de chocolate había desaparecido y él estaba de nuevo ante el cobertizo del jardín.

—No es justo que me quiten mi casa de chocolate. ¡Quiero que me la devuelvan! —se quejó.

Guille volvió a entrar en el cobertizo. «Ha llegado el momento de pedir algo que dure más tiempo», pensó. Frotó la lámpara y el genio apareció otra vez. En esta ocasión, Guille deseó una alfombra mágica que lo llevase a países lejanos. Al momento, se encontró volando por el aire en una hermosa alfombra que lo llevó a visitar los confines de la Tierra.

Vio camellos en el desierto, osos polares en el Polo Norte y ballenas en el mar. Al final, Guille empezó a sentir nostalgia de su casa y pidió a la alfombra mágica que lo llevara de regreso.

Guille empezó a desear más y más cosas. Deseó no tener que ir al colegio y su deseo se cumplió. Se volvió perezoso y caprichoso. Sus padres estaban desesperados y sus amigos dejaron de ir a jugar con él porque se portaba con ellos como un fanfarrón.

Una mañana, Guille se despertó y rompió a llorar.

—¡Qué solo y desgraciado me siento! —sollozó.

Sólo podía hacer una cosa: ir al cobertizo, coger la lámpara y frotarla.

—No pareces muy feliz —dijo el genio, preocupado—. ¿Qué deseas?

—Deseo que todo vuelva a ser normal —reconoció Guille—. ¡Y deseo no poder pedir más deseos!

—Sabia elección —respondió el genio—. Que así sea. ¡Adiós, Guille!

Dicho esto, el genio desapareció. Guille salió del cobertizo y todo volvió a ser normal. Sus padres cuidaron de él, regresó a la escuela y sus amigos volvieron a jugar con él. Guille había aprendido la lección: dejó de ser fanfarrón y compartió todos los juguetes que tenía con sus amigos.

Chiqui, el más pequeño de los cachorros

Chiqui era el cachorro más pequeño de la camada. Todos sus hermanos eran más grandes que él. No es que le importara demasiado, pero los demás siempre le estaban gastando bromas.

—Quítate de en medio, canijo —se reían de él cuando a la hora de comer lo empujaban a un lado.

—¡El que llegue el último es un bebé! —ladraban cuando salían corriendo a jugar. Y Chiqui siempre perdía.

—Eres pequeño porque fuiste el último en nacer —le explicó su mamá—. Por eso eres tan especial.

Pero en vez de especial, Chiqui se sentía triste. Un día vino una familia a ver los cachorros.

—Poned buena cara —les dijo su madre—. Han venido para llevarse a casa a uno de vosotros.

Lógicamente, todos los cachorros querían ser el elegido, pero sólo podía serlo uno, y no fue Chiqui. Durante los días siguientes vino mucha gente a la casa. Todo el que vino se llevó un cachorro, pero nadie eligió a Chiqui, que al final era el único que quedaba.

—Nadie me quiere —sollozó Chiqui—. No soy tan bueno como los demás perros.

—No seas tonto —le dijo su mamá—. Tú eres muy especial.

Al día siguiente fue a la casa una niña pequeña.

—¡Oh, qué bien! Me han guardado uno —dijo riéndose.

Chiqui miró a su alrededor para ver de quién estaba hablando, pero allí no había nadie más. De pronto, Chiqui sintió como alguien lo levantaba y daba varias vueltas con él.

—¡Eres el cachorro más precioso del mundo! —dijo la niña, que se llamaba Elena, con una sonrisa.

Chiqui se sintió un poco mareado, pero le devolvió la sonrisa. Después de todo, parecía que alguien lo quería. «Me pregunto adónde iremos», pensó Chiqui mientras se despedía de su mamá. Pero enseguida lo averiguó, porque su nueva casa estaba justo al lado.

Cuando Chiqui se hizo lo suficientemente mayor, Elena y su padre lo llevaron a pasear por el bosque. A Chiqui le gustó mucho que su mamá los acompañase, pero en el bosque se escondió detrás de ella porque le daba vergüenza que alguien viera lo pequeño que era. De repente, algo pequeño y suave lo rozó.

—¡Hola, canijo! —ladró una voz familiar.

Era su hermano mayor, pero daba la impresión de haber encogido. A Chiqui sólo le llegaba por el hombro.

—No es que haya encogido —contestó su mamá, riéndose, cuando Chiqui se lo dijo bajito al oído—. Es que tú has crecido.

Después se encontraron con dos de sus hermanas y estuvieron jugando. Su madre los miraba llena de orgullo. Y no pudo evitar reírse cuando Chiqui se dio la vuelta y ladró:

—¡El que llegue el último es un bebé!

El Gran Duque de York

El Gran Duque de York
diez mil hombres tenía,
a la cumbre del monte con ellos subía
y con todos ellos de nuevo descendía.
Y cuando llegaban arriba, estaban arriba.
Y cuando llegaban abajo, estaban abajo.
Y cuando no estaban ni arriba ni abajo
es porque a medio camino se habían quedad

La rima de la princesa

Ésta es la rima
de la bella princesa:
Quien veía el retrato de la doncella
quería sin remedio casarse con ella.

El rey Silvestre

Un carácter muy alegre
tenía el rey Silvestre.
Disfrutaba de su copa
y también de una pipa,
y venir ordenaba
a sus tres violinistas.
Cada uno traía un hermoso violín
que felizmente tocaba «didudidudí».
No había en todo el mundo
hombres más alegres
que los tres violinistas
y el rey Silvestre.

Grises gansos silvestres

Grises gansos silvestres,
juntad vuestras alas
para que cruce el río
mi princesa adorada.

ez hombrecillos

Diez hombrecillos firmes se ponen,
diez hombrecillos abren el portal,
diez hombrecillos un círculo hacen,
hombrecillos saludan a su Majestad,
ez hombrecillos bailan todo el día,
z hombrecillos se vuelven a acostar.

Cuando el rey Arturo gobernó

Cuando el rey Arturo gobernó,
por su bondad fama alcanzó.
Harina de cebada hizo traer
y un bizcocho mandó cocer.

Extraño bizcocho real,
relleno con ciruelas
y con trozos de manteca
gordos como mi pulgar.

Hubo para el rey y para la reina
y para los miembros de la nobleza.
Lo que no se terminó para cenar
se mandó guardar para desayunar.

Las hijas del rey

Había un rey
que tenía tres hijas,
las metió en tres botijas
y las tapó con pez.
Si esta historia
te ha gustado
te la puedo contar
otra vez.

La reina de corazones

La reina de corazones mandó hacer bombones
en un día de verano.
La sota de corazones robó los bombones
alargando la mano.
El rey de corazones desde sus balcones
sus bombones pidió.
Y la sota arrepentida de haber sido una bandida
los bombones devolvió.

Colas de conejo

Los conejos pueden ser de todos los colores y tamaños, algunos tienen las orejas largas y otros las tienen caídas, pero todos tienen una cola algodonosa. Todos menos Alfi, y por eso sus amigos se burlaban de él.

—No te preocupes, yo te quiero con cola o sin ella —le decía su mamá.

Pero Alfi sí que se preocupaba y por las noches lloraba antes de dormirse. Una noche soñó que se encontraba con un hada y le contaba su problema.

—¡Con un poco de magia lo solucionaremos! —dijo el hada. Cogió unas flores de diente de león, las ató e hizo con ellas una bonita y esponjosa cola—. Date la vuelta —le dijo. Y con un destello se la colocó en su lugar.

Alfi se despertó sobresaltado.

—¡Ojalá mi sueño fuera realidad! —pensó, lleno de tristeza.

Entonces se miró la espalda y allí, para su asombro, encontró una hermosa y algodonosa cola blanca.

—¡Por fin soy un conejo de verdad! —dijo con orgullo. Y salió corriendo a enseñarles a sus amigos su cola nueva.

La gata Tita y el gallo

La granja Paraíso no era sólo un hospital. Había muchos animales que vivían allí permanentemente. Uno de ellos era la gata Tita. Cuando llegó a la granja Paraíso no era más que un cachorro y de eso hacía ya mucho tiempo. Sara y José le habían cogido cariño y enseguida pasó a formar parte de la familia. Lo que más le gustaba a Tita era acurrucarse tranquilamente al sol en una esquina del establo. Pero había algo que estropeaba la paz y tranquilidad de Tita: el gallo Charly.

—Pobre Tita, no soporta a Charly —dijo Sara un día.

—Bueno, es que es un escandaloso y tiene muy mala idea —dijo José.

Charly andaba por la entrada, vigilando a Tita con el rabillo del ojo.

—¡Quiquiriquí!—cacareó a pleno pulmón.

Tita saltó de los brazos de Sara y echó a correr hacia el gallo.

—¡No, Tita, no! —gritó Sara.

Pero Tita ya había saltado sobre el descarado gallo, que se puso a salvo en el gallinero gritando y cacareando. No era la primera vez, ni mucho menos, que Tita y Charly jugaban a este juego.

—¡Se te ha vuelto a escapar! —dijo José, riéndose.

Tita, muy enfadada, salió del establo en busca de un poco de paz y tranquilidad.

Pasaron unos días y Tita no estaba de humor para las bromas de Charly, pues le dolía el oído y cada vez que el gallo gritaba se sentía peor. Así que se acurrucó en su lugar favorito e intentó dormir.

—¡Quiquiriquí! —gritó Charly, de pronto, con todas sus fuerzas.

Tita pegó un chillido y salió corriendo por el patio. Charly pensó que había sabido asustar a Tita muy bien y volvió a gritar a pleno pulmón.

—¡Mira a Tita! —dijo José a Sara—. Algo la ha debido de asustar.

Entonces vieron a Charly, que parecía muy satisfecho, y no les cupo la menor duda de que había vuelto a gastar una broma a Tita.

—¡Vamos, José! —dijo Sara—. Tenemos que encontrar a Tita.

Y fueron al establo de las vacas.

—¡Mira! —dijo José—. ¡Allí!

En aquel momento, Tita trepó por la pared y se subió de un salto al tejado del establo.

—¡Oh, no! —dijo Sara—. Ahora ya no la vamos a poder coger.

Finalmente, Tita paró de correr. Ese estúpido gallo la había asustado de verdad. Tita miró a su alrededor. El suelo se veía muy, muy abajo.

Dio un par de pasos con cautela, pero de pronto se mareó y empezó a caer. Tita aterrizó con un batacazo. Se había escurrido del tejado y estaba atrapada entre el establo de las vacas y la pared.

—¡Miau! —gritó.

José y Sara fueron corriendo a buscar a su padre. Necesitaban su ayuda para rescatar a Tita.

—¡Papá, corre! —gritaron—. Tita está en peligro. ¡Se ha caído del tejado!

José fue a buscar la jaula para gatos y papá llevó un palo especial con un lazo en la punta.

—Eso no le hará daño, ¿verdad, papá? —preguntó Sara, preocupada.

—No, es sólo que no le va a hacer mucha gracia —dijo papá—. Pero es la forma más segura de sacarla de ahí. —Papá metió el brazo en la abertura—. Estad atentos —bromeó—, ¡no vaya a ser que yo también me quede atrapado!

—Tranquilo —dijo José—. Nosotros te rescataríamos.

Al tercer intento, papá consiguió pasar el lazo alrededor de la cabeza de Tita, atraerla hacia él tirando suavemente y meterla en la jaula para gatos.

—Vamos a la consulta —dijo.

Tita se sentó en la mesa de reconocimiento mientras papá la miraba con cuidado por todas partes.

—Por suerte, no tiene ningún hueso roto —dijo.

José y Sara suspiraron con alivio. Luego papá inspeccionó las orejas de Tita con un instrumento especial.

—Pero tiene una infección de oído, por eso debe de haberse mareado. Le voy a dar unas pastillas y que no salga de casa en una temporada.

—Se acabó lo de jugar con Charly —le dijo luego Sara, dándole un gran abrazo.

Tita se acomodó en un confortable sillón y se quedó dormida enseguida. No se dio cuenta de que Charly la observaba desde la ventana. Contento de ver que Tita estaba perfectamente, Charly volvió al gallinero y cacareó muy bajito... Le iba a costar guardar silencio, pero sólo sería hasta que Tita volviera a ser la de siempre.

El feroz Tigre

Tigre no era un tigre de verdad, sino un feroz gatito callejero. La gente lo llamaba Tigre porque bufaba y arqueaba la espalda cuando se le acercaba alguien.

—Deberías ser más amable con las personas —le decía su amigo Pecas—. Cuando las domesticas, no son tan malas.

Pero Tigre no confiaba en las personas. Si se le acercaban, sacaba las uñas e incluso les arañaba, así que pronto le dejaron en paz. Tigre sabía cuidar de sí mismo. No necesitaba a nadie. Por la noche vagaba por las calles en busca de cubos de basura en los que escarbar y robaba la comida de los animales domésticos. Durante el día dormía donde podía: debajo de un arbusto o en el techo de un garaje.

Una fría noche de invierno, mientras vagaba por las calles, empezó a nevar. Pero Tigre descubrió una ventana abierta. «Seguro que ahí dentro se está seco y hace calor», pensó. Saltó por la ventana y se encontró en una oscura entrada. «Aquí estaré bien», pensó Tigre. Se enroscó en una bola y se durmió enseguida. Se encontraba tan cómodo que durmió toda la noche de un tirón. Cuando por fin se despertó, no había nadie a su alrededor, pero junto a él había un cuenco con comida y un plato de agua.

—Seguro que a nadie le importa —ronroneó Tigre.

Y se zampó toda la comida. Luego bebió agua y se volvió a marchar por la ventana.

EL FEROZ TIGRE

Aquél fue el día más frío de la vida de Tigre, así que cuando llegó la noche y vio que la ventana seguía abierta, no dudó en meterse dentro. Esta vez la puerta de la entrada estaba entreabierta. Tigre la abrió del todo y se encontró en una cálida cocina. Allí durmió estupendamente toda la noche. Cuando se despertó por la mañana, encontró un cuenco de delicioso pescado y un plato de agua al lado.

—Seguro que a nadie le importa —ronroneó Tigre.

Devoró el pescado y lamió el agua que le habían dejado. Esa noche siguió nevando y el gato regresó una vez más. Esta vez, al ir a dormir junto al fuego, encontró allí una cómoda cesta.

—Seguro que a nadie le importa —ronroneó Tigre.

Se metió dentro y se durmió. Nunca había dormido tan bien. Por la mañana, vio que había alguien en la cocina. Tigre abrió el ojo izquierdo, justo una rendija, y vio a un niño que le estaba poniendo un cuenco junto a la cesta. Abrió los dos ojos y se quedó mirando al niño, que a su vez miraba a Tigre. El gato se incorporó y se preparó para bufar y arañar.

—Buen chico —susurró el niño cariñosamente.

Tigre miró el cuenco. Estaba lleno de leche.

—Seguro que a nadie le importa —ronroneó.

Y se la bebió toda. Desde entonces, Tigre acudió a la casa todas las noches. El niño siempre le daba de comer y de beber y, a cambio, el gato se dejaba acariciar.

Una mañana, mientras Tigre jugaba en el jardín con el niño, pasó su amigo Pecas y le dijo:

—¡Pensaba que no te gustaban las personas!

—He descubierto que, cuando las domesticas, son buena gente —respondió Tigre con una sonrisa. ¡Había dejado de ser un feroz gato callejero!

El diablillo invisible

Sonia Pérez estaba tendiendo la colada. Hacía un día precioso y tenía pensado visitar a su amiga Rosa. «Voy a tender la colada ahora que brilla el sol», se dijo, «y me pondré en camino».

Al cabo de un rato, se detuvo y miró en la cesta. «¡Qué raro!», pensó, «estoy segura de que ya había tendido la camisa verde y, sin embargo, está otra vez en la cesta». Y siguió tendiendo la ropa. Pero al poco tiempo sacudió la cabeza con incredulidad. Aunque ya llevaba rato tendiendo, la cesta seguía casi llena y en el tendedero no había casi nada. Estaba empezando a enfadarse porque se le hacía tarde para ir a casa de Rosa.

Por mucho que lo intentó, no consiguió tender la ropa. Al final, dejó la colada húmeda en la cesta y fue corriendo a casa de su amiga.

—Siento llegar tarde, Rosa —dijo Sonia, casi sin aliento de tanto correr. Y le contó lo que le había pasado.

—Qué extraña coincidencia —dijo Rosa—. He estado haciendo pastelillos para el té y cada vez que los metía en el horno me los volvía a encontrar encima de la mesa. Al final me he tenido que poner de guardia a vigilarlos, lo que me recuerda que precisamente habían empezado a dorarse cuando has llamado a la puerta.

Las dos mujeres entraron en la cocina y se encontraron los pastelillos a medio cocer encima de la mesa.

—¡Se han echado a perder! —exclamó Rosa—. ¿Qué vamos a hacer ahora?

En ese momento, las mujeres oyeron ruido en la calle. Se asomaron por la ventana y vieron a Emilio, el cartero, rodeado de un montón de gente que gritaba y agitaba sobres en la mano. Las dos mujeres salieron corriendo a la calle.

—¿Qué ha pasado? —preguntaron.

—Emilio nos ha dado las cartas confundidas —dijo Dora, la vecina de Rosa—. Es siempre muy formal, pero hoy parece como si se hubiera vuelto loco. Ahora vamos a tener que ordenar todo el correo.

—No sé lo que ha pasado —dijo Emilio, muy angustiado—. Estoy seguro de que he puesto todas las cartas en los buzones correctos.

—Bueno —dijo Sonia—, a Rosa y a mí también nos han pasado cosas muy raras esta mañana.

Y se lo contó a la gente. Así que todos perdonaron a Emilio cuando se dieron cuenta de que no había sido culpa suya, pero se quedaron muy intrigados sin saber qué o quién podría ser el culpable de todos estos problemas. Pero la cosa no acabó aquí. ¡Para nada! La mujer del carnicero sirvió a su familia un guisado de cordero. Pero cuando levantó la tapa, se oyó un balido y un pequeño corderito salió saltando de la olla. El lechero repartió la leche como siempre, pero cuando la gente recogió las botellas de las puertas, las encontraron llenas de limonada. El viejo señor López intentó retirar su silla de la mesa y descubrió que se había quedado pegada al suelo. Y cuando la señora López pintó su dormitorio de azul, lo encontró al cabo de un rato pintado de rosa con lunares violetas.

¿Te puedes imaginar lo que había pasado? ¿Sabes quién gastaba todas esas bromas? ¡Era un diablillo! El malvado muchachito se había cansado de hacer trastadas a las hadas y duendes que vivían en el país de las hadas, porque allí ya conocían todos sus trucos y cada vez le resultaba más difícil sorprenderlos. Hasta que se le ocurrió que podía gastar sus bromas en el mundo de los humanos, donde se haría invisible. Y así lo había hecho. Al principio, sólo tenía intención de gastar una o dos bromas, pero se divertía tanto que no pudo resistir la tentación de seguir con ello. Así que el diablillo invisible continuó con sus bromas. Pero, como es bien sabido, el exceso de orgullo tiene consecuencias, y un día el diablillo cayó en su propia trampa.

Sonia Pérez estaba invitada a una fiesta. Debía asistir vestida elegantemente y en la invitación decía: «Se ruega vestir de rojo». Como Sonia no tenía ropa de ese color, sacó un antiguo vestido azul del armario y decidió teñirlo de rojo. Estaba preparando un gran cubo de tinte cuando apareció el diablillo invisible y pensó: «Esto va a ser divertido. Voy a volver el tinte azul. Así no sabrá por qué su vestido no cambia de color. ¡Cómo me voy a divertir!»

Y empezó a reírse por lo bajo. Mientras pensaba en un maleficio para volver el tinte azul, se paseaba arriba y abajo por el borde del cubo. Pero le dio tanta risa que se resbaló y se cayó dentro del tinte rojo. Rápido como una centella, volvió a salir y pronunció su maleficio.

Y, efectivamente, cuando Sonia sacó el vestido del cubo vio, para su disgusto, que seguía siendo del mismo color que antes de meterlo. Estaba mirando el barreño cuando algo llamó su atención: sentado en la mesa había un diablillo de color rojo vivo partiéndose de la risa. Además, había un rastro de pisadas chiquitinas que iban del cubo de tinte a la mesa. El tonto diablillo no se había dado cuenta de que había dejado de ser invisible. De pronto, Sonia comprendió lo que había pasado.

Echó rápidamente al diablillo de la casa y lo persiguió calle abajo. El diablillo no volvió a gastar bromas pesadas nunca más.

Fiesta sorpresa para la cerdita Poly

Hacía un día precioso, pero la cerdita Poly se sentía muy triste.

—Hoy es mi cumpleaños —se dijo a sí misma— pero nadie ha venido a felicitarme.

Poly decidió salir a dar un paseo. «A lo mejor mis amigos se acuerdan cuando me vean», pensó. Y salió al patio de la granja.

Entonces vio al caballo Holy. Éste estaba dentro del establo y parecía muy ocupado. Pero en cuanto vio a Poly dejó de hacer lo que estaba haciendo y se puso a silbar.

—¡Hola, Poly! Hace un bonito día para dar un paseo —dijo Holy.

—Así es —respondió Poly. Esperó un minuto a ver si el caballo la felicitaba, pero él siguió silbando.

En aquel momento pasaron corriendo cinco pollitos. Daba la impresión de que tenían que ir a hacer algo muy importante.

—¡Hola y adiós, Poly! Tenemos mucha prisa.

«Todo el mundo se ha olvidado», pensó Poly, enfadada. «Iba a hacer un pastel para compartirlo con mis amigos, pero se me han quitado las ganas».

Entonces vio a la oveja Loly, que siempre se acordaba de su cumpleaños. Pero Loly, nada más verla, salió corriendo hacia el establo.

«¿Qué es lo que pasa?», se preguntó Poly. Pero justo entonces se dio cuenta de que Loly le hacía señas de que la siguiera. Un pensamiento le cruzó la cabeza: «¿Y si a lo mejor...?» Y echó a correr hacia el establo, agitando su rizada cola. La vaca Doly estaba junto a la puerta.

—¡Al fin nos has encontrado! —dijo Doly con una sonrisa. Y dio un paso atrás para que Poly pudiera entrar.

—¡Feliz cumpleaños, Poly! —gritaron el caballo Holy, los cinco pollitos, la oveja Loly, la vaca Doly y todos los amigos que Poly tenía en la granja.

—¡Bienvenida a tu fiesta de cumpleaños sorpresa!

Alborada rosada

Alborada rosada
al pastor agrada,
rojo atardecer
al pastor hace temer.

Abril

En abril,
lluvias mil.

Fregando

Mi madre me mandaba
fregar de pequeño
y peces de colores
pescaba en el fregadero.

¿Qué ha pasado hoy?

—¿Qué ha pasado hoy?
—pregunté a mis vecinos.
—Que un globo de colores
hasta la luna ha subido.

Mi caballo balancín

Tengo un caballito muy bien herrado
que me lleva hasta Londres a buen paso.
Al llegar a Londres un grito escuchamos,
mi caballito se cae y yo exclamo:
—¡Levántate, caballito, que tú eres fuerte
y de vuelta a casa te daré un banquete!
Y si hay poca comida, a ti te la daré,
bailaremos con las gaitas y el tambor tocaré.

La línea nueve

Silbando llega el tren
de la línea nueve.
¡Cómo brilla la máquina
cuando al sol se detiene!

Robin de los Bosques

Robin de los Bosques
lo que robaba a los ricos
lo regalaba a los pobres.

Señor zapatero

Arrégleme estos zapatos,
señor zapatero,
que con los zapatos rotos
bailar no puedo.

Se ha acabado la historia

Había un hombre viejo
que tenía una vaca
y también un ternero.
Una mañana de mayo
los llevó al mercado
así la historia ha acabado.

Mi blanco molinero

Blanco de harina
va mi molinero:
blanca la chaqueta,
blanco el sombrero,
blancos los besos
de mi molinero.
Si tuviera de oro y plata
los bolsillos llenos,
todo lo daría por mi molinero.

El niño y la niña

Un niño y una niña
vivían en la misma calleja.
El niño dijo a la niña
que la encontraba muy bella.
La niña preguntó al niño:
—¿Qué quieres decir con eso?
Y el niño contestó a la niña:
—Que te quiero dar un beso.

Advertencia

Petirrojo y alondra,
ruiseñor y jilguero,
si los sacas del nido
ya no vuelven luego.

Los puntos cardinales

A un suntuoso banquete
invitó el Sur a sus amigos.
El Este llevó pasteles,
el Norte un buen vino tinto
y el Oeste los manteles.

Rumpelstiltskin

É rase una vez un molinero
fanfarrón. Un día le dijo
al rey que su hija era tan
inteligente que cuando hilaba
paja la convertía en oro.

—Tengo que conocer
a esa muchacha tan especial
—dijo el rey—. Tráela a palacio.

El rey llevó a la hija del molinero
a una habitación llena de paja.
En un rincón había una rueca.

—Tienes que hilar toda esta paja y convertirla en oro
antes de mañana —dijo el rey a la muchacha—. De lo contrario,
morirás. —Se marchó y cerró la puerta con llave.

La pobre chica se sentó ante la rueca y se puso a llorar. ¿Cómo iba
a convertir la paja en oro? De pronto, la puerta se abrió de golpe
y un hombrecillo de aspecto divertido entró de un salto.

—¿Por qué lloras?
—preguntó.

La muchacha le
contó lo sucedido.

—¿Qué me
darás si convierto
la paja en oro?
—dijo él.

—Mi collar de perlas —contestó la muchacha.

El hombrecillo se sentó ante la rueca y rápidamente hiló toda la paja y la convirtió en oro. Después desapareció de la habitación como por encanto.

A la mañana siguiente, el rey se quedó maravillado de ver tanto oro, pero quiso todavía más. Llevó a la muchacha a una habitación aún mayor, igualmente llena de paja, y le repitió que si a la mañana siguiente no había convertido toda la paja en oro, moriría. Acto seguido, se marchó.

La pobre muchacha se sentó y empezó a llorar. De repente apareció el misterioso hombrecillo.

—¿Qué me darás a cambio si te ayudo esta vez? —preguntó.

—Mi hermoso anillo —contestó la muchacha.

El hombrecillo se puso a hilar y enseguida convirtió toda la paja en oro. A continuación, desapareció. A la mañana siguiente, el codicioso rey se quedó pasmado, pero aún quería más oro. Llevó a la muchacha a una habitación todavía mayor, en la que la paja se apilaba hasta llegar al techo.

—Si lo logras esta vez, serás reina —dijo el rey—. Si fracasas, ya sabes lo que ocurrirá.

Al quedarse sola la muchacha, apareció el hombrecillo.

—No me queda nada para darte —le dijo la chica.

—Entonces, prométeme que me entregarás el primer hijo que tengas cuando seas reina —le pidió el hombre.

«Puede que nunca sea reina y puede que nunca tenga un hijo», pensó la muchacha. Así que se lo prometió. El hombrecillo se sentó ante la rueca y estuvo hilando durante muchas horas. El montón de oro fue aumentando cada vez más.

—Se acabó —dijo el hombrecillo—. He cumplido mi tarea.

Dicho esto, desapareció. La habitación estaba llena hasta el techo de oro que brillaba como el sol.

Al amanecer, el rey no cabía en sí de gozo. Cumplió su promesa y se casó con la hija del molinero.

Todo el reino se alegró mucho, y tanto el rey como la nueva reina fueron muy felices juntos.

Un año más tarde, los reyes tuvieron un bebé. Para entonces, la reina se había olvidado de su promesa, pero el extraño hombrecillo no. Una noche se presentó en su dormitorio.

—¡Vengo a buscar a tu hijo! —anunció con júbilo.

—¡No! —gritó la reina—. Te daré joyas, oro, todo lo que quieras, pero por favor no te lleves a mi bebé.

Y lloró tan amargamente que el hombrecillo tuvo compasión de ella.

—De acuerdo —le dijo—. Te doy tres noches para que adivines mi nombre. Si no lo consigues, tu hijo será mío. —Dicho esto, desapareció.

La reina envió mensajeros a todas las ciudades y pueblos del reino para que se enterasen de todos los nombres posibles, y éstos volvieron con miles de sugerencias.

En el curso de las dos noches siguientes, cuando aparecía el hombrecillo la reina le preguntaba sin cesar:

—¿Te llamas Tomás?

—No —respondía él.

—¿Santiago? ¿Ricardo? ¿Pedro? ¿Braulio? ¿Celestino?

Y el misterioso hombrecillo siempre respondía:

—No, Majestad.

El tercer día ya habían regresado todos los mensajeros menos uno. A última hora de la tarde, cuando volvía al palacio, vio una choza en un claro del bosque. Ante ella se encontraba un extraño hombrecillo que bailaba ante el fuego y cantaba:

«¡Este juego voy a ganar,
que la reina mi nombre
nunca va a adivinar!
Ella perderá y yo ganaré
porque mi nombre ¡Rumpelstiltskin es!»

El mensajero volvió galopando al palacio y le contó a la reina lo que había visto y oído. Ella se sintió muy agradecida y lo recompensó con un enorme saco de oro.

Aquella noche la reina esperó impaciente al hombrecillo en el salón del trono. Cuando apareció, la reina le preguntó:

—¿Te llamas Guzletum?

—¡No, no y no! —contestó el hombre con una carcajada.

—¿Bumbeltón? ¿Gigoletón? ¿Tiquitaca?

—¡No! ¡No! —reía el hombre—. Se os acaba el tiempo, Majestad.

La reina sonrió.

—A lo mejor te llamas... ¿Rumpelstiltskin?

El hombrecillo no podía dar crédito a sus oídos y montó en cólera.

—¿Quién te lo ha dicho? —chillaba—. ¿Cómo lo has averiguado?

Lloró, aulló y golpeó el suelo con los puños.

—¡Has ganado! ¡Has ganado! —gimió.

Desapareció entre una lluvia de destellos y nunca más volvió a causar problemas a la reina. A partir de entonces, vivieron todos muy felices.

El conejo Peque y el bravucón

En el prado Primaveral vivían un montón de conejitos. Todos eran amigos y se lo pasaban muy bien jugando juntos. Todos, menos el conejo Grandullón, que era un bravucón. No le gustaba nada que los otros conejos se lo pasaran tan bien y siempre estaba gastándoles bromas pesadas y metiéndoles miedo.

Como tenía tan mala idea, Grandullón no tenía amigos ni nadie con quién jugar. Pero a él no le importaba.

—¿Quién necesita amigos? —decía—. Yo, desde luego, no.

Y bajaba a saltos al arroyo. Pero uno de los conejitos se preocupaba por Grandullón. «Todo el mundo debería tener un amigo», pensaba Peque.

—¡Grandullón! —lo llamó Peque—, ¿te gustaría compartir conmigo mi pastel de zanahoria y ser mi amigo?

—¡No! —vociferó el revoltoso bravucón—. No lo quiero compartir, ¡lo quiero entero!

El conejo Peque y el bravucón

Con un gran salto, se apoderó del rico pastel y empujó a Peque al agua. ¡PLAF!

—A mí no me gusta compartir —gritó Grandullón—. ¡Y no quiero ser tu amigo!

Peque se sacudió el agua y regresó saltando al prado. «Me voy a casa. Grandullón es un auténtico bravucón», pensó.

De pronto, oyó un ruido. Parecía que alguien gritaba. Siguiendo el rastro de la voz, llegó hasta la orilla de un empinado terraplén y se asomó. Allá abajo, muy al fondo, estaba sentado Grandullón.

—¡Por favor, Peque, ayúdame! —exclamó débilmente—. Me he herido en una pata y no puedo volver a subir.

Peque se apresuró a entrar en acción.

—No te preocupes. Voy a buscar ayuda —dijo a Grandullón.

Se fue a casa a toda velocidad y, aunque Grandullón siempre se había portado muy mal con todos los conejos del prado Primaveral, cuando Peque llegó gritando «¡Grandullón está herido!», todos corrieron a ayudarle. El papá de Peque bajó por el terraplén y rescató al asustado conejo herido.

—Siento haber sido tan grosero contigo —exclamó Grandullón, dando a Peque un gran abrazo—. ¡Gracias por haberme salvado!

—¡Eso es lo que se hace por los amigos! —contestó Peque.

Y todos los demás se pusieron a aplaudir.

Salto de rana

¡**M**iradme, miradme! —chilló la rana Cabriola mientras saltaba por el aire de nenúfar en nenúfar, salpicando un montón de agua—. ¡Soy la rana más saltarina del mundo! ¡Olé!

—¡Qué horror! —dijo Madre Pato—. Esa rana es una lata. Nunca mira adónde va, ni le importa a quién salpica.

—Es un espanto —añadió el cisne Enrique—. Y hace tanto ruido que a veces uno no puede oír ni sus propios pensamientos.

Pero Cabriola no les escuchaba. Estaba muy ocupada saltando entre los nenúfares tan alto como podía.

—¡Vamos! —animó a los patitos—. Venid aquí. ¡Vamos a hacer un concurso de chapuzones!

—Es una mala influencia para nuestros niños —siguió quejándose Madre Pato—. Si al menos pudiéramos hacer algo...

—Me imagino que es un exceso de vitalidad —dijo Enrique—. Ya se le pasará cuando crezca.

Pero Cabriola no se tranquilizaba. Al contrario, cada día daba más guerra. Despertaba a todo el mundo al amanecer y se ponía a cantar a gritos con su voz de rana:

—¡El día acaba de comenzaaar, ha llegado la hora de jugaaar, hurraaa, hurraaa!

Y se ponía a saltar de un lado a otro, despertando a los patos y a los cisnes en sus nidos, llamando a la madriguera de Conejo y gritando en el agujero que Rata de Agua tenía a la orilla del río. Que conste que Cabriola hacía todo esto con la mejor intención y no se daba cuenta de que desesperaba a todo el mundo.

—Siempre he estado a favor de la diversión —decía Rata de Agua—, pero Cabriola exagera.

Un día apareció Cabriola a punto de estallar de la emoción.

—¡Escuchad todos! —dijo—. Va a haber un concurso de salto al otro lado de la charca. Van a venir todas las ranas que viven en varios kilómetros a la redonda. Seguro que ganaré, porque ¡soy la rana más saltarina del mundo!

Llegó el día del concurso y todo el mundo se reunió al otro lado de la charca para presenciar la competición. Saltarina no había visto nunca tanta rana junta. Y, para su asombro, todas las ranas podían saltar muy alto y muy lejos. Las ranas saltaban elegantemente entre los nenúfares y el público aplaudía. Si quería ganar, Cabriola iba a tener que saltar más lejos y más alto que nunca. Por fin llegó su turno.

—¡Buena suerte! —le gritaron los patitos.

Cabriola ocupó su lugar en la plataforma de salida y, reuniendo todas sus fuerzas, saltó por lo alto, voló por los aires, atravesó la meta y, ¡GLUP!, aterrizó directamente en la boca abierta del lucio Julio. Como de costumbre, Cabriola no se había fijado por dónde andaba.

El malvado lucio se tragó a Cabriola, se sumergió y se escondió en el centro de la charca. Todos miraron a su alrededor consternados.

La ranita Cabriola había desaparecido. Por lo menos de una cosa no había duda: ella era quien había saltado más alto y más lejos.

—Declaro ganadora a Cabriola —dijo, taciturno, el sapo Juancho, que era quien organizaba el concurso.

Después de todo, la vida se había vuelto mucho más tranquila para los habitantes de la charca, pero en vez de disfrutar de la paz, se dieron cuenta de que echaban mucho de menos a Cabriola.

—¡Estaba siempre tan contenta! —decía Enrique.

Pero, en lo más profundo de la charca, Julio sentía

mucha pena de sí mismo. Pensaba que cazar a la rana no había sido una decisión muy inteligente, pues desde entonces padecía una terrible indigestión. Y es que Cabriola seguía saltando sin parar en su interior.

Julio subió a la superficie del agua y tomó aire. Y entonces ¡Cabriola salió de un salto! Todo el mundo se alegró mucho de verla y aplaudió cuando recibió la medalla por haber ganado la competición.

—Es maravilloso —dijo Cabriola—, pero he aprendido la lección: a partir de ahora, ¡miraré antes de saltar!

Y se fue, saltando despacio, a jugar con los patitos.

Chispa, el bebé dragón

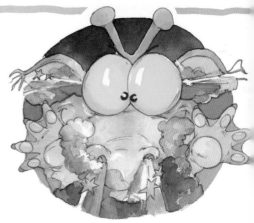

Chispa era un pequeño dragón que vivía en una cueva muy lejana. Como ya sabes, los dragones pueden lanzar llamas por la nariz. Pero lo que tal vez no sabes es cómo aprenden a hacerlo cuando son pequeños.

—Mírame —dijo su mamá. Sopló una gran llama y encendió una vela.

—Ahora, mírame a mí —dijo papá. Echó el aliento sobre los troncos de una hoguera y encendió el fuego.

—Ahora, miradme a mí —dijo Chispa. Sopló hasta que se le puso la cara roja y dos o tres chispas le salieron por la nariz y las orejas.

Sus padres lo felicitaron y Chispa se sintió muy orgulloso.

Un día, mamá y papá tuvieron que salir.

—Quédate en casa –le dijeron—. No salgas y tampoco dejes entrar a nadie. La bruja malvada odia a los dragones pequeños y los convierte en teteras sólo para divertirse.

A Chispa no le importaba quedarse en casa, porque tenía unos muñecos nuevos para jugar. Acababa de empezar cuando oyó fuera el sonido de un timbre. «¡Ding-ding!, ¡ding-ding!»

—¡Helado! ¡Al rico helado! ¡Vengan y compren helado! —decía una voz.

Chispa se asomó. Allí afuera había un carrito de helados de brillantes colores conducido por una anciana que sonreía bondadosamente. De pronto, la anciana soltó una sonora y aguda carcajada. En cuanto Chispa la oyó, supo que era la bruja. Cerró la puerta y echó la llave. «¡Uf! ¡Qué cerca he estado!», pensó Chispa. La tarde transcurrió tranquilamente hasta que, de pronto, sonó el timbre de la puerta.

—¿Quién es? —preguntó Chispa.

—Soy el tío Santi —dijo una voz—. He venido a buscarte para ir a pescar.

—¿Eres tú de verdad? —preguntó Chispa.

—Por supuesto que sí —dijo el tío Santi con una carcajada.

Pero Chispa oyó la aguda y sonora carcajada y supo que era la bruja. Al cabo de un rato, oyó llorar a alguien. Miró por la mirilla de la puerta y vio a un bebé dragón en el umbral.

—He perdido a mi mamá —sollozó el bebé.

Chispa abrió la puerta para que el bebé dragón entrara y entonces... ¡El dragón se convirtió en una bruja! La bruja agitó su varita, pronunció las palabras mágicas «¡Ta-ra-ra-bum-bum!» y se puso a girar a toda velocidad. Chispa sopló con todas sus fuerzas y, para su sorpresa, la bruja quedó rodeada de una nube de humo. Cuando el humo se aclaró, vio que la bruja se había convertido en una tetera. En ese momento regresaron mamá y papá.

—¿Algún problema mientras estábamos fuera? —preguntó mamá dándole un beso.

—Nada especial —dijo Chispa—. Pero la próxima vez, ¿podré ir con vosotros?

—¡Claro! —dijo mamá—. Y ahora vamos a hacer té con esta tetera nueva.

Comer manzanas

Si comes cada día
al menos una manzana,
tendrás toda la vida
la dentadura sana.

Vino y pasteles

Vino y pasteles para los caballero
para los caballos cebada y heno
para las comadres una jarra de cer
y montones de besos para las donce

Ladronzuelo

El travieso Carmelo
robó una barra de caramelo
en la tienda del verdulero.
¡Eso no se hace, ladronzuelo!

Recuento

Todas las damas de este país
tienen dos ojos y una nariz,
también una boca y dos orejas.
Si no me crees, vas y las cuentas

Marchando

Cabeza al frente, marchando,
uno, dos, uno, dos, desfilando.

¿Has visto a mi mujer?

Dime, amigo, ¿has visto a mi mujer?
Hace rato que la busco y no la puedo ver.
Lleva un sombrero de paja con una cinta
y enaguas de encaje por encima de la rodilla.

Lluvia

Lluvia, lluvia,
vete a Inglaterra,
ya lloverá otro día
en esta tierra.

La tienda de Julián

En la tienda de Julián
muchas cosas ricas hay,
todas las puedes comprar
si tienes con qué pagar.

Rey Alberto

Un palacio dulce tenía el rey Alberto
con paredes de galleta y techo de caramelo,
ventanas de guirlache y de mazapán,
en la vida has visto otra cosa igual.

Tocan las gaitas

La gata salió a bailar
a la puerta del establo
con un par de gaitas
debajo del brazo.
Que todos los animales
vengan a bailar,
que el ratón y la ratona
se van a casar,
para ellos las gaitas van a tocar
esta noche la marcha nupcial.

l párroco de Chinchón

El párroco de Chinchón
en la sacristía cazó un ratón
con un trocito de queso
y un taquito de jamón.

¿Madre?

—Madre, ¿puedo ir a nadar al río?
—Claro que puedes, hijo mío.
Déjate la ropa muy bien plegada
no se te ocurra acercarte al agua.

Jilguero

—¿Dónde te has metido,
pequeño jilguero?
—Aquí estoy posado
en la rama del cerezo.

Los cordones

Con un nudo
y con un lazo
me ato los cordones
de los zapatos.

Torrijas

Una, dos y tres,
yo te lo recuerdo,
mañana torrijas
hay que hacer de nuevo.

El león perdido

Había una vez un cachorro de león que se llamaba Lino. Era muy chiquitín, pero él estaba seguro de ser el león más valiente de África. Cuando su madre enseñó a los cachorros a acosar a sus presas, Lino practicó con ella y se le tiró encima de un salto. Cuando les enseñó a lavarse la cara, le chupó la cara a su hermana de tal manera que ésta acabó pegándole un gruñido. Y cuando mamá leona los llevó a beber a la poza, Lino se tiró al agua con un enorme chapuzón que empapó a todo el mundo. A las otras leonas no les hizo ninguna gracia.

—Será mejor que vigiles a ese hijo tuyo —dijeron a la madre de Lino—. Si no, acabará teniendo auténticos problemas.

Un día, mamá leona llevó a los cachorros a su primera gran cacería.

—Quedaos junto a mí —les dijo—, que os podéis lastimar.

La leona se arrastró por la maleza y los cachorros la siguieron en fila. Lino iba el último. La hierba le hacía cosquillas y le daban ganas de reír, pero se esforzó por portarse bien e ir siguiendo la cola del cachorro que tenía delante.

Siguieron arrastrándose hasta que Lino empezó a sentirse bastante cansado. «Pero un valiente león nunca se rinde», pensó, de modo que continuó caminando.

Por fin la hierba se abrió formando un claro. Lino se quedó de piedra cuando vio que la cola que había estado siguiendo, en vez de pertenecer a alguno de sus hermanos, pertenecía a un bebé elefante.

En algún punto del sendero había empezado a seguir la cola equivocada y ahora se encontraba totalmente perdido. Quiso ponerse a llorar llamando a su mamá, pero en ese momento se acordó de que era el león más valiente de África. ¿Y qué es lo que hizo? Se puso delante de la madre elefante y le dirigió su más fiero gruñido. «Esto la asustará», pensó Lino, «no me va a devolver el gruñido». Desde luego, la elefanta no gruñó, pero levantó la trompa y barritó con tanta fuerza que Lino salió volando por los aires y acabó chocando contra el duro tronco de un árbol.

Lino se incorporó y se dio cuenta de que le temblaban las rodillas.

«¡Cómo barrita ese elefante!», pensó, «pero

está claro que sigo siendo el león más valiente de África». Y se puso a cruzar la llanura. Hacía calor al sol de mediodía y empezó a darle mucho sueño. «Voy a echar una siestecita en aquel árbol», pensó. Así que empezó a trepar por las ramas.

Pero,
para su
sorpresa,
se encontró
con que
el árbol ya
estaba ocupado por un gran
leopardo. «Le voy a enseñar quién es el jefe»,
pensó Lino, sacando sus garras chiquitinas.
El leopardo levantó la cabeza para mirarlo y sacó sus
enormes garras afiladas como cuchillos. Ni siquiera
lo tocó. Pero el vendaval que organizó el leopardo al agitar su gran
pezuña barrió a Lino, que se cayó del árbol y aterrizó en el suelo con
un gran batacazo.

Cuando Lino
se levantó,
le temblaban
las piernas.
«¡Vaya
garras enormes
que tenía ese leopardo!», pensó, «pero está
claro que sigo siendo el león más valiente de África».
Y siguió cruzando la llanura. Al cabo de un rato empezó a sentir
bastante hambre. «No sé qué puedo encontrar para comer», pensó.
Y justo entonces distinguió una sombra echada entre la hierba. «Parece
comida sabrosa», se dijo a sí mismo. Se abalanzó sobre la sombra, pero
ésta resultó ser un guepardo que saltó rápido como una centella.
El torbellino que provocó hizo dar vueltas y más vueltas a Lino.

Cuando dejó de girar, se levantó y notó que le temblaba todo
el cuerpo. «¡Vaya un corredor rápido que es ese guepardo!», pensó,
«pero está claro que sigo siendo el león más valiente de África».

Siguió cruzando la llanura, pero estaba empezando a oscurecer y deseó con todas sus fuerzas estar en casa con su madre y sus hermanos. «¿Se habrán dado cuenta de que no estoy?», pensó con tristeza mientras las lágrimas rodaban por sus mejillas. Tenía frío, estaba cansado y sentía hambre, así que se acurrucó entre la maleza para dormir.

Al cabo de un rato, lo despertó el ruido más fuerte que había oído en su vida. Era incluso más fuerte que el barritar del elefante. Llenaba el aire de la noche y hacía temblar las hojas de los árboles. El ruido fue aumentando a medida que el animal que lo producía se iba acercando. Lino asomó la cabeza de su escondite y vio una enorme criatura dorada con grandes ojos amarillos que brillaban en la oscuridad. Tenía una corona de largo pelo dorado alrededor de la cabeza y abría mucho sus rojas fauces, enseñando unos colmillos blancos muy grandes. ¡Cómo rugía! Lino estaba aterrorizado y a punto de darse la vuelta para echar a correr cuando, de pronto, el animal dejó de rugir y le habló:

—Ven aquí, Lino —le dijo cariñosamente—. Soy yo, tu padre, que he venido a buscarte para llevarte a casa. Sube a mi espalda.

Lino se subió a la espalda de su padre, que lo llevó hasta casa. Cuando llegaron, el padre dijo a su madre y a sus hermanos que Lino había sido un león muy valiente.

Pedro, Pedro, come calabaza

Pedro, Pedro, come calabaza.
Como no tenía casa para su mujer
en una cáscara de calabaza
se tuvieron que meter.
Kilos y kilos de calabaza
tuvo que comer Pedro
para construirse una casa
en mitad del huerto.

Simón el Simple

Simón el Simple y el pastelero
se encontraron en el sendero.
—Probar tus pasteles quiero.
—Pues dame un penique primero:
si mis pasteles quieres probar,
primero me los has de pagar.
—Pues lo siento pastelero,
pero ahora no llevo dinero.

Entró un muchachito

Entró un muchachito en el granero
a recoger un puñado de centeno,
revoloteó un búho a su alrededor
y el pobre muchachito tembló de terror.

Juanito y su sombrero

Juanito va a la feria
con un sombrero nuevo,
con una cinta azul
se lo sujeta al pelo.

Corriendo va Perico

Corriendo va Perico por toda la población,
sube y baja escaleras con su camisón.
Va llamando a las puertas y a las ventanas
para que todos los niños se vayan a la cama,
que el reloj ya ha dado las ocho campanadas.

Pepe Paco

Pepe Paco
tenía un gallo,
el gallo se murió
y Pepe Paco lloró.
¡Pobre Pepe Paco!

Francisco y Ricardo

Francisco y Ricardo
salieron a pasear el sábado
y dijo Ricardo a Francisco:
«Mañana será domingo».

Si Jorge se porta bien

Si Jorge se porta bien
le darán galletas y miel,
pero si no hace más que llorar
sólo mostaza le van a dar.

El pequeño Tomás

El pequeño Tomás
cuando quiere cenar
entra en la cocina
y se pone a cantar.
¿Y qué le dan?
Mantequilla y pan.
¿Y qué bebe?
Un tazón de leche.

Duérmete, conejito

Vamos, conejito,
prepárate ya,
ha llegado la hora
de irse a acostar.

Recogemos los juguetes,
los guardamos en la caja,
hay que quitarse la ropa
y ponerse el pijama.

Nos lavamos bien
con jabón y agua caliente
y no nos olvidamos
de cepillarnos los dientes.

Terminamos un cuento,
apagamos la luz,
te doy un gran beso
y te duermes tú.

¡Buenas noches!

Duerme bien, conejito,
sueña algo bello,
que la luna «¡buenas noches!»
te desea desde el cielo.

Duérmete, osito

Asómate a la ventana
que salió la luna bella
y dime a quién ves tú
a la luz de las estrellas.

En la copa de los árboles,
las palomas grises
llaman a sus amigos
y «¡buenas noches!» les dicen.

Buenas noches, ardilla,
buenas noches, ratón,
en la cama abrazaditos
se duermen los dos.

Cierra los ojos, osito,
la luz vamos a apagar,
ahora todos tus amigos
en la cama están ya.

Sentada en su rama
canta la lechuza.
«¡Buenas noche a todos!»
nos desea la luna.

¡Buenas noches!

La furgoneta chillona

¡Mec! ¡Mec! Sonó la bocina de la vieja furgoneta azul. Era día de mercado y papá se estaba impacientando.

—¡Daos prisa! —exclamó—. Quiero llegar pronto al mercado.

Marcha atrás, sacó la furgoneta del cobertizo y Rosa y Dani subieron delante. Dijeron adiós con la mano a mamá y Charly persiguió la furgoneta por el patio ladrando como un loco. ¡Mec! ¡Mec! Papá saludó con la bocina a José cuando pasaron junto a su tractor.

—Esta furgoneta debe de tener cien años —murmuró Dani mientras daban botes por la carretera llena de baches—. ¿Cuándo vamos a comprar una nueva?

—Yo no quiero una nueva —protestó Rosa—. Mamá dice que esta furgoneta está en casa desde que yo era un bebé.

—No, está en la granja desde que el abuelo era un bebé —dijo papá riéndose—, y todavía funciona perfectamente.

Pero cuando iban bajando la colina, papá puso cara de desconcierto.

—¿No oís una especie de chillido? —preguntó.

—Sí, creo que oigo algo —dijo Rosa—, pero se oye bajito.

Papá paró en el arcén. Levantó el capó y estuvo mirando el motor.

—Ahora no oigo nada —dijo, rascándose la cabeza—, pero vamos a ir al garaje de Tomás. A lo mejor él puede ver si hay algo estropeado.

Llegaron enseguida al garaje de Tomás.

—Buenos días, Tomás —saludó papá—. Tenemos un pequeño problema con la furgoneta.

—Oímos un chillido —añadió Rosa.

—Voy a echar un vistazo. —Tomás guiñó un ojo a Rosa y añadió—: A lo mejor hay un ratón en el motor.

Comprobó el aceite, manipuló la correa del ventilador y echó agua en el radiador. Luego volvió a poner en marcha el motor.

—No oigo nada raro —anunció—. La furgoneta es vieja pero todavía aguanta.

Le dieron las gracias y fueron a la ciudad. Como era día de mercado estaba todo lleno. Papá aparcó la furgoneta y se bajaron.

—¡Un tiovivo! —exclamó Rosa—. ¿Nos podemos montar?

—Quizá más tarde —contestó papá—. Primero tengo que comprar herramientas.

—Y yo quiero comprar un collar nuevo para Charly —añadió Dani.

Después de comprar todo lo que necesitaban, Rosa se montó dos veces en el tiovivo.

—¡Es estupendo! —dijo sonriendo.

—¿Tomamos un helado? —propuso Dani.

Papá les compró helados y cargó la furgoneta mientras Dani y Rosa se los comían. Volvieron a montar en la furgoneta y se pusieron de camino a casa.

—Ahí está otra vez el chillido —dijo Rosa—. Ahora se oye más.

—Cuando lleguemos a casa le diré a José que mire por debajo —contestó papá, frunciendo el ceño.

—Me parece que no es del motor —dijo Dani.

—No, viene de atrás —dijo Rosa.

LA FURGONETA CHILLONA

Poco después llegaron
al patio de la granja. Papá
paró el motor y fueron
a descargar la furgoneta.

—¡Chitón! —susurró
Dani—. Estoy oyendo algo.

Levantó el suelo
de la furgoneta y allí, en medio
de la rueda de recambio, había
una gallina con cuatro pollitos
chiquitines que piaban
con todas sus fuerzas.

—Esta gallina debe
de haberse metido dentro para hacer su nido mientras la furgoneta estaba
aparcada en el establo —dijo papá con una sonrisa—. Esto lo explica
todo: al principio sólo piaba un pollito y al unírsele los demás el chillido
sonaba cada vez más fuerte.

—¿Qué vamos a hacer
con el nido? —preguntó Dani—.
Todavía quedan tres huevos.

—Los dejaremos ahí —contestó
papá—. No me importa que
utilicen el neumático como nido.

En ese momento salió mamá.

—Te hemos traído una sorpresa
del mercado —le dijo
Dani, riéndose.

—¡Pollitos recién
nacidos! —dijo Rosa.

Un beso de buenas noches

K iko, es hora de ir a dormir —dijo mamá, al ver que Kiko seguía acurrucado en el sillón.

—¡No es justo! —murmuró Kiko.

—Bébete la leche —dijo mamá— y luego a la cama.

—¡Cinco minutos más! —rogó Kiko.

—¡No! —contestó mamá.

Kiko bajó las orejas y se fue, pero regresó como un rayo.

—¿Y la leche? —preguntó mamá—. Has vuelto enseguida y pareces asustado, Kiko. ¿Te ha pasado algo?

—Hay un monstruo en la cocina. Tiene el pelo largo y blanco y está escondido en el rincón, detrás de la mecedora —respondió Kiko.

—Kiko, te has confundido. No es ningún monstruo. Es la fregona —dijo mamá echándose a reír.

Kiko se fue, pero regresó como un rayo.

—¿Qué pasa? —preguntó mamá.

—Hay un fantasma en el vestíbulo. ¡Míralo, flota en el aire! —respondió Kiko.

—Kiko, te has confundido. No es ningún fantasma. Es un abrigo viejo colgado de una percha. Los abrigos no flotan en el aire —dijo mamá riéndose.

Kiko se fue, pero regresó como un rayo.

—¿Por qué no estás todavía en la cama, Kiko? —preguntó mamá.

—Debajo de las sábanas hay un gran bulto que está esperando para cogerme. Tengo miedo de que salte. Por favor, ven —dijo Kiko, sollozando.

—Kiko, te has confundido. Lo único que hay debajo de las sábanas es tu viejo oso de peluche —respondió mamá con una sonrisa.

Kiko se metió en la cama, pero no cerró los ojos.

—¿Por qué no te duermes? —preguntó mamá.

—Hay dos cosas enormes acurrucadas debajo de la cama. No puedo dejar de pensar en ellas —se quejó Kiko.

—No son más que tus zapatillas, Kiko. Si no metes los pies en ellas, no van a ir a ningún lado —dijo mamá, sonriente—. Y ahora, Kiko, ha llegado el momento de dormir.

Mamá salió de la habitación y apagó la luz.

En aquel momento, Kiko lo vio junto a la puerta. ¡Era el monstruo! Avanzaba hacia él por la habitación con los brazos estirados. Kiko abrió la boca pero no pudo gritar. El monstruo se inclinó sobre él y Kiko cerró los ojos. Lo que ocurrió a continuación fue una gran sorpresa. El monstruo lo cogió y le dio un gran abrazo. ¡Y los monstruos nunca hacen eso! ¿Cómo era posible? Entonces, la voz de mamá le susurró:

—No te preocupes, soy yo. Al darte las buenas noches se me ha olvidado esto.

Y el monstruo «Mamá» le dio a Kiko un beso de buenas noches.

Sonidos nocturnos

A medianoche
suenan las campanas,
los perros aúllan
y los pájaros ya no cantan.

Sólo al ruiseñor
débilmente se escucha
y sentadas en las ramas
están las lechuzas.
Los cuervos en lo alto
de las chimeneas graznan
y el grillo
en la recámara salta.

En sueños

Más allá de la cordillera,
del canto rodado y la gris piedra,
más allá del verde pino
que corona la occidental ladera,
invisible al espectador,
mi País de las Hadas se encuentra.
¡Ay de mí! Todo el mundo me dice
que si un día hasta allí llego,
lo único que alcanzaré a ver
son llanuras y setos polvorientos.
Ahora sé que mi País de las Hadas
está en algún lugar secreto.

Mi sombra

Tengo una sombra pequeña que conmigo sale y entra,
aún no he podido descubrir para qué me puede servir,
pero a mí se asemeja de los pies a la cabeza
y cuando me voy a la cama, antes que yo se va ella.

Una mañana temprano, antes de salir el sol,
me levanté de la cama y vi el rocío en la flor,
pero mi sombra perezosa, dormilona consumada,
se dio media vuelta y siguió durmiendo como si nada.

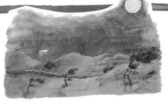

Vagón de tren

Más veloz que las brujas y las hadas,
puentes y casas, setos y zanjas,
como tropa en una batalla va avanzando
a través de prados, caballos y ganados.
Todos los paisajes de colinas y valles
vuelan tan rápido como la lluvia cae
una vez más, antes de poder parpadear,
las estaciones de colores silban al pasar.
á hay un niño que buscando y rebuscando
ensimismado las zarzas va recolectando,
allí hay un vagabundo de pie que mira,
allí el verdor entrelaza las margaritas,
ahí viene una carreta camino abajo,
el cochero y la carga van rebotando,
allí está el molino y allá está el río:
el instante siguiente todo ha desaparecido.

uenas noches

Buenas noches yo te deseo,
que tengas dulces y bonitos sueños.
Buenas noches yo te deseo,
cubro con la manta y te doy un beso.

El viento

¿Quién ha visto el viento?
Yo no y tú tampoco,
pero cuando las hojas
en la rama tiemblan,
es porque el viento
está pasando cerca.
¿Quién ha visto el viento?
Yo no y tú tampoco,
pero cuando los árboles
inclinan la cabeza,
es porque el viento
sopla en la arboleda.

Hechizo

A mi alrededor
la noche va llegando,
sopla el viento salvaje y helado,
pero un tirano hechizo
de mí se ha apoderado
y no me puedo marchar.
De los árboles gigantes
las ramas desnudas
bajo el peso de la nieve se curvan,
rápida desciende la tempestad,
pero yo no me puedo marchar.
Páramo y más páramo
se extiende a mis pies,
pero no hay tristeza
que alejarme pueda:
no me puedo marchar.

Buenas noches, Osito

Osito y sus papás habían estado en el circo. Ahora regresaban a casa en coche.

—Es muy tarde. ¿Por qué no duermes un poco? —dijo mamá Oso.

—No tengo sueño —contestó Osito, aguantándose un bostezo—. ¡Qué divertidos han sido los payasos! Han sido lo que más me ha gustado.

—Los trapecistas eran muy emocionantes —dijo mamá Oso.

—Sí, han sido lo mejor —contestó Osito—. De mayor seré trapecista.

—Pensaba que querías ser payaso —dijo papá Oso, sonriente.

—Seré payaso en mi tiempo libre —bostezó Osito.

—¿Y qué te han parecido los ciclistas equilibristas? —preguntó riéndose mamá Oso.

—También seré ciclista —suspiró Osito, apoyando la cabeza en el cojín.

Osito se durmió y soñó que trabajaba en el circo. En su sueño hacía que la gente se riera y también que gritara y contuviera el aliento por la emoción.

—Buenas noches, Osito circense —dijo papá Oso al llevarlo en brazos a la cama.

—Buenas noches —dijo Osito en sueños.

Índice